교통사고 전문
삼비 탐정

교통사고 전문
삼비 탐정

초판 1쇄 인쇄 | 2021년 4월 29일
초판 1쇄 발행 | 2021년 5월 6일

지은이 | 윤자영
펴낸이 | 박영욱
펴낸곳 | 북오션

편　집 | 이상모 · 권기우
마케팅 | 최석진
디자인 | 서정희 · 민영선
SNS마케팅 | 박현빈 · 박가빈

주　소 | 서울시 마포구 월드컵로 14길 62
이메일 | bookocean@naver.com
네이버포스트 | post.naver.com/bookocean
페이스북 | facebook.com/bookocean.book
인스타그램 | instagram.com/bookocean777
전　화 | 편집문의: 02-325-9172　영업문의: 02-322-6709
팩　스 | 02-3143-3964

출판신고번호 | 제 2007-000197호

ISBN 978-89-6799-587-4 (03810)

교통사고 전문
삼비 탐정

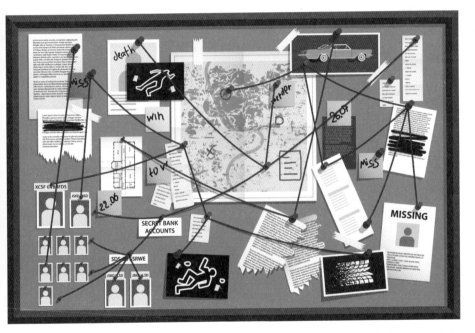

윤자영 연작추리소설

Bookocean

차례

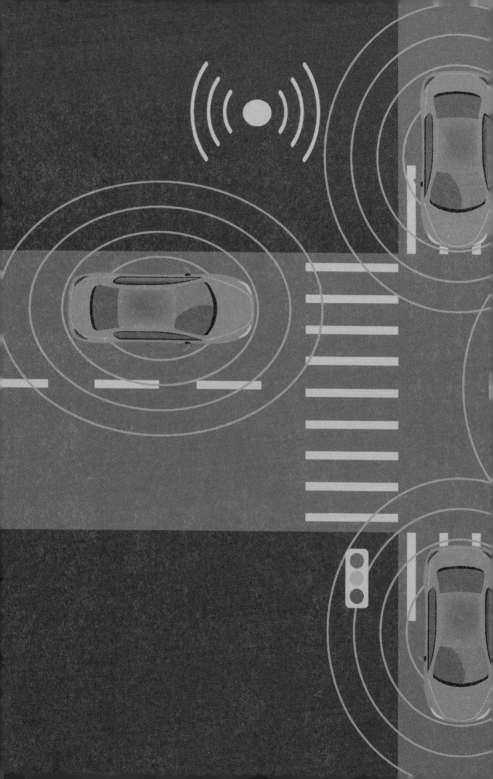

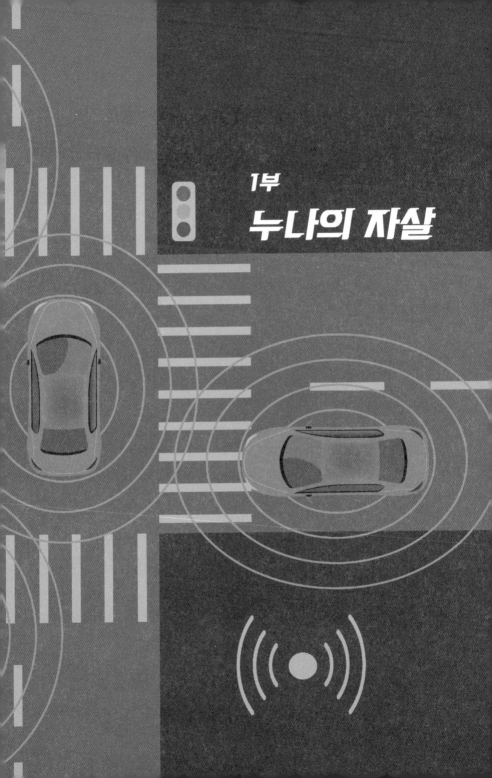

1부
누나의 자살

파티션 문이 벌컥 열렸다. 놀란 박병배는 단축키를 눌러 컴퓨터 화면을 내렸다. 이상한 짓을 한 것도 아닌데 본능에서 오는 반응이었다. 박병배는 파티션 문을 열고 서 있는 최가로에게 이제 열 번째 같은 말을 했다.

"노크 좀 하세요. 이번이 열 번째입니다."

최가로는 박병배의 말을 듣는 둥 마는 둥 모니터 화면을 한 번 훑어봤다.

"설마 여기서 이상한 짓을 하는 것은 아니죠? 야구 동영상을 본다든지……."

최가로가 말한 야구 동영상은 야한 동영상을 말하는 것이다. 박병배는 마우스를 클릭해서 보던 창을 다시 열었다. 교통사고를 당한 사람들이 주로 이용하는 인터넷 카페였다.

최가로는 눈으로 화면을 훑었다.

"그러니까 가뜩이나 좁은 사무실에 파티션은 왜 치는 거예요?"

"다시 말씀드리지만 전 변호사님의 조수로 들어온 것이 아닙니다. 그리고 노크는……."

최가로는 국선변호사다. 박병배는 사정이 있어 최가로의 사무실로 들어왔다. 사무실의 남는 책상을 쓰라고 했지만, 박병배는 파티션을 쳐서 최소한의 독립된 영역을 구축하고 싶었다. 최가로는 손을 흔들어 박병배의 말을 끊었다.

"됐고, 밥이나 먹으러 가죠?"

"오늘 메뉴는 뭡니까?"

"갈냉으로 가시죠?"

갈냉은 갈비탕과 냉면을 말한다. 기온이 점차 올라가는 요즘 최가로가 일주일에 한 번은 먹는 스타일인데 박병배는 갈냉이 싫었다. 갈비탕과 냉면을 시키고는 두 개를 모두 맛본다는 장점을 드는데 박병배는 자신만의 온전한 메뉴를 먹고 싶었다.

최가로는 자신의 책상으로 가서, 책상 아래에서 신발을 갈아 신고, 가방을 들고 나왔다.

"그럼 사무장님, 미진 씨 다녀오겠습니다."

최가로는 사무실에 남은 두 직원에게 다녀오겠다고 말하고는 문을 열고 나갔다. 최가로 변호사 사무실의 직원은 두 명이다. 사무장은 배 나온 55세 아저씨로 고지혈증 때문에 점심을 거른다고 했고, 사무 업무를 보는 26세 미진 씨는 다이어트를 이유로 여러 가지 채소를 점심 도시락으로 싸 와서 먹는다. 하지만 사무실 회식하는 날 둘이 먹는 삼겹살 양은 다이어트의 그것이 아니었다.

'뭐 그날을 위해 지금이라도 열량을 줄이는 것일지 모르지.'

박병배는 당근 스틱을 꺼내 씹는 미진을 보고는 생각했다.

사무실 건물에서 나와 횡단보도를 건너면 '횡성한우' 고기집이 있다. 점심시간에는 하루 50그릇만 한정으로 갈비탕을 판매하고 있는데, 분명 심리를 이용한 고도의 작전임에 틀림없다. 어느 날 박병배는 실제로 갈비탕이 몇 그릇 팔리는지 숫자를 세어 봤다. 점심시간 62그릇에, 주로 고기를 먹는 저녁 식사로 드문드문 팔리는 갈비탕이 10그릇이었다. 도합 72그릇은 음식점 벽에 붙어 있는 '하루 50그릇 한정판매'라는 현수막 문구에 반하는 사실이었다. 도의적 책임을 무시하는 음식점은 이용하면 안 된다는 의미로 최가로에게 사실을 말했지만 '하루 종일 그걸 셌어요?'라고 놀람과 비난의 중간 반응을 받을 뿐이었다.

탐정은 사소한 사실을 놓치지 않고 파악해야 한다고 받아쳤지만 되돌아오는 대답은 '맛만 좋으면 되죠'라는 주제를 벗어난 대답이었다.

오늘도 그곳 횡성한우 집에 들어갔다. 시원한 냉기가 이마를 식혀 주었다. 둘이 둥그런 탁자에 앉자 서빙을 보는 아주머니께서 은색 쟁반을 가져와 물수건과 반짝반짝 빛나는 스테인리스 물 컵, 그리고 물통을 내렸다. 최가로는 메뉴판을 보지도 않고, 게다가 박병배에게 묻지도 않고 마음대로 주문했다.

"아주머니 특갈비탕과 물냉면, 공깃밥 하나 주세요."

잠시 후 음식카트를 밀고 온 종업원이 펄펄 끓는 갈비탕과 살얼음이 떠 있는 냉면을 테이블 위에 내려두고 갔다.

　최가로의 눈이 반달 모양으로 변했다. 뭔가 좋을 때, 나타나는 표정이었다. 매번 하던 대로 냉면을 자신의 앞으로 끌어 놓고는 그릇에 갈비탕을 덜고 추가 공깃밥의 뚜껑을 열어 밥을 말았다. 그런 식으로 최가로 본인은 냉면과 갈비탕 두 가지 메뉴를 모두 먹겠다는 심산이었다.

　"참, 아저씨 입맛이네요. 사무장님도 그렇게 먹지는 않을 거예요."

　"먹는데 아저씨 아줌마가 어디 있어요? 오직 맛있냐, 아니냐만 있지요."

　"30대 초반 여성들은 보통 파스타를 먹지 않나요?"

　"전 맛있는 음식을 사랑할 뿐이에요. 그리고 저는 아버지를 따라 일곱 살 때부터 홍어도 먹었어요."

　최가로는 먹을 준비가 됐는지 냉면부터 후루룩 빨아들이며 동시에 그릇을 들고 차가운 국물을 마셨다.

　"최가로 변호사님, 뜨거운 갈비탕과 차가운 냉면을 한꺼번에 먹으면 속에서 탈납니다."

　"으음, 맛있다! 비비비 탐정님 한의학에 각탕법이라고 있어요. 뜨거운 물과 차가운 물에 번갈아 가면서 족욕을 하는 것이죠. 몸에 급속하게 온도 변화를 줘서 호르몬 체계를 활발히 하는 거예요."

"그건 그렇다고 치고, 비비비 탐정이 뭡니까? 그렇게 부르지 말라니까요."

비비비는 최가로가 만든 일종의 별명이다. 비비비는 박병배의 영어 이니셜 BBB를 따서 만든 것이다. '박'은 영어로 PARK로 쓰니 정확히 말하자면 PBB지만, 그건 재미없다고 최가로는 BBB라고 우겼다. 술자리에서 적당히 취기가 올랐을 때, 만든 별명이었지만 최가로에게는 별명으로 굳어졌다.

"그리고 난 탐정이 아닙니다."

"탐정 하신다면서요? 교통사고 전문 탐정."

탐정이라기보다 감정사다. 정확히 말하자면 국가 공인 자격이 있는 '도로교통사고 감정사'다. 박병배는 과거 억울한 교통사고를 당했다. 대한민국에서는 교통사고에서도 유전무죄 무전유죄였다. 어느 법이나 약자에게 불리했다. 그래서 억울하게 교통사고를 당한 약자들을 돕는 사람이 되고자 했다. 도로교통사고 감정사가 되고자 일 년에 한 번 있는 시험도 틈틈이 준비하고 있었다.

"탐정이 아니고 감정사라고요."

최가로는 냉면 젓가락을 놓더니 이번에는 숟가락을 들어 갈비탕을 떠먹었다.

"비비비 감정사라…… 뭔가 입에 붙지 않잖아요. 그리고 호칭은 자격증 따면 생각해 보자고요."

호칭이야 아무려면 어떠냐. 박병배도 집게를 들어 갈비탕 속에 들어 있는 고기를 집어 가위로 살을 발라냈다. 이 모습을 본 최가로가 손가락으로 갈비뼈를 들고는 말했다.

"아, 고기는 이렇게 뼈째 들고 뜯어야 한다니까요."

"그것도 아버지께 배웠나 보군요. 전, 이렇게 먹는 것이 좋습니다."

"그건 그렇고 아까 교통사고 카페 보시는 것 같던데. 무슨 사건이 있나요?"

"조금 이상한 사건이 있습니다. 남동생이 사연을 올렸는데 누나가 한적한 국도의 교량 난간에서 뛰어내려 자살했다고 합니다. 하지만 누나의 자동차는 교량에서 한참이나 떨어진 곳에서 발견되었다고 하고요. 물론 발견된 자동차는 교통사고가 난 것처럼 파손돼 있었고요."

최가로는 다시 젓가락을 들어 냉면을 후루룩 소리를 내며 먹었다.

"듣고 보니 이상한 교통사고군요."

"그리고 경찰은 정확히 조사할 생각은 않고 엉뚱한 소리만 하고요."

"글쓴이와 연락은 됐고요?"

"메일을 보냈으니 관심 있으면 연락이 올 겁니다."

가끔 전화벨 소리가 들릴 때, 불길한 예감이 든다. 발신자를 보니 역시 모르는 번호였다.

불길한 예감…….

김재성은 떨리는 손으로 통화 버튼을 눌렀다.

"여보세요."

전화기 저편에서는 비보를 전하기에 어울리는 중저음 목소리가 들렸다.

"김현희 씨 동생분인가요?"

"네, 제가 김현희 씨 남동생 김재성입니다. 누구시죠?"

"여기는 연천 경찰서 교통관리계입니다. 123도 4567 승용차 김현희 씨 자동차죠?"

경찰이 말한 승용차는 누나가 직장에 들어가 독립하면서 구입한 승용차다.

"그런데요. 무슨 일이죠?"

"김현희 씨 승용차가 연천의 국도에 방치돼 있습니다. 동생분이 오셔서 어서 찾아가십시오."

뭔가 이상하다. 누나의 승용차가 국도에 방치돼 있는 것도 이상하고, 승용차를 찾아가라고 하려면 경찰은 주인인 누나에게 연락해야지 왜 동생에게 연락했을까? 이상한 예감에 심장이 쿵쿵대며 속도를 높여 갔다.

"왜 누나에게 연락하지 않으셨죠?"

"연락했죠. 하지만 전화를 받아야 말이죠."

불길한 기분이 확 올라왔다. 누나는 직장을 다니느라 서울에서 혼자 살고 있다. 어머니께 물어보니 누나와 이틀 전에 통화한 것이 마지막이었다.

김재성은 어머니와 함께 연천 경찰서로 달려갔다. 거기서 교통관리계 경찰 두 명과 함께 경찰차를 타고 국도변에 주차돼 있는 누나의 승용차로 갔다.

교통사고가 났는지 차량이 부서져 있었다. 앞좌석 에어백들이 터져 있었고, 운전석 부분의 범퍼와 펜더가 파손돼 있었다. 사고 후 차량을 운행했는지 앞바퀴가 터져 타이어가 너덜너덜해져 있었다.

이 정도라면 단순 접촉사고를 넘어선다. 이렇게 외진 국도에 차량이 주차되어 있고, 파손되어 있으면 당연히 교통사고를 의심해야 한다. 김재성은 경찰을 돌아봤다. 경찰 둘은 차량에서 멀찌감치 떨어져 담배를 피우고 있었다. 한가하게 담배나 피우고 있는 경찰을 보자 마음속 누나의 걱정이 분노로 바뀌어 치솟았다.

"어이! 경찰 아저씨들! 이 상황이 심각하게 받아들여지지 않습니까?"

두 경찰관은 담배를 끄고는 다가왔다. 배 나온 중년의 경찰관이 새끼손가락으로 귀를 파며 대답했다.

"뭐가 심각하다는 거죠?"

"이거 보세요. 차량은 교통사고가 났는지 파손돼 있고, 운전자인 누나는 실종되었다고요!"

김재성은 흥분에 화가 날 만했지만, 경찰관은 이런 상황을 많이 겪었는지 차분히 대응했다.

"글쎄요. 교통사고 사건으로 접수된 것도 없고, 근처에서 변사자도 발견되지 않았습니다. 경찰에서 뭘 더 해야 하죠?"

"혹시 모르니 주변을 수색했어야 합니다!"

경찰은 차량 주변을 둘러보는 시늉을 했다.

"보시다시피 사고 차량 근처에는 아무도 없습니다. 그리고 당신의 누나가 운전해서 사고가 났다는 보장은 없어요."

"누나와 연락되지 않은 지 이틀째라고요!"

"그럼 혹시 실종신고를 하셨나요?"

"우리도 지금 알았는데 실종신고를 할 시간이 어디 있어요? 빨리 주변을 수색해 주세요."

"글쎄, 우리는 수색 명령이 내려와야 움직일 수 있다니까요. 어서 누나의 차량을 인도해 가시고, 정 걱정되시면 실종신고를 하세요."

그때 경찰관의 전화벨 소리가 울렸다. 주머니에서 스마트폰을 꺼내 전화를 받은 경찰의 표정이 일그러지기 시작했다. 뭔가 일어나지 않았으면 하는 사건이 일어난 것이었다. 경찰은 전화를 끊고 김재성에게 주뼛거리며 말했다.

"여기서 아래쪽으로 1.2킬로미터쯤 가면 교량이 하나 있어요. 교량 아래 계곡에서 여성 변사자가 발견되었답니다. 한번 가서 신원 확인을 해 보시죠."

여성 변사체라는 경찰의 말에 어머니는 그 자리에 주저앉았다. 어머니도 변사자가 누나임을 직감한 것이다. 김재성은 울먹이는 어머니를 부축해 경찰차에 탔다. 마음속으로 제발 아니기를 반복해서 되뇌었지만, 머릿속에서는 누나가 왜 계곡에 갔을까? 하는 생각이 들었다. 한적한 국도를 따라 5분여를 달리자, 문제의 교량이 나왔다. 물이 거의 말라 있는 아래 계곡에는 벌써 많은 경찰이 도착해서 분주하게 움직이고 있었다.

김재성과 어머니가 계곡 아래로 내려가자 경찰이 흰색 천을 들춰 보였다. 여성 변사자는 김재성의 누나 김현희가 맞았다. 어머니는 바닥에 주저앉으며 오열을 시작했다.

다행이라고 말해야 할지 모르겠지만, 다리에서 떨어졌음에도 누나의 얼굴은 온전했다. 경찰의 설명으로는 다리에서 떨어질 때, 등 쪽으로 떨어졌기 때문이라고 했다. 경찰은 정확한 사인을 알려면 부검을 해야 한다고 했다.

의문의 교통사고와 방치된 차량 그리고 1.2킬로미터 떨어진 교량에서의 추락, 뭔가 의문투성이다. 사건은 자연스럽게 변사 사건으로 넘어갔다. 수사과 형사 한 명이 다가와 물었다.

"누나 차에는 원래 블랙박스가 없나요?"

누나는 블랙박스 설치를 극구 반대했다. 블랙박스는 빅브라더 또는 스몰브라더라는 것이었다. 김재성이 강력히 권고했지만 자신은 조심히 운전하니 걱정 말라고 했다.

"네, 신념상 블랙박스 설치를 반대해서……."

경찰은 안타까운 표정을 지었다.

"블랙박스만 있다면 무슨 일이 있었는지 금방 알 수 있었을 텐데. 아무튼 돌아가서 조사 결과를 기다려 주십시오. 연락드리겠습니다."

김재성은 불안한 마음에 교통사고를 전문적으로 토론하는 인터넷 카페에 가입해 사건 내용을 간략히 기록했다. 사람들의 댓글이 달리고, 교통사고 조사원들의 메일이 왔다. 하지만 모두 일반인의 추측성 댓글이었고, 계약해서 진행하자며 돈만 밝히는 교통사고 조사원들이었다.

그중 김재성의 눈에 들어온 메일이 있었다.

저는 교통사고를 전문으로 조사하는 일종의 탐정입니다.
저도 교통사고를 당해 아내를 잃은 경험이 있어 그 고통을 충분히 공감합니다. 조사를 돕고 싶습니다. 관심 있으시면 연락 주십시오.

누나의 죽음을 공감하는 사람은 처음이었다. 왠지 마음이 끌렸다. 김재성은 스마트폰을 꺼내 밑에 적혀 있는 전화번호를 눌렀다.

박병배는 아침 일찍 변호사 사무실을 찾았다. 어젯밤 연락 온 김재성을 만나기 위해서였다. 약속 시간에 맞춰 김재성은 자신의 여자 친구와 같이 찾아왔다. 박병배는 허리를 깊이 숙였다.

"어서 오십시오. 어제 통화한 박병배입니다."

김재성은 사무실을 눈으로 둘러보며 인사했다.

"안녕하세요? 여기는 제 여자 친구인 오수연입니다."

박병배는 둘을 변호사 사무실 한쪽에 마련된 상담실로 안내했다. 최가로와 사무실 직원들이 출근하기까지 30분의 여유가 있었다.

김재성과 여자 친구 오수연은 상담실을 둘러봤다. 커플의 얼굴을 밝지 않았다. 박병배는 다소 불만인 듯한 얼굴의 커플에게 물었다.

"일회용 커피가 있는데 드시겠습니까?"

벽에 걸려 있는 전문변호사 자격증을 손가락으로 가리킨 김재성이 박병배를 돌아봤다.

"변호사였어요?"

목소리에 까칠함이 묻어 나왔다. 아마 사건을 빌미로 변호사 비용을 뜯어내려 한다고 오해한 것 같았다.

"아, 저는 변호사가 아닙니다. 사정이 있어 변호사 사무실 한쪽에서 일하고 있지만, 교통사고에 관심이 많습니다."

박병배는 김재성을 안심시키고자 필요 이상의 말을 더했다.

"비용 청구는 없을 테니 걱정 마십시오."

"뭐, 비용 때문에 그런 것이 아닙니다. 저는 그저 진실을 알고 싶은 것 뿐입니다."

커플은 소파에 앉았고, 박병배는 아메리카노 커피를 탄 종이컵을 그들의 앞에 내려놓았다.

"오늘 경찰 조사 결과가 나온다고 했지요?"

전화 통화로 오늘 경찰의 조사 결과가 나온다고 해서 박병배도 사건을 자세히 알아볼 겸 연천까지 동행하기로 했었다. 김재성은 종이컵을 들어 커피를 한 모금 마셨다.

"그런데 어서 출발하지 누굴 기다립니까?"

"이 변호사 사무실의 최가로 변호사님도 같이 가실 겁니다."

박병배는 벽에 걸려 있는 시계를 올려보았다. 곧 최가로가 도착할 것이다. 아침에 김재성을 만나 연천 경찰서에 간다고 하니 최가로가 소풍 가는 초등학생처럼 목소리가 높아졌다.

"연천이요? 거기는 미세먼지 그런 거 없겠죠? 저도 같이 가고 싶어요. 마침 오전에는 재판이 없거든요. 사무실에서 기다리세요. 금방 준비하고 갈게요."

최가로는 원체 밝은 사람이지만, 이런 밝은 모습이 피해자 김재성에게 안 좋은 기분을 심어줄까 동행을 만류했었다. 하지만 최가로는 너희끼리 경찰서에 가면 찬밥신세다. 변호사 자격증을 들이대면 그나마 대우가 다르다고 설득해 어쩔 수 없이 동행을 허락했다.

박병배도 최가로의 말을 김재성에게 되풀이할 수밖에 없었다.

"변호사가 동행하면 경찰도 우리를 막 대하지는 못할 겁니다."

다행히 김재성도 수긍하는 것 같았다. 커피를 거의 마실 때쯤 투피스 정장을 차려입은 최가로가 서둘러 들어왔다. 급하게 준비했는지 머리가 아직 젖어 있었다.

"안녕하세요! 저는 최가로 변호사입니다. 많이 기다리게 해서 죄송합니다. 어서 출발하시죠?"

그렇게 넷이 연천경찰서로 출발하게 되었다.

김재성의 준중형 승용차를 타고 인천 문학동에서 출발했다. 아침 출근시간 막바지에 이르렀지만, 아직 도로에는 차량이 많았다. 특히, 영동고속도로, 외곽순환고속도로가 만나는 서창JC 부근은 악명이 높았다. 안 막혀 있는 시간을 찾는 것이 더 빨랐다.

박병배와 뒷자리에 탄 최가로는 손가방에서 화장품 파우치를 꺼냈다. 본격적으로 화장을 시작하려는지 쓰고 있던 동그란 금테안경을 벗어 박병배의 무릎에 올렸다.

"비비비 탐정님 안경 좀 가지고 있어요."

김재성이 룸미러로 뒷자리를 보았다. 박병배는 안경을 받으며 작게 속삭였다.

"비비비라고 하지 말라니까요."

최가로는 아랑곳하지 않고 파우치에서 파운데이션을 꺼내 작은 거울을 보며 화장을 시작했다. 룸미러로 뒷자리를 보던 김재성이 물었다.

"비비비 탐정이 뭡니까?"

거봐라. 이상한 별명은 호기심만 자극할 뿐이다. 박병배가 대답하려는 찰나 최가로의 입이 먼저 열렸다.

"이 탐정의 이름, 박병배의 이니셜 비비비가 되겠습니다."

김재성의 입술이 소리 없이 움직였다. 분명 비비비를 되뇌어 본 것이리라. 그때였다. 갑자기 옆 차선의 1톤 트럭이 끼어들었다. 김재성도 놀랐는지 본능적으로 핸들을 꺾어 다음 차선으로 피해 들어갔고, 뒤에서는 급브레이크 소리와 함께 분노의 경적이 울렸다. 김재성은 놀랐는지 커진 눈으로 사이드미러를 봤다.

"저 새끼 저거 깜박이도 없이 들어오네. 뒤차야 그만 빵빵거려라 나도 피해자라고."

혼자 변명을 했음에도 도로에서 벌어진 이벤트는 그렇게 끝나지 않았다. 분노에 찬 뒤 승용차가 굉음을 내며 김재성의 옆으로 와서 창문을 내렸다. 탈색한 머리가 샛노란 젊은 남자였다. 노랑머리는 얼굴이 새빨개져 욕설을 시작했다. 욕설에 욱한 김재성이 창문을 내리려 하자 조수석의 여자 친구가 말렸다.

"오빠, 그냥 가자. 저런 놈 상대하지 마."

김재성은 여자 친구의 말을 들으려는지 엑셀을 밟으며 앞으로 나아갔다. 하지만 노랑머리의 분노는 쉽게 가라앉지 않았는지 다시 굉음을 내며 따라왔다.

박병배는 노랑머리가 보복운전을 할 것 같아 김재성에게 경고했다.

"김재성 씨, 저 차의 급정거 조심하세요."

아니나 다를까 노랑머리의 차는 김재성 앞쪽으로 급히 들어와 급브레이크를 밟았다. 김재성도 본능적으로 브레이크를 밟은 탓에 모두의 몸이 앞으로 쏠렸다. 오수연의 입에서는 비명이 터져 나왔고, 최가로의 무릎에 있던 화장품 파우치가 쏟아져 물건들이 발판에 와르르 떨어졌다.

"이런 쌍!"

최가로는 자신도 모르게 욕이 나오려 했는지 입을 급히 막았다.

앞쪽에 멈춘 승용차 차 문을 열고 노랑머리가 내렸다. 김재성은 전투를 치르려는지 씩씩대며 안전벨트를 풀고, 차에서 내리려 했다. 왜 운전대만 잡으면 모두 난폭해질까? 박병배는 김재성을 만류했다.

"김재성 씨, 내리시면 똑같은 사람 되는 겁니다."

"저런 새끼들은 똑같이 해줘야 한다고요!"

"연천에 서둘러 가야 하니 여기는 제게 맡기세요."

승용차에서 내리려는 박병배의 뒤에 대고 최가로가 말했다.

"비비비 탐정님 제 화장품들의 복수를 해주세요."

지금 장난할 땐가? 아니 최가로는 장난이 아닐 것이다. 노랑머리가 다가와서 운전석의 창문을 쾅쾅 내리치며 죽여 버린다고 외치고 있었다. 뒷문으로 박병배가 내리자 노랑머리가 소리쳤다.

"아, 씹할 운전 어떻게 하는 거야? 왜 저놈이 안 내리고 당신이 나오는 거야?"

"지금 당신은 욕설로 협박하고 있고, 급정거와 자동차를 주먹으로 치는 등의 손괴로 보복운전을 하고 있습니다."

"뭐라는 거야! 그래서 어쩌라고!"

상대가 흥분했지만 같이 흥분할 박병배가 아니었다. 박병배는 김재성 차의 블랙박스를 가리켰다.

"지금 블랙박스에 모든 것이 저장되고 있습니다. 당신은 자동차를 이용해 급정거 등으로, 그러니까 위험한 물건으로 위협을 가했기 때문에 특수 손괴 및 특수 협박으로 7년 이하의 징역 또는 1000만 원 이하의 벌금에 처해집니다. 어때요? 억울하면 경찰에 신고해 볼까요?"

박병배가 스마트폰을 손가락으로 들고 흔들었다. 법을 들먹이자 노랑머리의 목소리가 한층 가라앉았다.

"당신 뭔데?"

"저는 교통사고를 전문적으로 조사하는 일종의 탐정입니다."

"근데, 뭐? 이 사람이 먼저 끼어들었잖아."

그때 뒷문을 열고 최가로가 나왔다. 뒷목을 잡고는 형법들을 읊기 시작했다.

"특수 손괴는 형법 제369조, 특수 협박은 형법 제284조. 하지만 난 지금 급정거 탓에 목을 다쳤어요. 이는 특수 상해로 형법 제257조, 1년 이상 10년 이하의 징역에 처한다. 당신은 벌금도 없이 바로 실형이야!"

최가로는 사실만을 말했지만, 어쩐지 이쪽에서 협박을 하는 것처럼 들렸다. 노랑머리는 최가로가 구체적인 형법을 말하자 완전히 꼬리를 내렸다.

"다, 당신은 누, 누구십니까?"

"나? 교통사고 전문 변호사다."

최가로는 신분증을 꺼내 노랑머리 눈앞에 내밀었다.

"이 차가 먼저 급하게 들어왔어요. 차에 타고 있으니 알 거 아니에요?"

"그건 다른 차를 피하다가 그런 거고, 당신은 보복을 하려고 그런 거고. 그게 같아?"

최가로의 다그침에 노랑머리의 얼굴이 다른 의미로 벌겋게 변했다. 박병배는 이쯤에서 끝내고자 노랑머리에게 말했다.

"앞으로 좀 참고 삽시다. 그러다 진짜 큰일 나요."

"네, 알겠습니다."

노랑머리가 머리를 긁적이며 말하고는 자신의 차로 돌아가려 했다.

"잠깐!"

최가로가 노랑머리를 불러 세웠다.

"어딜 그냥 가? 사과하고 가야지? 난 목을 다쳤다고! 징역형이 아니더라도 벌금형이라도 받으면 당신은 앞으로 공무원도 못 되는 범죄라고!"

최가로의 강력한 협박이었다. 화장품이 쏟아진 게 그렇게 억울했을까? 노랑머리는 머리를 숙이며 죄송하다고 했지만, 최가로는 운전자의 김재성과 그 여자 친구에게까지 사과를 시켰다. 좀 과하다 싶었지만, 앞으로 노랑머리는 이런 짓을 다시는 하지 않을 것이다. 예방주사 제대로 맞은 것이었다.

그렇게 도로의 이벤트가 끝나고 다시 차가 출발했다. 김재성과 조수석의 오수연의 눈빛이 달라졌다. 그것은 교통조사에 대한 신뢰의 깊이가 한층 깊어졌다는 것을 알 수 있었다. 어찌됐든 사건을 조사하는 측면에서 보면 좋은 현상이라고 생각했다.

"한데 최가로 변호사님, 언제부터 교통사고 전문 변호사가 되었나요?"

"국선변호인도 계약기간이 천년만년 되는 것은 아니잖아요. 그때는 진짜 교통사고 전문으로 뛸까 봐요. 그리고 비비비 탐정님은 제 조수로 일하고요."

"조수라니요? 싫습니다. 그리고 비비비 탐정도 싫고요."

"그럼 일종의 동업 어때요? 비비비 탐정님."

"거참. 내가 말을 말아야지."

박병배는 더 이야기하기 싫어 팔짱을 끼고 눈을 감아버렸다.

그렇게 차는 고속도로에 진입했고, 차량이 많지 않아서 한 시간 만에 연천 경찰서에 도착할 수 있었다. 일행은 경찰서 수사과로 갔고, 안내에 따라 책상에 앉아 기다리니 경찰 두 명이 서류를 들고 다가왔다. 뚱뚱이와 홀쭉이라는 개그맨 콤비가 있지 않았던가? 근육질의 체격 좋은 경찰은 얼굴 근육이 있는지 없는지 표정이 없는 남자였다. 눈빛에서 어떠한 감정도 느껴지지 않았다. 반면 홀쭉이는 야릇한 미소를 짓고 있었다. 어쩌면 비굴해 보이는 인상이었다. 홀쭉이 경찰 쪽의 계급이 높은지 일행을 둘러보며 말했다.

"김재성 씨가 누구?"

김재성이 손을 들었다. 홀쭉이는 일행을 둘러보았다.

"그럼 이분들은 누구시죠?"

김재성이 한 명 한 명 신분을 설명했다. 최가로를 변호사라고 소개했을 때, 홀쭉이의 웃음이 잠시 사라졌고 표정 없는 뚱뚱이의 눈에도 힘이 들어갔다. 자기방어 기제에서 나오는 본능이었다.

"변호사를 부를 만한 결과는 없었는데……."

두 경찰은 자리에 앉았고, 홀쭉이가 서류를 들추면서 말했다.

"정황을 토대로 조사한 1차 결과가 나왔습니다. 아, 결론부터 얘기하자면 자살입니다. 김현희 씨는 자살로 결론 났어요."

"뭐요? 자살이요?"

김재성의 뇌는 잠시 막혀 있는 도로처럼 움직이지 않았다. 어떤 이유 때문에 죽임을 당했다고 생각했는데 자살이라고 하니 사고가 정지한 것이다. 박병배가 옆에서 경찰에게 물었다.

"교통사고는요? 차가 파손돼 있었다면서요?"

"아 예예, 그 사고 흔적은 자동차가 발견된 위쪽 3킬로미터 부근 도로에서 발견되었습니다. 거기 가드레일이 구부러지고 플라스틱 조각들이 떨어져 있었는데 김현희 씨 자동차와 일치했어요. 다른 차량과 사고라기보다 가드레일에 혼자 부딪힌 겁니다. 즉, 자살을 시도한 것이죠."

김재성이 정신이 들었는지 급하게 말했다.

"그럴 리가. 누나가 자살할 리가 없어요. 누나의 남자 친구는요? 당시 그 남자를 만나러 갔다고 어머니가 말해 줬다고요."

"아, 남자 친구. 잠시만요."

홀쭉이 경찰은 침을 바른 손으로 종이를 뒤적이더니 말했다.

"여기 있네요. 그 사람은 조사했습니다. 이름이 이도형이고,

이도형의 말로는 그날 사망자인 김현희와 이별 여행을 연천으로 왔다고 하더군요. 이도형이 말하기를 본인은 마음을 정리했는데 김현희 씨는 정리하지 못했다고 했어요. 울고불고 겨우 달래서 보냈는데 이런 일이 있을 줄 몰랐다고 합니다. 실연의 아픔을 못 이기고 자살한 것이겠죠."

"말도 안 돼! 그 사람이 죽였을지도 모르잖아요."

"진정하세요. 그 남자는 하루 종일 펜션에 있었어요."

"증거가 있나요?"

"남자 스마트폰의 기지국 이동이 없었고, 펜션 안에서 게임을 했다고 하는데 밤새 컴퓨터 게임에 접속한 기록이 있습니다. 남자는 펜션 안에 있었다고 봐야 해요."

"조사가 똑바로 된 겁니까? 누나는 어머니께 그 남자에 대해 이야기했어요. 저도 만나봐서 압니다. 처음에는 괜찮았는데, 직장을 잃더니 점점 이상해졌어요. 분명 누나가 헤어지자는데 격분해서 이런 일을 저지른 거라고요."

홀쭉이의 이마에서 땀이 흘러내렸지만, 억지로 미소를 유지하려고 노력했다.

"아예, 하지만 그것은 김현희 씨가 어머니께 거짓말을 했을지도 모릅니다. 술 취한 사람이 술 취했다고 하겠어요?"

김재성은 그놈의 얼굴을 생각하는지 주먹을 부르르 떨었다. 김재성이 아무 말 없자 홀쭉이는 이마의 땀을 손으로 닦더니 계속 조사 결과를 말했다.

"경찰은 사건을 이렇게 결론 내렸습니다. 김현희 씨는 펜션에서 이별한 후 혼자 본인의 승용차를 타고 서울로 출발했습니다. 도중 자살을 결심하고 가드레일을 들이받았어요. 아마 낭떠러지로 떨어지려고 그랬겠죠. 하지만 가드레일이 튼튼해서 떨어지지 못하자 계속 차를 운전한 거예요. 그러고는 교량이 보이자 다시 자살하자는 마음에 차를 정차하고 다리에서 스스로 떨어진 것이죠."

홀쭉이 경찰이 말도 안 되는 영화 줄거리를 말하는 것 같았다. 김재성은 혼란스러운지 머리를 쥐어뜯으며 눈물을 흘렸다. 대신 의문이 생긴 박병배가 경찰에게 물었다.

"그렇게 결론 내린 근거는 있겠죠? 그거 저도 볼 수 있을까요?"

홀쭉이는 표정 없는 경찰의 얼굴을 한 번 보더니 어깨를 으쓱하고는 자신이 보던 조사 결과를 내보였다. 거기에는 가드레일이 손상되고 차량 부품인 플라스틱 조각이 떨어진 사진과 김현희의 차량 사진을 대조한 내용이 보였다. 박병배가 종이를 몇 장 넘겨 보니 다른 사진이 보였다. 김현희가 떨어진 교량을 도식화한 모습이었다.

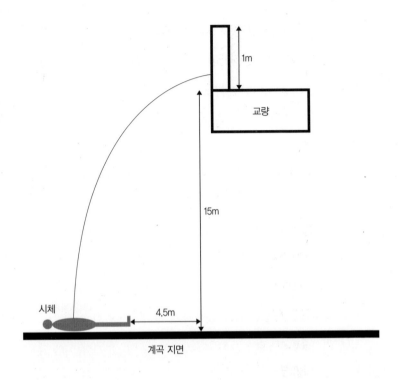

박병배가 도식을 보고 있자 홀쭉이가 설명을 보탰다.

"유체는 15미터 교량에서 추락해 4.5미터 떨어진 곳에 바로 누워 있었습니다. 머리는 교량 반대쪽으로 되어 있고, 외관 검시 결과 엉덩이와 등 쪽에 피부가 박리된 상처가 몰려 있었어요. 뒤로 떨어졌기에 이 같은 결과가 나타난 것입니다."

시체의 위치가 이상하다. 보통 자살하려고 뛰어내리면 이런 모습이 될까? 혹시 누가 떠민 것은 아닐까?

"보통 자살하는 사람은 앞으로 뛰어내리지 않나요?"

"아예, 뭐 보통은 그렇겠지만 이번 경우는 아닌가 보죠."

"누가 뒤에서 밀었다면 이런 상태가 되지 않을까요?"

박병배가 의문을 계속 제기하자 표정 없는 경찰이 나섰다. 표정처럼 낮고 굵은 목소리가 나왔다.

"김현희 씨 차에서는 다른 사람의 지문이 나오지 않았고, 루미놀 반응도 없어서 혈흔도 없다고 할 수 있습니다. 그리고 차량에서는 기타 특이한 물품도 발견되지 않아 누군가가 김현희 씨 차에 타고 있었다고 볼 수 없습니다. 결론은 자살이 맞습니다."

"하지만 발견된 모습은 이상하잖아요."

"경찰은 증거로 대답할 뿐입니다."

"다른 차와 사고 가능성은요?"

"그렇다면 다른 차량에서 떨어진 증거가 있겠죠."

쾅!

옆에서 듣던 김재성은 주먹으로 책상을 내리쳤다.

"자꾸 자살, 자살 그러는데 경찰에서 사건을 빨리 처리하고 싶어 그런 거 아니야? 누나는 자살할 이유가 없다고!"

"아니, 이 사람이!"

표정 없는 뚱뚱이의 눈썹이 올라갔다. 눈썹 하나 올라가는 것으로 위협이 느껴졌다.

김재성의 행동은 과했다. 허나 어느 누가 가족의 죽음을 그리 쉽게 받아들일 수 있을까? 박병배는 이해할 수 있었다. 본인도 그렇게 행동한 적이 있기 때문이었다. 하지만 여기서 더 소란을 부리면 과거의 자신처럼 쫓겨날 뿐이다.

"김재성 씨 진정하세요. 수연 씨가 데리고 나가서 진정 좀 시켜주세요. 전 사건에 대해 더 알아보겠습니다."

울부짖는 김재성을 여자 친구가 끌고 나가다시피 데리고 나갔다. 좀 조용해지자 박병배가 경찰에게 말했다.

"이해 좀 해주세요. 한순간에 누나를 잃었잖아요."

뚱뚱이는 화가 풀리지 않았는지 아직도 어깨를 들썩였다.

"이런 사건이 한두 번인 줄 아시오? 이런 시골에서 사건이라야 봤자 뜨내기들의 자살밖에 없어요."

홀쭉이가 뚱뚱이의 어깨를 두드렸다.

"자자, 자네도 진정하게. 자살해서 사망한 사람의 가족은 항상 그랬잖아?"

홀쭉이가 뚱뚱이를 위로하는 것처럼 보이지만 이건 둘의 역할이 나뉘어 있고, 당근과 채찍을 번갈아 쓰는 전형적인 방법일 것이다. 홀쭉이가 다시 야릇한 미소를 지으며 말했다.

"자살자 가족은 모두 같은 반응을 보입니다. 절대 자살할 리 없다고 합니다. 하지만 가족에게 자살 이유를 말 못 하는 경우가 더 많아요. 가족이 더 무관심했던 것이죠."

뭐, 모두 동의할 수는 없지만 박병배는 일단 고개를 끄덕였다.

"하지만 이 사건은 이상한 점이 많지 않습니까?"

"뭐가 그렇게 이상한데요?"

"투신한 교량과 차량이 발견된 곳이 1킬로미터나 떨어져 있잖아요. 굳이 죽으려는 사람이 1킬로미터나 걸을까요?"

"그게 뭐가 이상하죠? 제가 보기에는 하나도 이상하지 않습니다. 더 이상한 자살 사건도 많아요. 한번은 목은 맨 시체 아래 불이 피워져 있었어요. 딱 보기에 타살이 의심되죠? 하지만 조사 결과는 자살이었죠."

"김현희 씨 부검은 어떻게 되었습니까?"

"아예, 한 이틀 걸릴 겁니다. 하지만 부검으로 결과가 바뀔 만한 증거가 나오진 않을 거예요."

"알겠습니다. 이 자료 좀 찬찬히 보고 싶은데요."

계속되는 박병배의 조사에 홀쭉이의 표정이 군자 뚱뚱이가 나섰다.

"안 됩니다. 아까 모두 말씀드렸습니다. 그리고 당신은 제3자 아닙니까? 경찰의 조사를 그렇게 막 보자 그러면 안 되는 겁니다."

뚱뚱이에 이어 홀쭉이가 나왔다. 홀쭉이도 더는 안 된다는 듯 입술을 앙다물었다.

"아, 우리는 충분히 설명드렸어요. 자료에는 그 이상 설명할 것이 없습니다."

이제 자료를 모아 마치려는 그때 최가로가 손가방에서 변호사 신분증을 꺼내 책상 위에 올렸다. 신분증을 본 두 경찰의 시선이 최가로에게 향하자 씨익 하고 미소를 지었다.

"교통사고와 관련하여 조사 과정의 편파·부당·가혹행위 등 불공정한 수사가 있는 경우 이의신청을 하면 처리 경찰관서의 차상급 관서인 지방경찰청에서 재수사를 요청할 수 있어요. 연천 경찰서는 경기북부지방경찰청이 상급 기관 맞죠? 두 분 직책과 성함을 정확히 알려주세요."

최가로의 무시무시한 협박이었다. 홀쭉이의 표정이 금세 웃는 표정으로 바뀌었다.

"아 네네, 보셔야죠. 하지만 가지고 나가는 것은 안 돼요. 여기서 보셔야 합니다."

최가로가 신분증을 넣으며 박병배에게 말했다.

"비비비 탐정님, 어서 보시죠?"

동그란 안경 속의 눈이 웃고 있었다. '나와 같이 오기를 잘했지?'라고 묻는 것 같았다. 저렇게 변호사 신분을 무기로 협박이나 하다니. 박병배는 고개를 절레절레 흔들며 서류를 들췄다.

박병배는 다시 교량을 도식화한 페이지를 폈다. 아까 도식을 처음 봤을 때부터 느낌이 이상했다. 스마트폰을 꺼내 계산기 어플을 켜고 연신 두드렸다. 몇 번을 계산해도 같은 값이 나왔다. 시체 위치가 이상했다.

나올 가능성이 매우 낮은 값이다. 물리학은 정확하다. 초기 값이 있으면 100년 뒤 화성의 위치도 맞힐 수 있는 것이 물리학이다. 이 사건은 뭔가 큰 내막이 숨어 있는 것이 확실했다. 박병배는 서둘러 사건 조사를 읽으면서 중요한 사항을 기록했다.

박병배는 집에 돌아와 사건을 면밀히 검토했다. 경찰에서는 자살로 결론을 내렸지만, 시체 위치의 물리학적 오류가 해결되지 않으면 그 결론에는 동의할 수 없었다. 박병배는 눈을 감고, 아들 형곤이를 생각했다. 형곤이는 지난 교통사고로 머리를 다쳐 시골에 어머님과 있다. 박병배는 가족의 교통사고를 기억함으로써 냉정을 찾을 수 있었다. 레몬을 보면 침이 저절로 나오는 것처럼 가슴이 냉정해지고 머리가 차갑게 식었다. 박병배는 사건 노트를 펼쳐 볼펜으로 '김현희 자살의 의문점'이라고 적었다.

첫째로 자살 이유다. 경찰이 조사한 바로는 김현희의 남자 친구가 이별을 선언했고, 그 충격에 자살했다고 했다. 하지만 이는 남자 친구의 주장만을 근거로 한다. 김재성의 어머니 말은 다르다. 올해 32세인 누나가 걱정돼 어머니는 서둘러 남자 친구를 보자고 했단다. 하지만 누나는 남자 친구와 곧 헤어지겠다고 말했다고 했다. 이미 누나는 이별하기로 마음먹었는데 남자가 끈덕지게 물고 늘어진다고도 했다. 그래도 김현희는 조만간 정리된다고 했다. 누가 헤어지자고 했는지 김현희의 주변을 조사하면 쉽게 알 수 있을 것이다.

박병배는 볼펜으로 '둘째, 의문의 교통사고'라고 적었다. 경찰은 김현희가 자살하려고 가드레일을 들이받았다고 했다. 충돌 부위 타이어가 펑크 나고 앞 범퍼 및 라이트 등이 부서진 것으로 봐서 충돌 속도가 시속 40~50킬로미터라고 했다. 경찰의 말로는 무서워서 자동차가 충돌하기 직전 본능적으로 브레이크를 밟아 속도를 줄였다고 했는데 자살을 마음먹은 사람이 브레이크를 밟는다고? 뭐, 이것도 가능할 수 있겠지.

셋째로 차량 정차 위치와 추락한 교량 사이의 거리다. 교량과 자동차가 정차돼 있던 곳과의 거리는 1.2킬로미터다. 경찰의 말대로라면 김현희는 교량을 발견하고는 다시 왔던 길을 1.2킬로미터 되돌아가서 차를 정차하고 다시 걸어와 다리에서 뛰어내렸다. 1.2킬로미터를 걸어오려면 20분쯤 걸린다. 죽으려고 마음먹은 사람이 이렇게 귀찮은 행동을 할까? 뭐? 다시 남자 친구를 찾아가려 하다가 그냥 죽자 하고 걸어 왔을 수 있다고? 세상에는 이상한 자살이 많다고?

박병배는 맨 아래 빨간색 볼펜을 꺼내 '결정적 이유'라고 적었다. 바로 시체의 위치다.

앞의 세 가지 의문점은 우연히 있을 수도 있는 일이다. 하지만 시체 위치는 그렇지 않다.

박병배가 이 사건을 좀 더 조사해 보고자 한 계기, 물리학적 시체의 위치 문제다. 등가속도 법칙에 대입하면 김현희가 다리에서 뛰어내린 수평속도를 계산할 수 있다. 계산에 의하면 김현희의 자살 위치는 초속 2.57미터의 수평속도가 있어야 가능한 곳이다. 이것을 시속으로 변환하면 시속 9.25킬로미터가 된다.

표 1 속도 계산 참고자료

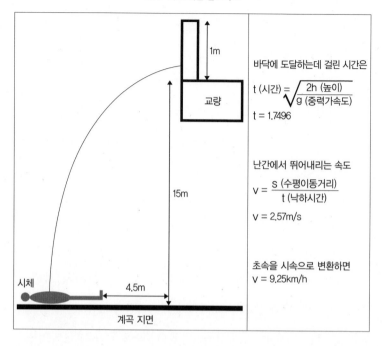

바닥에 도달하는데 걸린 시간은

$$t\,(시간) = \sqrt{\frac{2h\,(높이)}{g\,(중력가속도)}}$$

$t = 1.7496$

난간에서 뛰어내리는 속도

$$v = \frac{s\,(수평이동거리)}{t\,(낙하시간)}$$

$v = 2.57m/s$

초속을 시속으로 변환하면
$v = 9.25km/h$

1m

교량

15m

4.5m

시체

계곡 지면

이 속도가 왜 문제가 될까? 헬스장에서 런닝머신을 해본 사람은 알 것이다. 보통 걷는 속도가 시속 4킬로미터니까 시속 9.25킬로미터는 매우 빨리 달리는 속도다. 그리고 교량에는 난간이 있다. 김현희는 매우 빨리 달려와 허들 선수처럼 1미터 높이의 난간을 뛰어넘어야 하는 것이다. 자살하는 사람이 저런 행동을 했다는 것은 말이 안 된다. 그럼 어떤 가정을 세울 수 있을까? 박병배의 두뇌가 빠르게 움직여 몇 가지 생각하기도 싫은 가정을 떠올렸다. 하지만 거기에 자살은 없다.

경찰은 주변조사를 통해 타살의 가능성이 없다고 결론 내렸지만, 누군가 죽이려는 계획을 세웠다면 증거를 없애려고 철저히 준비했을 것이다.

박병배가 연천에 다시 가봐야겠다고 생각하고 있을 때, 스마트폰 전화벨이 울렸다. 김재성이었다.

"네, 김재성 씨."

"내일 누나의 부검 결과가 나온다고 하는데 같이 가 주실 수 있습니까?"

마침 잘됐다. 부검에서 사망 원인이 확실히 나올 것이다. 사망 원인을 알고 사건을 조사한다면 엉뚱한 일은 하지 않아도 된다. 혹시 추가 조사가 있을지도 몰라 박병배는 자신의 차로 따로 가겠다고 하고 전화를 끊었다.

내일 사무실에 나가지 않는다고 최가로에게 전화하려다 시계를 봤다. 밤 10시가 넘어가고 있었다. 사이가 어떠한들 전화하기에 조금 늦었다는 생각이 들었다. 김재성과는 연천경찰서에서 11시에 만나기로 했으니 최가로가 출근하는 9시에 사무실에서 말하고 출발해도 늦지 않을 것이다.

오랜만에 깊은 생각을 했더니 목이 탔다. 박병배는 일어나서 냉장고를 열었다. 오래 전에 사둔 수입 캔맥주가 보였다. 침이 꿀깍 넘어갔지만, 옆의 탄산수를 집었다. 술은 박병배가 의도적으로 만들어둔 습관 체계를 망가뜨릴 뿐이었다.

박병배는 일찌감치 최가로 변호사 사무실에 나갔다. 평소 하던 대로 빗자루로 바닥을 쓸었다. 찬찬히 의자를 빼고 비질을 했다. 사무실은 깨끗해서 머리카락, 작은 모래만 모일 뿐이었다. 네 사람이 사용하는 작은 사무실은 크게 더러워지지 않았다. 화장실에 가서 벽에 거꾸로 걸려 있는 두 개의 대걸레를 물에 적혀 사무실로 가져왔다. 하나는 출입구에 세워두고, 나머지 하나로 바닥을 닦기 시작했다. 허리를 숙이고 손에 힘을 주어 밀었다. 사무실을 반쯤 닦고, 새 대걸레로 교체했다. 그리고 나머지 부분을 닦을 때쯤, 최가로가 들어왔다.

"굿모닝, 비비비 탐정님."

박병배는 바닥을 닦는 깃을 마치고 허리를 폈다. 허리가 뻐근했다. 날씨가 점점 더워져 이마에서 땀이 비 오듯 쏟아졌다. 박병배의 얼굴을 본 최가로가 안쓰러운 듯 말했다.

"비비비 탐정님 청소는 업체에 맡기면 된다니까요."

"사무실 사용료입니다."

"내 조수로 들어오면 그런 거 필요 없잖아요."

그걸 떠나서 박병배는 자신의 몸에 습관을 들이고 있는 것이다. 청소를 힘들어도 다섯 번만 반복하면 이 닦는 것처럼 무

감각할 뿐이다. 이렇게 루틴을 만들어 아침 청소로 하루를 시작하면 머리도 맑고 정신집중도 잘됐다. 그나저나 박병배는 연천 가는 이야기를 꺼냈다.

"최가로 변호사님. 오늘 김현희 씨의 부검 결과가 나온다고 하더군요. 오늘도 연천에 가보려고 합니다."

최가로가 책상에 손가방을 올리고는 굽이 높은 구두를 벗고 실내용 슬리퍼를 신었다.

"경찰에서 자살로 결론 내린 것은 다 그럴 만한 이유가 있는 것 아니에요?"

"맞아요. 하지만 마음에 걸리는 부분이 있어요."

"그게 뭔데요?"

최가로에게 시체 위치 이야기를 설명해야 할까? 물리학을 모르는 사람에게는 그저 괴짜로 보일 뿐이었다. 박병배는 다른 설명을 택했다.

"변호사님 이리 나와 보세요."

박병배는 대걸레 자루를 바닥에 놓았다.

"이 대걸레 자루가 선이라고 생각하고 여기서 제 자리 멀리뛰기를 해보세요."

"갑자기 무슨 멀리뛰기를 해요?"

"아, 일단 해보세요. 최선을 다 해야 해요."

최가로는 대걸레 자루 앞에 서서 팔을 휘두르다 앞으로 뛰었다. 박병배는 자신의 책상 서랍을 열고 30센티미터 플라스틱 자를 가지고 와서 최가로가 뛴 거리를 측정했다.

"1미터 20센티미터가량 뛰었네요. 저라도 별다를 것 없을 겁니다."

"그러니까 멀리뛰기랑 사건이랑 뭔 관련이 있는데요?"

"김현희의 시체는 교량에서 수평으로 4.5미터나 떨어져 있었죠."

최가로는 박병배가 무슨 말을 하는지 이해됐다.

"하지만 높이가 높으니 떨어지면서 몸이 앞으로 계속 나가지 않을까요?"

"물리학에는 자유낙하 공식이 있어요. 그러려면 시속 9킬로미터, 즉 매우 빠른 속도로 달려와서 뛰어야 합니다. 게다가 허들도 넘어야 하구요."

"음…… 뭔가 이상하긴 하네요. 혹시 동물이, 예를 들면 멧돼지 같은 동물이 시체를 물어 이동시킬 수 있지 않을까요? 근데 멧돼지가 육식인가?"

박병배가 생각해보지 않았던 것은 아니다. 김현희의 엉덩이 쪽에 피가 있었다. 동물이 끌고 갔다면 바닥에도 끌려간 흔적이 남아야 했다. 더군다나 동물이 시체를 이동한 것이라면 먹기 위해서일 텐데 김현희의 몸에는 동물에 의한 흔적이 없었다.

"그렇다면 흔적이 남아야 합니다."

최가로는 잠시 생각하는 듯하더니 신발을 다시 갈아 신기 시작했다.

"궁금해서 못 견딜 것 같아요. 저도 가겠어요."

"국선 변호사는 엄청 바쁘다고 들었는데요."

"정말 바쁜데 운명인지 오늘만 시간이 나는 거라고요."

"뭐, 심심하지는 않겠네요."

"제 차로 가시죠."

그렇게 박병배는 최가로가 운전하는 차를 타고 연천경찰서에 갔다. 김재성도 여자 친구인 오수연과 같이 왔다. 넷은 경찰서 수사과로 들어가 어제와 같은 자리에 앉았다. 잠시 후 나온 뚱뚱이 경찰이 넷을 보더니 인상을 구겼다. 어제부터 자살 사건에 변호사와 교통사고 조사관이랍시고 껴든 것이 불편할 것이다. 홀쭉이는 어디 갔는지 보이지 않았다.

경찰관은 인사도 없이 자리에 앉더니 들고 있는 결과 서류를 펴들고 교과서를 읽는 것처럼 읽어 내려갔다.

"그럼 김현희 씨 부검 결과를 말씀드리겠습니다. 요추 3, 4번 완전 분리 골절, 선골, 미저골, 미골 골절, 경추 3, 4, 5번 완전 분리 골절 골반, 장골, 선골, 치골 골절……."

경찰은 도대체 알아들을 수 없는 용어로 빠르게 읽어 내려갔다. 수첩에 기록하던 박병배는 도저히 따라갈 수 없어 경찰의 말을 끊었다.

"잠시만요. 하나도 알아들을 수 없습니다. 다시 하나하나 짚어 갔으면 좋겠습니다. 천천히 읽어 주세요."

경찰은 제지하는 박병배를 보더니 크게 한숨을 내쉬었다. 서류를 바닥에 탁 소리가 나게 내려둔 경찰관은 박병배의 말은 무시하고 김재성을 돌아보았다.

"김재성 씨, 결과만 알면 되지 않겠습니까?"

김재성도 결과가 궁금한 눈치였다. 박병배는 김재성이 대답하기 전에 얼른 끼어들었다.

"김재성 씨, 누나에게 일어난 모든 것을 알아내려면 자세한 부검 결과도 알아야 합니다."

누나의 죽음에 한 치의 의문도 허락하지 못하겠는지 김재성의 눈은 초점이 선명해졌다.

"맞습니다. 이분 말씀대로 누나에게 일어난 모든 것을 알아야 합니다. 천천히 읽어주세요."

경찰은 입술을 지그시 깨물었다. 귀찮음에서 나오는 행동이었다. 경찰은 다시 서류를 들고 천천히 읽기 시작했다.

"그럼 다시 천천히 읽겠습니다. 요추 3, 4번 완전 분리 골절, 선골, 미저골, 미골 골절."

경찰관은 거기까지 읽고 박병배를 바라보았다. 박병배는 들은 내용을 수첩에 연신 기록했다. 한자였지만 대충 이해할 수는 있었다.

"경찰관님 요추라면 허리뼈고, 미골이라면 꼬리뼈를 말하는 거지요?"

"그렇습니다."

"완전 분리 골절은 뭔가요?"

"말 그대로 분리되어 떨어졌다는 겁니다. 계속 읽을까요?"

"네."

"후두부 두개골 골절 및 충격부위 경막하출혈."

"잠시만요. 그건 뒤통수가 강하게 부딪친 거죠?"

"교량에서 뒤로 떨어졌으니까요. 엉덩이부터 떨어지고 다음 뒤통수가 부딪힌 겁니다."

박병배는 볼펜을 돌려 계속 하라는 신호를 보냈고, 경찰관은 계속 읽었다.

"골반, 장골, 선골, 치골 골절"

골반과 치골은 알겠지만 장골과 선골을 처음 들었다. 하지만 엉덩이 근처의 뼈들일 것이다.

"설골, 윤상연골 골절, 방패 연골 왼쪽 위뿔뼈 기저부 골절, 후두부, 인후부 혈종 및 부종 형성."

어려운 용어가 나왔다. 후두부, 인후부라면 목이다.

"잠깐! 지금 말씀하신 뼈들은 기도 부근이죠?"

"정확히는 기도 위쪽을 이루는 뼈죠."

"혈종은 피가 고이고, 부종은 체액이 고여 부어오른 거고요?"

뚱뚱이는 흥하고 코웃음 쳤다.

"잘, 아시네."

"그럼 후두부, 인후부의 혈종과 부종이 기도를 막았겠네요?"

"그렇습니다."

경찰관은 더 읽을 것이 남아 있는지 다시 들고 있던 서류로 고개를 떨구었다.

"우늑골 2번 골절, 좌 늑골 2, 3번 골절, 흉골 골절로 폐 손상, 혈액 유실 발견."

늑골이라면 갈비뼈다. 부러진 갈비뼈가 폐를 찔러 손상시킨 것이다. 아까 기도부근의 골절도 그렇고 갈비뼈가 손상된 것도 이상하다. 시체는 누워 있었다. 다리에서 뒤로 뛰어내렸다면 엉덩이부터 추락할 것이고, 지금 결과처럼 엉덩이 부분의 상처가 심할 것이다. 뒤통수 충격도 이해할 수 있다. 하지만 등뼈 부분은 피부박리 외에 크게 손상되지 않았지만, 오히려 앞쪽 갈비뼈와 기도 부분이 부서졌다. 이게 물리학적으로 가능한 일인가?

"경찰관님 뒤로 떨어져서, 등뼈는 이상이 없는데 몸의 앞쪽인 갈비뼈와 기도 근처 뼈가 부러진 것이 가능합니까?"

"그것은 1차 교통사고에서 발생한 것입니다."

김현희는 첫 번째 자살 시도로 가드레일을 들이받았었다. 그때 관성에 의해 몸이 앞으로 쏠렸고, 핸들에 부딪혀 기도와

갈비뼈가 부러진 것으로 판단하는 것이다. 여기까지는 반대의 견이 없다. 하지만 분명히 후두부와 인후부에 혈종과 부종이 있다고 했다. 기도가 막혔을 것이고, 갈비뼈는 폐를 찔렀다고 했다.

"경찰관님 이상하군요. 갈비뼈가 부러져 폐를 찌르고 혈종과 부종으로 숨을 쉴 수 없었을 텐데 1.2킬로미터를 걸었다고요?"

경찰의 표정에도 난해함이 묻어나기 시작했다.

"하지만, 부검 결과를 보면 그런 결론밖에 얻을 수 없겠죠."

"그렇다고요? 그럼 부검 결과 결정적 사인은 무엇입니까?"

경찰관의 인상이 구겨지고 벌겋게 달아오르기 시작했다. 본인이 생각해도 이상한 결론일 것이다.

"부검의는 기도가 막혀 사망했을 가능성이 가장 높다고 말합니다."

"좋습니다. 그렇다면 부검 결과를 바탕으로 김현희 씨는 자살이 맞습니까?"

경찰관은 검붉어진 얼굴로 머리를 긁으며 말했다.

"경찰 조사 결과는 변하지 않았습니다. 2차 조사 결과도 자살로 결론 내렸습니다. 가드레일을 들이받았을 때, 갈비뼈와 기도에 골절이 일어났지만, 혈종과 부종은 천천히 일어난 겁니다. 교량에서 뛰어내리기 전후 혈종과 부종이 기도를 완전히 막은 것이죠. 부검의도 이러한 결론이 가능하다고 했습니다."

어이없는 결정이다. 도대체 경찰은 머릿속에 뇌가 있는 것일까? 하지만 박병배는 흥분하지 않았다. 흥분은 합리적 사고를 방해한다. 더욱이 경찰관에게 흥분해봤자 돌아오는 것은 없다. 하지만 옆자리 김재성이 벌떡 일어났다. 김재성의 눈에 핏발이 서 있었다.

"이게 뭐가 자살이야! 폐가 뚫리고 숨이 막히는데 1.2킬로미터를 자살하러 걸어갔다고?"

"흥분하지 마십시오! 가능성은 충분합니다! 당신 누나는 자신의 목숨을 확실히 끊으려고 그런 행동을 한 겁니다."

김재성은 눈이 뒤집혔다. 책상을 뒤집으려 해서 박병배가 얼른 책상을 눌렀다. 다행히 큰 참사는 일어나지 않았다. 홀쭉이 경찰관이 달려왔다. 자신이 보고하기 껄끄러운 상황이라 그런지 숨어서 지켜보고 있었나 보다. 어제와 마찬가지 상황이다. 오수연이 김재성을 진정시키며 밖으로 데리고 나갔다.

뚱뚱이 경찰관은 분노의 눈으로 나가는 김재성을 째려보았다. 이제 표정 없는 뚱뚱이가 아니었다. 얼굴이 붉은 도깨비였다.

"자네도 어디 가서 쉬고 오게나. 어서!"

뚱뚱이가 한 소리 하고 사무실을 나가자 홀쭉이는 박병배에게 하소연했다.

"이해 좀 해주십시오. 우리라고 그런 결정을 쉬이 내린 것이 아니에요. 증거, 타살이라면 증거가 있어야 해요. 저번에 목을 매고 아래 불을 피운 사람 있죠? 그 사람은 목을 맸을 때 실패할 가능성 때문에 아래 불을 피운 것이었어요. 그리고 동맥을 끊고 건물에서 뛰어내린 사람도 있고요. 심지어 할복하고 나온 자신의 창자를 손으로 끊은 사람도 있어요. 이 사람들은 모두 확실히 죽으려고 한 거라고요. 부종으로 숨이 막혔는데 1킬로미터를 걸어가 투신하는 것은 오히려 평범한 축에 속한다고요."

경찰은 이제 그만 좀 하라고 하소연했지만 박병배는 궁금한 것을 멈출 수 없었다. 오류를 찾아 공격하기로 했다.

"경찰관님 방금 앞쪽 갈비뼈와 기도 근처 뼈가 부러진 것은 1차 교통사고에서 발생한 것이라 했어요. 상식적으로 이해할 수 있습니다. 그럼 묻겠습니다. 갈비뼈와 이름도 어려운 기도 근처 뼈는 어디에 부딪혀 발생한 상처죠?"

"아네, 그야, 충돌 시 핸들에 부딪혀 발생한 상처입니다."

홀쭉이도 이름이 어려운지 다시 서류를 보았다.

"핸들 위쪽에 윤상연골과 방패연골이, 아래쪽에는 갈비뼈가 부딪혔죠. 핸들 모양과 위치가 딱 맞아요."

"그럼 에어백은요? 분명히 자동차가 발견되었을 때, 에어백이 터져 있었어요. 그런데도 그런 심각한 상처가 발생합니까?"

박병배는 장기의 왕을 따라가듯 계속 몰아쳤다. 경찰도 모순되는 상황을 설명할 수 없을 것이다.

"아, 네네, 그건 에어백이 늦게 터졌을지도 모르지요. 블랙박스가 없으니 안에서 무슨 일이 일어났는지 알 수 없는 것이죠."

박병배는 참으려고 노력했지만, 자신도 모르게 목소리가 커졌다.

"도대체 경찰들은 상식이 있는 겁니까? 나중에 터지는 에어백이라니요? 에어백은 제대로 작동했어요. 그런데 갈비뼈가 부러져 폐를 찌릅니까? 그럼 에어백은 안전장치가 아니라 위험장치네요."

홀쭉이 경찰은 노련했다. 이런 상황을 많이 겪었는지 말도안 되는 말들을 쏟아냈다.

"그건 자동차 회사에 가서 따지십시오. 아무튼 김현희 씨는 1차 교통사고로 죽지 못했기 때문에 교량에서 투신한 것입니다. 부검 결과에 엉덩이 골절 부분에서도 상당량의 출혈도 있었습니다. 그런 것이 복합적으로 작용해서 죽은 거고요."

박병배는 화가 치밀었다. 경찰은 항상 그렇다. 박병배의 가족이 교통사고를 당했을 때도 교통경찰은 가해자인 검사의 편이었다. 우리나라에서는 교통사고에서도 유전무죄 무전유죄인 것이다. 이 홀쭉이 경찰도 서민의 편이 아니라 자신의 안위와 편의를 위해 결정을 내린 것이다.

박병배는 말도 안 되는 소리를 계속하는 경찰을 힘껏 비꼬았다.

"아, 그렇군요. 폐가 뚫리고, 숨도 제대로 못 쉬는 사람이 자동차를 운전하다 세우고, 무슨 이유에선지 1.2킬로미터를 걸어가서 투신했다는 거군요? 걸으며 어떻게 죽을지 생각이라도 했나 보네요."

홀쭉이 경찰은 손수건을 꺼내 자신의 이마의 땀을 닦았다.

"부탁이에요. 우리도 힘들게 일하는 사람이에요. 다른 경우는 생각할 수 없다고요."

"왜 다른 경우가 없습니까? 남자 친구가 죽이고 유기했을 수도 있지요!"

홀쭉이는 뻘뻘 흐르는 땀을 다시 닦고는 비밀을 얘기하듯 작게 속삭였다.

"그 남자는 15킬로미터 떨어진 펜션에 있었어요, 휴대전화와 게임 접속 기록을 조사했는데 남자는 펜션에서 움직이지 않았다고요."

경찰의 행동에 박병배의 분노도 점점 커지고 말았다.

"게임은 접속해 놓고, 휴대전화는 안 가져갔겠지요!"

박병배와 말이 통하지 않는지 홀쭉이는 불쌍한 표정을 지으며 최가로를 돌아보았다.

"변호사님, 법을 수호하시니 아시잖아요. 형사소송법에 합리적 의심이 있다는 거요. 남자 친구를 의심할 수 있는 구체적이고 명백한 증거가 전혀 없다고요."

최가로는 무표정했지만, 박병배의 화는 폭발하고 말았다.

"증거는 당신들이 찾아야지! 그게 경찰들의 일이라고!"

박병배가 흥분한 모습을 보자 어디서 지켜보고 있었는지 뚱뚱이 경찰이 달려왔다.

"당신 경찰이 우스워? 우리가 그런 것도 확인하지 않았을 것 같나! 증인도 있어! 증인!"

"그게 누군데! 뛰어내리는 것을 본 사람이라도 있다는 말이야?"

분위기가 점점 험악해졌다. 최가로가 얼른 일어나 박병배를 안아서 막아섰다.

"박병배 씨 왜 그러세요? 언제나 차분한 사람이 왜 흥분하고 그러세요?"

경찰들은 절대 생각을 바꾸지 않을 것이다. 그저 자살로 결정하고 모든 증거를 끼워 맞출 것이다. 여기서 시체의 위치를 말한다 한들 동물이 물고 갔다거나 정말 달려와 뛰어내렸다고 우길 것이다. 주위의 경찰들도 다가왔다. 경찰들 모두 박병배에게 한마디씩 했다. 공무집행 방해로 체포하겠다, 어디서 소란이냐 등의 협박성 말들이었다.

박병배는 체포가 두렵지 않았다. 이미 갔다 온 교도소도 무섭지 않았다. 오직 진실이 이렇게 묻히는 것이 괴로울 뿐이었다. 자신의 교통사고 때처럼 진실과 다르게 억울함을 당하고, 피해보는 사람이 없어야 한다는 생각뿐이었다. 박병배는 막아서는 최가로 어깨 너머로 경찰들에게 소리쳤다.

"내가 직접 증명하겠어. 당신들 그때는 옷 벗을 각오해!"

최가로에 밀려 밖으로 나오자 김재성과 오수연이 한쪽에 마련된 흡연실에서 담배를 피우고 있었다. 둘도 정문을 나선 둘을 보고는 담배를 끄고 다가왔다.

뭔가 더 있느냐고 김재성이 눈으로 물어왔다. 하지만 경찰이 결정 내린 사항을 바꿀 수는 없었다. 에어백이 터졌음에도 갈비뼈가 다친 것이나, 시체의 위치가 이상하다든가 하는 내용만으로는 경찰이 다시 수사를 시작하지 않을 것이다. 뭔가 확실한 증거나 의문이 있어야 한다. 박병배는 자살이 아님을 확신했다. 조사를 해야 한다.

"일단 의심스러운 점이 너무 많습니다. 저는 자살이 아님을 확신합니다. 뭔가 더 찾아내야 경찰에서 재수사를 시작할 겁니다."

김재성은 지푸라기라도 잡고 싶은 표정으로 변했다.

"조사해 주세요. 당신께 정식으로 누나 사건에 대한 조사 의뢰를 하고 싶습니다. 당신은 교통사고 전문 뭐라고 했잖아요. 비삼 탐정이었나요?"

김재성의 말에 옆에 있던 최가로가 놀라 박병배를 말렸다.

"비비비 탐정님, 아니 박병배 씨! 이건 안 될 일입니다. 경찰에서 저리 결론을 내렸는데 박병배 씨가 무슨 수로 조사한다는 거예요? 저 경찰의 말에서 틀린 것이 없어요. 합리적 의심 말이에요. 용의자로 둘 의심점이 하나도 없다는 말이에요."

오수연도 김재성의 팔을 잡아당겼다.

"오빠, 그만 잊자. 오빠의 삶을 찾아야지 매일 회사도 안 나가고 그러면 회사에서 입지도 나빠지잖아."

김재성은 오수연에게 휘둘리는 스타일인지 잠시 머뭇거렸다. 오수연의 말이 틀린 것은 아니다. 어쩌면 산 사람은 얼른 아픔을 잊고 평상시로 돌아가는 것이 현명할 수 있기 때문이다. 오수연은 흐느끼기 시작했다.

"그리고 언니 장례도 치러야지. 부검까지 했는데 얼마나 불쌍해. 저렇게 그냥 둘 거야?"

김재성도 흔들리는지 목소리가 한층 가라앉았다.

"탐정님 자신 있나요?"

억울한 죽음을 당했다면 그걸 밝힐 자신이 있느냐는 물음이었다. 사실 자신은 없었다. 대한민국 경찰도 바보는 아닐 것이기 때문이다. 헛된 대답으로 희망을 끈을 놓지 못하게 할 수 없었다. 대신 조사를 하고 싶다는 의미로 말했다.

"누나와 그 남자 친구 사진 있습니까?"

박병배의 대답에 옆의 오수연이 더 난리쳤다.

"당신이 뭔데 자꾸 부추기는 거예욧! 우리 오빠 좀 내버려두세요."

"억울함이 가슴 속에 있다면 당신네 오빠가 평상으로 돌아올 수 있을까요?"

"당신만 아니면 돌아올 수 있어요!"

박병배는 고개를 숙이고 있는 김재성에게 말했다.

"김재성 씨 누나의 시신 위치가 이상해요. 그 위치에 떨어지려면 매우 빠른 속도로 달려와야 합니다."

김재성이 고개를 들고 반응하려 하자 오수연이 박병배의 가슴을 두 손으로 밀쳤다.

"당신이 도대체 뭐라고…… 아니, 우리나라에 탐정이 어디 있어? 당신이 그런 조사를 하는 것은 불법이라고! 그리고 오빠는 불법 조사를 시킨 범죄를 저지르는 거야."

틀린 말은 아니다. 박병배는 사업자등록을 하지 않았기에 누구의 의뢰를 받아 돈을 받으며 사건을 조사할 수 없다. 얼른 도로교통사고 감정사 자격증을 따야 하는데 말이다.

하지만 반대하던 최가로가 구세주로 나섰다. 최가로는 동그란 안경을 고쳐 쓰더니 말했다.

"오수연 씨, 난 변호사니 의뢰를 받을 수 있어요. 그리고 여기 박병배 씨는 제가 고용한 탐정, 아니 조사관이 됩니다. 이제 법적으로는 문제될 것이 없네요."

오수연은 최가로의 말을 듣더니 얼굴을 심하게 찌푸렸다. 그러더니 김재성에게 원망의 말을 쏟아내고는 자신들의 차로 씩씩거리며 걸어갔다.

"오빠 맘대로 해!"

박병배도 이 정도의 여자 언어를 이해할 수 있었다. 맘대로 하라고 했지만, 정말 맘대로 하면 가만 안 둔다는 말이었다. 김재성은 박병배와 잠시 눈을 맞추고는 여자 친구 뒤를 따라갔다. 의미심장한 눈빛이었다. 조사를 진행하라는 눈빛으로 읽혔다.

김재성의 차가 인천으로 출발하자 최가로가 물어왔다.

"비삼 탐정님은 어떡하실 거예요?"

"비삼 탐정?"

"아까 김재성 씨가 비삼 탐정이라고 부르던데요? 비비비를 비삼으로 바꿨나 봐요. 비가 세 개니 비삼. 전 좋은데요."

최가로의 얼굴이 장난기 가득한 얼굴로 변해 있었다. 그나저나 한시도 자신을 놀리지 않으면 입에 가시가 돋는 성격인가보다.

"비삼이 뭡니까? 지금은 좀 진지해집시다."

"비비비 탐정을 싫어하는 것 같아서, 비삼은 괜찮지 않아요?"

"어서 운전이나 하세요. 김현희와 그 남자 친구가 머문 펜션으로 가보자고요."

"조사하신다고요? 저 여친이 저리 경기를 일으키는데 말이에요?"

"고용주가 왜 그러세요? 아까 변호사로 조사를 의뢰받았잖아요."

"그건, 비삼 탐정이 불쌍해서……. 하지만 김재성 씨는 아직 정식으로 의뢰하지 않았다고요."

"곧, 의뢰를 할 것입니다."

박병배는 최가로의 자동차가 주차된 곳으로 이동했다. 최가로는 구시렁거리면서도 따라왔다. 차에 타자 최가로는 몸을 조수석 쪽으로 돌려 다짐을 받듯이 말했다.

"박병배 씨는 제게 고용된 조사관 신분이에요. 제가 허락하는 이상의 일을 하시면 안 되는 거예요."

"알겠습니다. 그리고 고맙습니다."

오수연이 법적으로 고용을 들먹일 때, 최가로가 도운 것을 말한 것이다. 최가로는 박병배를 잠시 보더니 버튼을 눌러 시동을 켰다.

"비삼 탐정님. 그럼 출발합니다."

최가로의 흥에 박병배는 고개를 절레절레 흔들었다. 차는 미끄러져 경찰서 정문을 나섰다.

경찰의 결과인 자살을 생각하기에는 너무 이상했다. 경찰이 어떻게 조사하고 결과를 내는지 모르겠지만, 박병배는 김현희가 자살하지 않고 살해당한 것에서 출발했다. 그럼 누가 그런 짓을 저질렀을까? 김재성의 어머니는 김현희가 남자 친구랑 끝내려고 했다고 말했다. 김현희의 남자 친구인 이도형은 경찰에게 본인이 헤어지자고 했는데 김현희가 매달렸다고 말했다. 김현희의 사인에 의문이 있으니 상반된 주장을 한 이도형을 조사해볼 만하다. 박병배는 이도형이 범인이라는 가정에서 출발하기로 했다.

사건이 일어난 날 경찰이 조사한 이도형의 휴대전화 기록에는 김현희밖에 없었고, 기지국 이동도 없었다. 이도형의 휴대전화는 밤새도록 펜션 안에 있었다고 봐야 한다. 접속한 게임 기록도 그것을 뒷받침해 주는 증거다.

하지만 게임은 컴퓨터로 접속해 놓고, 휴대전화를 방 안에 두고 나갔다면 어떨까? 그것을 증명할 수 있다면 좋을 텐데…….

최가로는 스마트폰 내비게이션을 보며 구불구불한 산길을 운전해 갔다. 먼저 경찰이 말한 1차 자살 시도 사고 지점에 멈춰 살폈다. 그 사이 청소를 했는지 가드레일이 구부러진 것 외에 특별한 것은 없었다. 그때 박병배의 스마트폰에 메시지가 들어왔다. 스마트폰을 꺼내 보니 김재성이었다. 김재성은 메시지로 김현희와 남자 친구 이도형이 같이 찍은 사진을 전송했다. 운전 중 오수연 몰래 보낸 것이 눈에 그려졌다.

"최가로 변호사님 김재성이 누나 사진을 보냈어요."

"사건 조사를 의뢰하는 거군요?"

"그렇다고 봐야죠. 여긴 별것 없으니 펜션으로 가보죠."

박병배는 차에 올라탔다. 그나저나 평일이라 그런지 국도에 지나는 차가 거의 보이지 않았다. 그렇게 아무도 없는 도로를 따라 10킬로미터쯤 가다 보니 읍내가 나왔다. 읍내의 규모는 도로가로 30미터도 되지 않았는데 미용실, 다방, 농협, 족발집 등이 보였다. 읍내가 끝나자 다시 한적한 국도가 나왔고, 이를 따라 5킬로미터쯤 가니 산 중턱에 펜션 건물이 몇 개 보였다.

"변호사님 여기입니다. 저쪽에 차를 대시죠."

최가로는 관리동이라고 쓰인 팻말이 붙은 건물 앞에 차를 세웠다. 차에서 내리기도 전에 관리동에서 허리가 거의 기역자로 굽은 할머니가 나왔다. 할머니는 박병배와 최가로를 손님으로 보았는지 쪼그라진 입의 주름이 펴지며 미소를 보였다.

"방 줄까?"

"아니요. 뭣 좀 알아보려고 왔어요. 할머니가 주인이세요?"

할머니 입술을 다시 쪼그라들었다.

"그런데?"

"할머니, 며칠 전에 사망사고 때문에 경찰이 와서 조사했었죠?"

할머니는 기억이 나는지 눈에 초점이 돌아왔다. 하지만 이내 가늘어진 눈이 박병배를 쏘아보았다.

"당신은 누군데? 그런 것을 묻는 거요?"

"그러니까 저는 탐정 아니. 변호사……."

박병배는 최가로를 돌아보며 구원의 눈빛을 보냈다. 최가로는 가방을 열어 변호사 신분증을 꺼내 할머니께 보이며 말했다.

"할머님. 저희는 사망한 김현희 씨 동생분께 사건에 대한 조사를 의뢰받았어요. 이분은 조사관입니다."

허리는 기역자로 굽었지만, 총명한 할머니는 신분증을 받아 이리저리 살펴봤다. 신분증을 최가로에게 돌려준 할머니가 말했다.

"그래, 뭐가 궁금한 건가?"

박병배가 주머니에서 수첩을 꺼내며 물었다.

"먼저 둘은 어느 건물에서 묵었죠?"

"저짝이야. 가볼텨?"

할머니가 가리킨 곳을 보니 육각형 모양의 독채가 보였다.

"네, 감사합니다."

할머니와 함께 둘은 육각형 독채로 갔다. 이 펜션의 여러 건물 중 가장 외진 곳이었다. 할머니는 열쇠를 문손잡이에 넣고 돌렸다.

방으로 들어가니 안쪽이 화려했다. 어느 공주의 성에 들어온 것 같았다. 분홍색 커튼으로 둘러싸인 예쁜 침대와 화려한 화장대 그리고 아기자기한 소품이 품격을 높였다.

물론 한쪽에는 이도형이 게임을 했다는 컴퓨터도 마련돼 있었다.

"할머니 그때 둘에게 무슨 특이한 점이 없었어요?"

"아무것도 없었어."

"싸우거나 비명을 듣거나 그런 것은 없었나요?"

"그랬다면 다른 건물에 놀러 온 손님들도 들었겠지."

하긴 맞는 말이다. 펜션 안쪽에는 특별히 증거가 될 만한 것이 없었다. 대충 둘러보고 밖으로 나왔다.

"할머니, 경찰에서는 무엇을 조사했나요?"

"그짝이랑 똑같은 질문을 했어."

"또, 다른 질문한 것 없어요?"

"여자는 언제 출발했는지, 남자와 같이 나갔는지 물었지."

"그래요? 여자가 떠나는 것을 할머니가 보셨어요?"

"차 소리가 났으니 손님이 왔나 창문으로 내다봤지."

"어땠어요? 남자도 같이 차를 탔나요?"

"아니. 여자가 차를 타고 혼자 출발했고, 남자는 멍하니 차가 떠나는 것을 봤어. 차가 없어지자 펜션 안으로 다시 들어갔지. CCTV도 그것을 봤고."

저런 안 좋은 증언이다. 관리동 앞에 CCTV가 설치돼 있었다. 경찰도 이 증언과 증거로 이도형이 김현희와 같이 돌아간 것이 아니란 것을 확인하고 자살로 결론을 내린 것이다.

"할머니, 경찰이 CCTV도 확인했겠죠?"

"당연하지."

박병배의 머리가 꽉 막혔다. 최후의 일격을 당한 것 같았다. 이도형은 범인이 아니란 말인가? 그럼 도대체 누가 그런 짓을 벌였을까?

박병배가 고민하고 있을 때, 최가로가 분리수거장을 살폈다. 관리동 현관 옆에는 펜션 손님이 직접 분리수거를 할 수 있도록 작은 쓰레기장이 마련돼 있었다. 최가로는 할머니를 보며 물었다.

"할머니 여기 펜션 꽤 넓은데, 청소는 할머니 혼자 하세요?"

"그려. 점점 허리가 굽어 힘들어지기는 하지만 아직은 할 수 있어. 사람들이 여기까지 분리수거는 해주니 청소만 하면 되거든."

"아, 그렇군요. 분리수거를 안 하는 사람이 많죠?"

할머니는 청소를 돕지 않는 몰상식한 손님을 생각하는지 얼굴의 주름이 더욱 깊어졌다.

"가족단위 손님들은 분리수거를 잘하는데 젊은 것들은 처먹을 줄만 알았지. 치우는 것을 몰라. 그놈도 혼자 소주를 다섯 병나 먹었고, 먹다 남은 족발을 그대로 펼쳐놓고 갔지 뭐야."

할머니의 푸념은 박병배의 한 귀로 들어와 한 귀로 흘러나갔는데 '족발'이란 소리는 나가지 않고 뇌에 팍하고 박혔다. 아까 읍내를 지나오면서 대왕족발이란 간판을 본 기억이 났다. 박병배의 심장이 쿵쿵 하며 뛰기 시작했다.

"할머니! 이도형이 족발을 먹었어요?"

"그렇다니까."

"그 족발집 상호 기억해요? 혹시 대왕족발이에요?"

"어떻게 알았는가? 맞아. 족발집은 읍내에 있는 대왕족발이야. 족발집 비닐봉투도 있었고, 많이 남겨서 내가 키우는 개에게 갖다 줘서 확실히 기억하고 말고."

박병배의 가슴 떨림이 점점 커졌다.

"할머니 대왕족발은 읍내 말고 또 어디에 있어요?"

"이렇게 시골에 족발집이 두 군데면 망하지. 읍내에 하나밖에 없어."

"5킬로미터 아래쪽에 있는 읍내 말이죠?"

할머니는 고개를 끄덕였다.

"알겠습니다. 감사해요. 이만 가볼게요. 변호사님 어서 출발하지요."

최가로는 박병배가 왜 서두르는지 영문을 몰랐지만, 서둘러 차에 타고 시동을 걸었다.

'대왕족발' 여기서부터 시작하면 뭔가 알아낼 수 있을 것 같았다.

자동차를 타고 10분쯤 오자 읍내가 나왔다.

"변호사님 저기 대왕족발집 앞에 주차해주세요."

최가로는 차를 대왕족발집 앞에 세웠다. 박병배는 서둘러 내려 대왕족발 집으로 들어갔다. 저녁 장사를 위한 족발을 삶는지 원통형의 큰 솥에서는 하얀 김이 올라오고 있었다. 족발의 달콤한 냄새가 콧속으로 들어왔다. 박병배는 인사도 없이 스마트폰 꺼내 김재성에게 받은 이도형의 사진을 들이밀려고 했다.

최가로는 그런 박병배의 팔을 잡았다.

"비삼 탐정님. 쫌… 너무 급해요. 장사 개시도 못했는데 저 같으면 알려주고 싶어도 안 알려주겠네요."

최가로는 식당 홀을 가로질러 주인에게로 갔다. 부부가 장사하는지 부인이 응대했다.

　"어서 오세요."

　"음, 족발 냄새 좋네요. 지금 삶고 있는 족발은 언제 나오나요?"

　부인은 족발을 칭찬해 기분이 좋은지 함박웃음을 지었다.

　"10분이면 될 거예요."

　"포장도 되죠?"

　"그럼요. 어떤 사이즈로 포장해 드릴까요?"

　최가로는 박병배를 돌아보며 물었다.

　"족발 드시죠?"

　박병배가 고개를 끄덕이자 다시 여주인 쪽으로 고개를 돌리며 말했다.

　"중간 사이즈로 두 개요."

　최가로의 말에 여주인은 족발을 삶고 있는 남편에게 소리쳤다.

　"중짜 포장 두 개요."

　분위기 조성이 끝났는지 최가로는 뒤에 있는 박병배에게 손짓했다. 이제 질문을 하라는 뜻이었다. 박병배는 스마트폰 사진을 여주인에게 보였다.

　"주인아주머니, 혹시 이 남자 기억해요? 일주일 전 금요일에 포장했을 텐데요."

사진을 본 여주인의 눈이 이도형을 기억하는지 동공이 확장됐다.

"네, 기억해요. 여보 이리와 봐요."

대왕족발 주인 부부는 이도형을 확실히 기억했다. 시골이라 외부 손님이 별로 없는 것도 그렇지만, 금요일 마지막 손님이라 확실히 기억했다. 주인 부부의 말에 의하면 이도형은 사건 당일 밤 11시쯤 혼자 와서 족발을 찾아갔다는 것이다. 9시 반쯤 전화로 예약해서 10시 반쯤 찾아간다고 했는데 30분 늦게 왔다고 했다. 족발을 찾아가고 문을 바로 닫아서 확실히 기억하고 있었다.

"아주머니 가계에 CCTV 없어요?"

"이런 시골에 무슨, 훔쳐갈 것도 없어요."

CCTV가 없어 아쉽기는 하지만 주인의 말에 의하면 이도형은 족발을 찾으러 읍내로 나온 것이다. 이게 뭐가 대단한 거냐고? 이도형은 펜션에만 머물렀다고 했는데 거짓말을 한 것이다. 그리고 주인 부부는 분명히 전화로 족발을 예약했다고 했다. 경찰은 이도형의 통화기록에는 여자 친구 외 어떤 곳에도 통화한 기록이 없다고 했다. 이도형은 과연 어떤 전화로 족발을 예약했을까? 혹시 펜션 전화로 했을까? 아니, 자신의 핸드폰이 있는데 군이 그럴 리 없다. 백이면 백 자신의 핸드폰을 사용했을 것이다.

그리고 이도형은 왜 거짓말을 했을까? 뭔가 켕기는 것이 있기 때문이다. 이도형은 김현희의 사망과 관련해 직간접적으로 무언가 관련이 있는 것이다. 박병배의 마음속 투지에 불이 붙었다. 이제는 혼자 조사해야 한다. 이제 불법을 저질러야 하기 때문이다. 박병배는 자신의 투지가 최가로에게 들킬까 봐 의문의 예약전화는 말하지 않았다. 족발을 받아 차에 타서도 피곤하단 이유로 눈을 감았다. 그리고 이미지로 이도형의 흔적을 추적해 갔다.

오늘 밤에는 루틴 때문에 묶어둔 알코올이 필요할 듯하다.

이도형은 늦은 새벽, 컴퓨터로 독약을 검색하고 있었다. 어제 연인인 김현희가 잠시 시간을 갖자고 통보했다. 많은 연인이 그렇듯이 사귄 시간에 비례해 둘의 사랑도 감정이 잦아들었다. 잠시 혼자 시간을 갖은 후에 이별하는 것이 수순일 것이다. 하지만 이도형은 아니었다. 이도형은 김현희를 보내기 싫었다. 김현희는 이도형의 전부였다.

둘은 초등학교 동창이었다. 5년 전 동창 모임에서 만난 후 사귀게 되었다. 이도형에게는 김현희가 첫 번째 여자이자 첫사랑이었다. 당시 이도형은 한 벤처기업에서 컴퓨터 게임 프로그래머로 일하고 있었는데 회사에서 이렇다 할 실적을 보이지 못했다. 결국 회사에서 잘리고 하루아침에 백수가 되었다.

이도형은 새로운 회사에 들어가고자 게임 프로그램을 짰지만, 인터넷에 넘쳐나는 게임보다 차별화된 것을 개발하지 못했다. 당연하겠지만 이력서를 넣은 회사에서 면접을 오라는 연락도 없었다. 모아둔 돈이 떨어지자 김현희에게 돈을 빌렸고, 시간이 지날수록 점점 김현희의 돈에 의지하게 되었다. 그렇게 김현희는 이도형의 전부가 되었다.

김현희의 이별 통보는 처음이 아니었다. 그때마다 이도형은 애원하고 매달렸다. 하지만 이번에는 느낌이 달랐다. 김현희도 마음을 단단히 먹은 것 같았다.

김현희가 떠나면 이도형 자신도 죽을 것 같았다. 실패한 사람은 이유를 찾기 마련인데 이도형은 결국 김현희를 지목했다. 자신이 회사에서 잘린 것도, 백수가 되었다며 주는 용돈이 없으면 아무것도 못하는 것도 모두 김현희 때문이라고 생각했다.

"내가 누구 때문에 이렇게 됐는데, 날 버리면 죽여 버리겠어."

이도형은 김현희에게 전화했다. 받지 않았다. 이번에는 메시지를 보냈다.

[전화 받아. 그리고 그 사건은 오해라고! 안 그러면 계속
전화할 거야.]

메시지를 보내고 전화를 열 번을 더 했지만, 통화는 연결되
지 않았다. 이도형은 스마트폰을 이불 위로 던져 버렸다.

"아! 씹할 짜증 난다고!"

그때 이불 위의 스마트폰이 울렸다. 이도형은 몸을 스프링
처럼 튕겨 스마트폰을 들었다. 하지만, 전화를 건 사람은 김현
희가 아니었다.

"이 여자가 왜 전화를 해?"

박병배가 사는 원룸 건물 1층에 편의점이 있다. 최가로의 차
가 박병배를 내려주고 출발하자 편의점에 들어가 소주 두 병
을 샀다. 오늘은 알코올이 필요했기 때문이다. 최가로가 출발
하고 술을 산 것은 그녀가 술을 좋아하고 즐기기 때문이다. 박
병배도 예전에는 술을 즐겼다. 하지만 술은 이성적 사고를 줄
이고, 사람을 감정적으로 만들기 때문에 큰일을 망치게 만든

다. 특히, 박병배는 교통사고 때 알코올 중독자처럼 술을 마셨는데 자신의 내면에서 악마가 올라오곤 했다. 악마가 올라오면 법에 어긋나는 일을 서슴지 않고 할 수 있었다.

최가로는 국선변호인으로서 범죄를 저지른 박병배의 변호를 맡아주었다. 자신을 변화시키고 사무실에 받아준 최가로에게 미안하지만 술을 같이 먹기 시작하면 매일 먹자고 할 것이기 때문에 피해왔다.

엘리베이터를 타고 4층 집으로 들어왔다. 작은 상을 펴고, 최가로가 사준 족발이 든 비닐봉투와 소주가 든 비닐봉투를 올렸다. 루틴대로 곧바로 옷을 벗고 샤워했다. 속옷을 갈아입고 집에서 입는 트레이닝복을 입었다. 그리고 사건 노트를 가지고 와 책상 앞에 앉았다. 일단 소주와 족발은 옆으로 치웠다.

노트를 펼쳤다. '누나의 자살'이라고 쓰인 부분을 펼쳤다. 제목이 마음에 들지 않는다. 박병배는 빨간 볼펜으로 '의'자에 엑스자를 긋고 위에 '는'을 적었다. 그리고 뒤에 '하지 않았다'를 적어 새로운 제목을 만들었다. '누나는 자살하지 않았다.' 제목을 보니 몸이 부르르 떨렸다. 연천의 뚱뚱이와 홀쭉이 경찰이 지을 난감한 표정이 눈앞에 떠올랐다.

이도형은 경찰에게 펜션에만 있었다고 했는데 족발을 사러 읍내로 왔었던 것이다. 경찰이 조사한 바로는 이도형의 스마트폰은 펜션을 벗어난 적이 없다고 했다. 이도형의 거짓말. 이제 범행을 증명할 수 있을 것 같다는 기분이 들었다.

박병배는 노트에 '이도형이 대왕족발에 예약한 전화기는 뭘까?'라고 썼다.

이도형과 펜션 주인 할머니의 말대로라면 김현희는 밤 9시쯤 차를 타고 혼자 펜션을 떠났다. 이도형은 혼자서 술이라도 마실 요량으로 전화로 족발을 예약하고 읍내로 갔다. 펜션에서 읍내까지 5킬로미터. 이도형은 차가 없으므로 적당히 걸어가면 한 시간 거리다. 대왕족발 주인은 이도형이 10시 반에 족발을 찾으러 온다고 했는데 11시에 왔다고 했다. 30분 정도는 큰 문제가 없을 것이다. 문제는 어떤 전화기로 전화를 했느냐다. 대왕족발집의 통화기록을 확인해야 한다.

박병배는 여기까지 생각하고는 족발을 비닐봉지에서 꺼내 책상에 펼쳤다. 소주잔을 가져와 한잔 따라 단숨에 넘겼다. 목에서 알싸한 느낌이 시작해 위장까지 이어졌다. 술을 한 잔 더 따라 다시 넘기고는 족발을 나무젓가락으로 집어 입에 넣었다. 차갑게 식었지만, 부드러웠다.

"이도형 넌 이제 끝이야. 아니지 이도형보다 모순적인 상황에서 더 이상 수사를 진행하지 않는 경찰 놈들이 끝이지."

박병배는 스마트폰을 뒤져 지난날에 사용한 번호를 찾았다. 이 번호가 아직 살아 있을지 모르겠지만 메시지를 보냈다.

[○월 ○일 연천군 대왕족발에 9시 반 전후 통화목록을 조

사하고 싶습니다]라고 짧은 메시지를 보냈다. 그리고 답이 오길 기다리며 다시 소주를 따라 입에 털어 넣었다.

방금 메시지를 보낸 곳은 불법적인 일을 해주는 곳이었다. 지난날 박병배 자신이 억울한 교통사고를 당했을 때, 찾은 곳이었다. 조금 비싸긴 하지만 일처리는 확실했다.

이성적으로는 이도형이 족발집에 온 것을 경찰에 알리고 재수사를 요청해야 했다. 하지만 경찰은 또 어떤 이유를 들지 모른다. 박병배는 불법이라도 더 확실한 증거를 찾고 싶었다. 최가로, 김재성 모두에게 비밀로 하고 조사를 진행해야 한다. 변호사인 최가로는 불법이라면 분명히 말릴 것이고, 김재성은 다혈질의 성격 탓에 이 사실을 듣고 경찰에게 바로 달려갈 것이기 때문이다.

의뢰가 성사된다면 돈이 조금 걱정되긴 하지만 나중에 김재성에게 청구하자고 생각했다. 혹시 못 받게 되더라도 악을 응징한다면 그 대가로 충분했다.

그렇게 소주와 족발이 비워질 즈음 박병배의 스마트폰이 흔들렸다. 발신자 제한으로 온 메시지였다.

[내일 오후 1시. 여의나루역의 한강 둔치. 5만 원 권으로 100만 원.]

박병배는 시간과 장소를 노트에 기록하고 규칙대로 메시지를 삭제했다. 그대로 소파에 눕자 천장이 빙글빙글 돌았다. 그렇게 천장의 소용돌이로 빠지는가 싶더니 금방 잠으로 빠져들고 말았다.

아침에 눈을 뜨니 속이 부대꼈다. 족발을 거의 다 먹어 치웠기 때문일 것이다. 머리도 무겁고 움직이기 싫었다. 그래서 박병배는 되도록 술을 피하려고 하는 것이다. 루틴대로 몸을 일으켜 목부터 스트레칭하고, 근력운동으로 팔굽혀펴기를 했다. 평소에는 땀이 나고 근육에서 오는 미세한 통증이 기분을 좋게 하는 데 오늘은 팔이 쉽사리 움직이지 않았다. 술 때문에 호르몬 체계에 이상이 온 것이다. 그래도 꾸역꾸역 루틴을 마무리하고 샤워했다. 속옷은 어젯밤에 갈아입었으므로 다시 입었다.

서울에 가야 하므로 최가로에게 몸이 아프다며 오늘은 집에 있겠다고 메시지를 보냈다. 변호사 일로 바쁜지 답이 없었다. 국선변호인도 일이 몰리면 하루 종일 법원에서 공판에 참여해야 한다. 오늘이 그런 날인가 보다. 서울행 전철을 타고 신길역에서 5호선을 갈아타고 여의나루 역에서 내렸다. 계단을 따라 지상에 올라오자 도로 반대편에 넓은 공원이 보였다. 평일 낮이었지만 운동하는 사람과 연인들이 꽤 있었다.

날이 더워 매점에서 아이스커피를 구입해 한강 둔치에 앉았다. 사람이 이렇게 많은데 자신을 찾을 수 있을지 의문이 들었지만, 커피를 마시고 있자니 뒤에 사이클이 멈췄다. 운전한 남자는 타이트한 사이클 복장에 안전모, 선글라스를 끼고 있었다.

박병배가 남자를 돌아보자. 자전거에서 내린 남자는 '대왕족발'이라고 말했다. 박병배가 고개를 끄덕이자 1미터쯤 떨어져 앉았다.

"박병배 씨, 지난 일로 학교 갔다 왔다면서?"

남자의 굵은 목소리와 낮은 음색이 기억났다. 박병배는 교통사고 가해자에게 복수해 징역 1년을 선고받고, 복역 후 출소했다. 그때 일을 치르려고 이 남자에게 이것저것 부탁을 했었다.

"그때는 고마웠습니다."

"뭐, 돈 받고 하는 건데 고맙긴."

남자는 옷 어딘가 넣어둔 편지봉투를 꺼내 박병배에게 건넸다. 박병배도 가방에 넣어둔 봉투를 꺼내 100만 원을 건넸다. 남자는 봉투를 속을 확인도 안 하고는 일어섰다. 손의 감각이 100만 원을 확인했을 것이다.

"잠시만요."

박병배는 가려는 남자는 붙잡았다. 이도형이 대왕족발로 예약한 전화번호를 찾으면 그 전화의 통화목록을 또 조사해야 했다. 인천에서 서울까지 먼 길을 다시 올 수는 없었다.

"더 의뢰할지 몰라요. 잠시 기다려 줄 수 있나요?"

"당신 신원은 확인됐소. 이제 인천에서 만날 테니 같은 방법으로 의뢰하시오."

남자는 사이클을 타고 다시 한강변을 달려 저 멀리 사라졌다.

박병배는 주변을 둘러보고 봉투를 열었다. 사고 당일 대왕족발의 통화 목록이다. 시골 읍내의 족발집이라 그런지 전화는 띄엄띄엄 있었다. 그중 이도형이 주문을 하려고 통화한 9시 반경 번호를 찾았다. '010-1234-5678.' 그 휴대전화 번호는 이도형의 번호가 아니다. 이도형은 또 다른 전화기를 소지하고 있었다. 박병배의 손에 힘이 들어가 통화 목록이 적힌 종이가 구겨졌다.

"그럴 줄 알았어. 이 새끼 넌 이제 죽었어."

박병배는 스마트폰을 꺼내 다시 메시지를 남겼다.

[대왕족발집에 9시 반에 전화를 건 '010-1234-5678'
의 전후 일주일치 통화목록 부탁드립니다.]

답은 금방 도착했다.

[2시간 후 같은 장소. 5만 권으로 200.]

박병배는 자리에서 일어섰다. 돈을 찾으려면 은행부터 찾아야 했다. 여의나루역 뒤편에 높은 건물이 많이 있었다. ATM 기기는 쉽게 찾을 수 있을 것이다. 박병배는 공원을 나가 은행에서 돈을 찾고, 근처 우동집에 가서 점심을 해결했다. 잠시 쉬다가 다시 한강 둔치로 와서 앉아 있자. 사이클이 도착했다. 남자는 손에 아이스커피를 들고 있었다.

"한꺼번에 의뢰하면 가격이 오르지 않았잖소."

"죄송합니다. 단계가 필요한 일이라."

"죄송하긴 그에 대한 값만 치르면 죄송할 것 없지."

박병배는 은행에서 찾은 돈 봉투를 건넸다. 돈을 받은 남자도 두툼한 봉투를 건넸다. 일주일 치라서 그런지 아까 것 보다 두꺼웠다.

남자는 쉬려는지 박병배와 얼마쯤 떨어져 앉아 아이스커피의 빨대를 빨며 한강을 바라봤다. 박병배는 통화목록을 꺼내살폈다. 통화량은 많지 않았다. 특히, 사건이 있었던 날, 특정 번호와 여러 번의 통화가 있었다. 박병배의 머릿속에 공범이라고 떠올랐다. 시체의 위치는 공범이 있다면 성립할 수 있다. 그때 남자의 목소리가 들렸다.

"박병배 씨, 뭘 그렇게 조사하고 다니시나?"

"일종의 탐정 일을 하고 있습니다."

남자는 아이스커피를 빨고는 말을 이었다.

"의뢰한 그 전화번호는 대포폰이오."

그럴 줄 알았다. 이도형은 대포폰을 만들어 가지고 있었던 것이다. 일반인이 왜 대포폰을 만들겠는가? 뒤가 구리니 그런 것이다. 남자는 중저음을 계속 뱉었다.

"당신이 뭘 조사하나 궁금해 목록을 살펴보니, 그날 특정 번호와 전화 통화를 많이 했더군. 그 전화번호를 알아보니 마찬가지로 대포폰이었소."

박병배의 머리에 생각이 솟아나기 시작했다. 이도형은 대포폰을 사용해 누군가와 함께 김현희를 죽인 것이다. 누군가도 대포폰을 사용했으니 확실할 것이다. 범인이 둘이라면 김현희의 시체가 보여준 물리학도 성립한다. 이도형과 공범이 교량에서 김현희 시체를 어떻게 했는지 눈에 그려졌다. 나쁜 놈들. 이제 거의 다 왔다.

"감사합니다. 추가 정보에 대한 비용은 어떻게……."

남자는 아이스커피를 다 마셨는지 공기 빨리는 소리가 났다. 남자는 빈 통을 박병배에게 건네더니 일어섰다.

"그건 서비스요. 쓰레기나 처리해 주시오."

"하나 더 묻겠습니다. 앞으로 조사관 일을 하면 자주 찾을 것 같은데 제가 뭐라고 불러야 할까요?"

"맘대로 부르시오."

남자는 시크하게 대답하고는 사이클을 타고 다시 멀리 사라졌다. 박병배는 남자의 전화번호를 열었다. 현재는 해결사라고 저장돼 있었다. 혹시 최가로나 다른 사람이 보면 오해를 살 만한 이름이었다. 박병배는 편집을 누른 후 해결사를 사이클 선수라고 고치고 저장했다.

그나저나 족발집에는 CCTV가 없었다. 이도형이 사용한 대포폰을 들이밀어도 자신은 모르는 거라고 우기면 곤란하다. 공범이 사용한 대포폰 사용 내역을 조회하면 뭔가 나올까?

박병배는 이도형이 사용했던 통화목록을 다시 살폈다. 역시 사건 다음 날부터 사용 내역이 없다.

공범의 대포폰 사용도 마찬가지일 것이다. 두 사람 모두 이번 일에만 사용하려고 일시적으로 개통한 것이다. 어떻게 해야하지? 생각이 정리되지 않았다. 술을 마셔 악마의 생각을 끄집어내야 할까?

이도형은 연천의 한 펜션을 예약했다. 연천 읍내까지 버스를 타고 가서, 펜션까지 한 시간을 걸었다. 날씨가 더웠지만 기대 반 설렘 반으로 힘들지 않았다. 양손에는 짐을 들고 있었는데 한 손에는 요리 재료, 다른 한 손에는 케이크 상자를 들고 있었다.

김현희를 겨우 설득해 마지막 여행을 가자고 했다. 여기서 김현희의 마음을 돌려야 한다. 이도형은 큰 가방도 메고 있었는데, 가방 안에는 준비한 쇠몽둥이와 가죽장갑이 들어 있었다. 김현희가 케이크를 선택한다면 쇠몽둥이는 사용할 일은 없을 것이다.

가방 속 스마트폰이 울렸다. 원래 이도형의 것이 아닌 일시적으로 구입한 대포폰이다. 이번 일을 같이 꾸민 공범이다. 이 사람도 김현희를 없애고 싶어 한다. 이유는 자신과 같다고 했다. 공범은 머리가 좋은지 대포폰 구입부터 시작해 상세한 작전을 홀로 짰다. 이도형은 전화를 받았다. 공범과 다시 상세한 작전을 확인하고는 전화를 끊고 혼잣말을 했다.

"네 작전은 확실하다만 김현희가 케이크를 선택한다면 너도 나한테 끝나는 거야."

저 멀리 펜션이 보였다. 허리가 기역자로 굽은 주인 할머니가 열쇠를 줬다. 일행은 저녁에 온다고 하고 육각형 방으로 들어갔다. 김현희는 서울에서 회사를 마치고 온다면 7시쯤 도착할 것이다. 이도형은 혹시나 김현희가 케이크를 선택하지 않을 경우를 대비해 펜션 이곳저곳을 관찰했다.

산책하는 척하며 CCTV가 어디 있는지 확인했다. 관리동에 하나 붙어 있는 CCTV는 들어오는 입구를 비출 뿐이다. 관리동 창문에 할머니 얼굴이 보인다. 아마 CCTV처럼 하루 종일 밖을 보고 있을 것이다. 다행히 펜션 건물이 분리돼 있어 건물 뒤쪽 산길을 통하면 도로로 나갈 수 있을 것이다.

이도형은 펜션 건물로 들어와 공범에게 전화해 펜션의 위치를 설명했다. 이제 공범은 빌린 차를 가지고 약속된 시간에 펜션 위쪽 도로에 위치할 것이다. 그건 그렇고, 이도형은 김현희의 마음을 돌릴 요리를 시작했다. 휘파람이 절로 나왔다.

김현희는 회사를 마치고 7시 반쯤 펜션에 왔다. 이도형은 직접 파스타를 요리했고 케이크에 불을 붙였다.

"현희야, 어서 와. 배고프지? 어서 먹자."

김현희는 힘없이 의자에 앉았다. 하지만 포크를 들지 않았다.

"왜 그래? 배 안 고파?"

"이러려고 온 거 아니야. 이제 날 보내줘. 오늘이 마지막이라며?"

"그건 오해야. 그 여자와는 그 이상 아무 일 없었어."

"그것 때문이 아니야. 이제 우리 둘 사이에 더는 희망이 보이지 않아. 아니 사랑의 감정이 더는 생기지 않기 때문이야."

사랑하지 않는다고? 포크를 쥔 손을 부르르 떨었다. 분노가 치밀었지만 더 설득해 보기로 했다. 어르기도 하고 달래기도 해보았다. 죽는다고 협박도 하고, 무릎도 꿇었다. 하지만 식탁에 앉아 있는 김현희는 석상이 된 듯 아무 말도 없었다. 이대로 김현희가 간다면 더는 못 볼 것이다. 진짜 마지막인 것이다.

도형은 자리를 박차고 일어나 의자에 앉아 있는 김현희를 일으켜 침대 위로 거칠게 밀었다. 달려들어 치마를 올리고 팬티를 내렸다. 하지만 김현희는 반항하지 않았다. 그저 눈을 감고 있을 뿐이다. 이것도 마지막으로 생각하는 것이리라.

그래 그렇게 나온다 이거지? 그런 모습에 이도형의 결심은 더욱 확고해졌다. 일을 마치자 김현희는 화장실로 갔다. 샤워를 하는지 곧 물소리가 났다. 이러고 싶지 않았는데 이제는 어쩔 수 없다. 이도형은 가방 속 대포폰을 꺼내 공범에게 곧 김현희가 출발할 것이라고 알리고는 자신도 준비를 시작했다.

계획한 대로 컴퓨터를 켜고는 평소 즐겨하던 게임에 접속했다. 자신의 스마트폰을 침대에 두고, 가방을 열어 범행 도구를 확인했다. 가방은 창문을 통해 펜션 건물 뒤쪽에 내려두었다.

물소리가 멈추고 김현희가 화장실에서 나와 주섬주섬 짐을 챙겼다. 이도형이 일어섰다.

"가려고?"

"마지막이라고 했잖아."

"알았어. 네 마음이 그렇다면 이별을 받아들이지."

이도형의 말에 김현희가 올려보았다.

"진심이야?"

"진심이야. 그렇게 날 싫어하는데 이제는 보내줘야지."

"같이 안 가?"

"혼자 이별주라도 마셔야지."

"그래. 그럼 잘 살아."

이도형은 나가는 김현희를 따랐다. 차 소리가 나니 역시 관리동 창문에서 할머니의 얼굴이 보였다. 확실한 알리바이를 확보한 것이다.

이도형은 입구를 나가는 차에 대고 소리쳤다.

"잘 살아라, 영원히 안녕!"

차에서 들리지는 않겠지만 할머니에게는 들릴 것이다. 할머니 머릿속에 남자는 펜션에 있었다는 것을 각인시키는 행동이었다.

육각 건물로 와서 현관으로 들어가 건물 뒤쪽 창문을 넘어서 나갔다. 준비된 가방에서 가죽 장갑을 꺼내 끼고는 산기슭을 기어 올라갔다. 자동차 도로에 잠시 기다리자 곧 자동차가 한 대 와서 멈췄다.

9

박병배는 집에 돌아와 옷을 벗고 샤워했다. 저녁 먹을 때가 됐지만, 배가 고프지 않았다. 빨리 이도형의 범행 일체를 추리하고 싶었다. 책상에 앉아 사건 노트를 펼쳤다.

박병배는 노트에 이도형과 공범 A라고 쓰고는 그림을 그렸다.

만족스러운 그림이다. 이도형과 공범은 교량에서 김현희의 다리와 팔을 잡고 그네처럼 왔다 갔다 하다가 던진 것이다. 그렇다면 초기 속도인 초속 9미터에 도달할 수 있다. 김현희는 계곡 바닥에 엉덩이가 먼저 떨어져 골절이 일어났고, 이후 머리가 닿아 뒤통수 골절이 일어난 것이다. 하지만 몸의 앞쪽인 갈비뼈와 기도뼈 골절은 설명할 수 없다. 에어백이 터졌으므로 1차 교통사고에서 생겼다는 경찰의 설명은 맞지 않다. 이도형과 공범이 상처를 내고, 죽은 김현희를 투신으로 위장한 것이리라. 하지만 그것을 어떻게 증명하지? 통화목록을 들여다보고 추리해 봐도 뾰족한 방법이 떠오르지 않았다.

그렇게 고민하고 있을 때, 현관문을 두드리는 소리가 났다.

"누구세요?"

"어서 문 열어요."

최가로의 까칠한 목소리였다. 왜 그러지?

"잠시만 기다리세요."

박병배는 해결사에게 받은 통화목록을 얼른 노트 사이에 끼워 숨겼다. 그동안에도 최가로는 문을 두드리며 어서 문을 열라고 했다. 무슨 급한 일이라도 생긴 걸까? 어쩔 수 없이 노트를 손에 들고 문을 열자 최가로가 문을 왹 하고 열어젖히며 들어왔다. 얼굴의 반을 차지하는 동그란 안경테 속의 눈이 매섭게 갈라져 있었다.

최가로의 눈은 신발장 앞의 소주병으로 갔다. 어제 마신 소주병이다. 분리수거는 한꺼번에 하려고 했는데…….

최가로는 신발을 벗고 들어오며 물었다.

"오늘 하루 종일 뭐 했어요?"

"뭐 하긴요? 피곤해서 쉬었다니까요."

"박병배 씨는 거짓말에 서툴러요. 제가 당신을 변호할 때부터 그랬죠."

최가로의 눈이 들고 있는 사건 노트로 옮겨졌다. 박병배는 자신도 모르게 노트를 뒤로 감췄다. 오히려 중요한 것이라는 행동이지만 이미 늦었다. 최가로 말대로 거짓말을 할 수 없나 보다.

최가로는 노트를 낚아채고는 빠르게 훑었다. 불법으로 얻은 통화목록이 바닥에 떨어졌다.

"변호사님 서서 그러지 말고 앉아서 얘기하죠."

최가로는 통화목록을 들고 흔들었다.

"이거 불법으로 조사한 거죠? 불법으로 얻은 자료는 재판에서 증거로 사용할 수 없는 것 아시잖아요?"

"경찰에서 두 손 놓고 있으니 어쩔 수 없었습니다."

"왜 박병배 씨가 난리를 치는 거예요? 피해자 동생인 김재성이 이런 행동을 해도 이해할 수 있을지 모르겠는데요."

박병배는 최가로가 손에 든 노트와 종이를 빼앗았다.

"변호사님은 모르는 척 하세요."

"모른 척하면 그때처럼 직접 범인을 응징이라도 하겠다는 거예요? 김현희를 죽인 범인을 찾으면 대신 복수라도 또 해주려고요?"

박병배는 그렇게 할 수 있으면 하고 싶었다. 돈이라도 많았다면 해결사에게 의뢰해 이도형을 죽여 버리고도 싶었다. 나오는 목소리가 저절로 거칠어졌다.

"그럴 수 있다면 그러고 싶네요!"

"이러다 큰일 나겠어요. 당신을 고용한 변호사로서 더는 허락할 수 없습니다."

"그럼 관두겠습니다. 이제 사무실에 나가지 않겠습니다."

"범죄로 교도소에 갔다 오고 또, 일을 저지르겠다고요? 어서 조사를 그만둔다고 말하세요."

박병배는 대답 없이 소파에 앉아 몸을 파묻고 눈을 감았다. 최가로가 쩨려보는 것이 느껴졌다. 하지만 여기서 포기할 수 없다. 피해자인 김현희는 열 군데가 넘는 곳의 뼈가 골절됐다. 인두겁을 쓴 악마 이도형과 공범을 용서할 수 없다.

"당신과는 이제 끝이에요."

최가로가 쿵쿵거리며 현관으로 나가버렸다. 최가로는 박병배가 저지른 사건의 국선변호인이었다. 교통사고로 박병배의 가정이 붕괴되었을 때, 박병배는 삶을 포기했었다. 하지만 최가로 덕분에 교통사고 감정사로 삶을 다시 살고자 결심했다. 한마디로 다시 태어난 것이다.

'너무했나?'

그때였다. 현관문을 쾅쾅 두드리는 소리가 났다.

"누구세요?"

"나에요. 문 열어요."

최가로였다. 나간 지 5분쯤 됐을까? 다시 돌아온 것이다. 문을 열자 최가로는 씩씩대며 들어왔다. 나갈 때와 다른 점은 손에 편의점 비닐봉투가 들려 있었다는 것이다. 최가로가 걸을 때, 비닐봉투 속에서 병 부딪치는 소리가 났다. 1층 편의점에서 술을 사왔나 보다. 최가로는 비닐 봉투를 책상에 탁 하고 올렸다.

"비삼 탐정! 한잔합시다."

내키진 않았지만 그렇게 술자리가 시작됐다. 처음에는 말없이 마셨지만, 알코올이 뇌를 적시자 감성적 사고가 올라왔다. 어색한 분위기가 싫어 박병배가 말문을 열었다.

"변호사님 비삼 탐정이 뭡니까? 격 없게."

"왜요? 전 좋은데요. 그럼 제가 뭐라고 부를까요? 이름만 부르기는 그런데."

"멋있는 직책 하나 주시면 되잖습니까?"

"천천히 생각해 보시죠. 자, 드세요."

최가로가 잔을 들고 박병배는 부딪혔다. 그리고는 딱딱한 오징어를 씹었다. 너무 질겨 이빨이 아플 지경이었다.

"안주가 이게 뭡니까? 비싼 것 좀 사오지."

"배달 좀 시킬까요?"

"잠시만 기다리세요."

박병배는 일어서 부엌으로 갔다. 평소 비상식량인 통조림들이 있었다. 먼저 번데기 통조림을 열어 냄비에 붓고, 고춧가루를 한 스푼 넣어 끓였다. 다음은 골뱅이다. 냉장고를 열어 당근, 양파, 양배추를 꺼내 썰었다. 마늘, 고추장, 고춧가루, 간장, 참기름 등을 넣었다. 캔 골뱅이를 열어 같이 무쳐냈다.

두 안주를 가져가자 최가로의 눈이 휘둥그레졌다. 소파에 기대 있던 몸을 일으켰고, 씹던 오징어를 뱉었다.

"삼비 탐정님 이런 것도 할 수 있어요? 보기와는 다르네요."

"제 모습이 보기에 어떤지 몰라도 이런 건 기본입니다."

왠지 기분이 좋아졌다. 칭찬은 좋은 거니까. 아니다. 그 앞에 거부감이 없던 말이 있었다.

"아니 잠깐! 변호사님! 방금 뭐라고 했어요?"

숟가락으로 번데기 탕을 먹던 최가로가 매운지 기침을 했다.

"이런 것도 할 수 있냐고요?"

"아니, 그 앞에."

"비삼 탐정?"

"아니, 좀 전에는 삼비 탐정이라고 했어요."

"그게 왜요?"

비삼 탐정은 별론데 삼비 탐정은 이상하게 거부감이 들지 않았다. '교통사고 전문 감정사 삼비 탐정.' 이거라면 허락할 수 있겠다.

"삼비 탐정으로 합시다."

"뭘요?"

"호칭이요. 교통사고 전문 감정사 삼비 탐정 박병배. 이거라면 좋네요."

"그래요? 별로 차이는 없는 것 같지만 삼비 탐정님이 좋다면야. 그럼 호칭도 생겼겠다 건배해요."

그렇게 둘은 소주병을 비워갔다. 얼마나 마셨을까? 최가로가 사건에 대해 물었다.

"삼비 탐정님, 김현희 씨 사건 얼마나 조사를 했나요?"

"거의 다 잡았습니다."

"어디 나에게 설명해 봐요."

박병배는 사건 노트를 펼치고는 그동안 조사한 결과를 설명했다. 이도형이 대포폰을 사용한 점, 또 다른 대포폰을 사용하는 공범이 있을 확률이 높다는 점은 시체의 위치와 상처로 설명했다.

"와, 진짜 탐정 같네."

"하하하 당연히 교통사고 전문 감정사 삼비 탐정이니까요."

최가로는 커다란 안경을 고쳐 쓰더니 사건 노트를 바라봤다.

"근데 삼비 탐정님. 이도형이 대포폰을 사용하지 않았다고 하면 어쩌죠? 대왕족발에는 CCTV가 없다면서요?"

박병배도 생각했던 약점이었다.

"그건…… 대왕 족발에 걸려온 전화가 그것밖에 없으니……."

최가로는 박병배의 설명을 듣는지 마는지 대포폰 사용 내역을 바라봤다. 그리고 손가락을 튕겼다.

"여기 보세요. 이도형은 다른 곳에서도 대포폰을 많이 사용했네요. 여기 피부과를 이용했는데 이 피부과에 가서 CCTV를 확인하면 대포폰 사용자가 이도형인지 알 수 있겠네요."

오, 그런 방법이 있었구나. 이 방법을 이용한다면 공범의 대포폰 사용내역을 조사해 간다면 CCTV에 찍힌 얼굴을 찾을 수 있을 것이다.

"오! 최가로 변호사님이 방법을 찾았네요. 정말 교통사고 전문 변호사를 해도 되겠어요."

"호호호 지금은 국선변호인이니 그건 임기가 끝나면 생각해 보자고요."

자신감에 차서 웃던 최가로의 웃음이 뚝 끊겼다.

"삼비 탐정님, 테스형 알아요?"

"테니스 형?"

"으이구 소크라테스요."

"소크라테스는 알지."

최가로는 박병배의 눈을 보았다. 어느새 장난스럽던 눈이 진지하게 변해 있었다.

"소크라테스의 철학을 이야기해 봤자 소용없을 것 같고. 악법도 법이라고 하면서 사약을 마신 것은 알죠?"

"무슨 말을 하고 싶은 겁니까?"

"개인보다 공동체의 옳음을 따르라고요. 이제 경찰에게 맡기세요. 그만하면 그들도 다시 수사를 시작할 겁니다. 삼비 탐정, 아니 박병배 씨는 사건에 너무 감정이입했어요. 과거의 박병배 씨로 느껴진단 말이에요."

소크라테스의 철학은 모르겠지만 최가로의 말뜻은 범죄를 법에 의해 처벌하라는 뜻이다. 최가로는 박병배가 진범을 직접 응징하려 한다고 오해했었나 보다. 하긴 너무 사건에 감정이입 하긴 했었다. 최가로의 걱정도 크니 여기까지만 해도 될 것이다.

"알겠습니다. 조사한 결과를 김재성에게 알릴게요."

박병배가 말을 알아듣지 못해 화가 났는지 최가로의 목소리가 커졌다.

"경찰에 알리라니까. 왜 김재성에게 알려욧!"

"돈 때문에요. 통화내역을 알아내는데 300을 썼단 말입니다."

"아이고, 남의 사건에 큰돈도 쓰셨네요."

최가로도 돈은 중요한지 더는 말이 없었다.

"김재성 씨보고 사무실로 오라고 하세요. 그건 불법으로 알아냈기 때문에 증거가 되지 않아요. 경찰에게 은근 슬쩍 방법을 흘리도록 해야 해요."

박병배는 손을 올려 경례했다.

이도형이 차에 도착하자 공범이 내렸다. 김현희의 동생 김
재성의 여자 친구 오수연이었다. 예전에 넷은 잘 어울렸었다.
동해안으로 놀러갔을 때였다. 김현희, 김재성 남매는 술에 취
해 금방 쓰러져 버렸다. 오수연과 둘이 술을 더 마시다 문제가
발생한 것이다. 이도형은 술에 취해 악마의 속삭임에 넘어가고
말았다. 오수연과 만남은 일종의 일탈이었다. 오수연도 그렇게
생각했다. 몇 번 만나지도 않았다. 하지만 그 몇 번을 김현희는
눈치채고 말았다.

김현희는 이도형에게 이별을 선언하고, 오수연에게는 동생
에게 말하지 않을 테니 헤어지라고 했다. 그렇게 이도형과 오
수연이 의기투합하게 되고, 술을 마시며 자신을 한탄했다. 오
수연도 김재성을 떠나 살 수 없다고 했다.

'김현희만 없어진다면…….' 그렇게 둘은 살인 이야기까지
나누게 된 것이었다.

더운 날씨지만 이도형은 모자를 쓰고, 가죽 장갑을 꼈다. 오수연과 이도형이 자리를 바꿔 이도형이 운전했다. 펜션에서 읍내까지는 5킬로미터 길이다. 중간에 인적이 없는 국도를 지나가므로 거기서 일을 치러야 한다. 차창을 통해 밖을 보니 머리 위에 붉은 달이 따라오고 있었다. 저 달도 너를 죽일 것을 아는지 피눈물을 흘리고 있구나.

얼마 가지 않아 김현희의 차가 보였다. 어둡고 초행길이라 천천히 운전하고 있었다. 옆에서 오수연이 말했다.

"저기 있네. 어서 앞질러요."

"말 안 해도 안다고."

이도형은 엑셀을 밟아 중앙선을 넘어 김현희의 차를 스쳐 지나갔다. 다시 본선으로 들어와 급브레이크를 밟았다. 김현희도 놀라 브레이크를 밟았지만 가벼운 접촉 사고를 일으켰다. 접촉사고는 계획에 없었는지 오수연이 화를 냈다.

"접촉사고가 났잖아요. 어떡할 거예요?"

"뭐가 어떡해! 작은 사고가 났을 뿐이라고 계획대로 진행해야지."

이도형은 차문을 열고 나갔다. 김현희는 이도형의 얼굴을 확인하고는 밖으로 나왔다.

"도대체 왜 그래? 포기하기로 한 거 아니었어?"

언제나 헤어질 생각뿐이지. 이도형은 분노로 주먹을 꽉 쥐었다. 김현희의 하얀 목이 보였다. 이도형은 망설임 없이 주먹을 하얀 목으로 내질렀다. 김현희는 컥 소리를 내며 바닥으로 무너졌다. 쓰러지는 모습을 보자 솟아나는 아드레날린 때문에 흥분됐다. 차로 돌아와 가방에 넣어둔 쇠몽둥이를 꺼냈다. 웅크리고 있는 김현희를 발로 밀자 바닥에 눕는 형태가 됐다. 김현희는 숨이 쉬어지지 않는지 쇳소리를 냈다.

"그러니까 날 떠나지 말았어야지."

쇠몽둥이로 김현희의 가슴 부위를 내리쳤다. 퍽퍽 몇 번을 내리쳤을까 차에서 내린 오수연이 말려 겨우 정신이 들었다. 김현희는 움직이지 않았다.

"뭐 하는 거야? 서둘러 치워야 해. 다른 차가 오면 어떡하려고?"

일단 살인자가 될 수 없는 이도형은 누워 있는 김현희를 일으켜 그녀의 차 뒷좌석에 태우고는 자신은 운전석에 탔다. 오수연도 자신이 빌린 렌트카에 서둘러 탔다. 오수연이 먼저 출발하고 그 뒤를 이도형이 따랐다. 오수연이 대포폰을 이용해 이도형에게 전화했다.

- 김현희는 죽었어요?

"그런 것 같아."

- 그렇게 흥분하면 어떡해요?

"어차피 기절시킨 후 교량에서 떨어뜨려 죽일 거였잖아."

전화기 저편에서 한숨 소리가 들렸다.

– 계획대로 마을을 지나서 10킬로미터쯤 가면 교량이 있어요. 거기서 떨어뜨려 자살로 위장할 거예요. 근데 접촉사고가 문제네요.

"뭐가 문제지?"

–차량 접촉사고 흔적을 보면 경찰이 교통사고 조사를 시작할지 모르잖아요.

"그럼 어떡하지?"

– 아까 보니 김현희 자동차 운전석 범퍼 쪽에 접촉사고 흔적이 남았어요. 더 큰 사고로 없앨 수 있을 거예요.

"차도 교량에서 떨어뜨리자고?"

– 그건 너무 크고요. 어차피 김현희가 자살하는 쪽으로 몰거니까 운전석 쪽을 가드레일에 부딪치세요. 그러면 더 큰 사고 흔적에 접촉사고 흔적은 사라질 거예요.

이 여자는 머리가 정말 좋다. 어느새 차량은 읍내를 지나고 있었다.

"얼마나 세게 부딪혀야 하지?"

– 글쎄요. 하지만 꽤 속도가 있어야 할 거예요.

"나도 죽으면 어떡해?"

– 으이그, 에어백이 터지잖아요. 정 걱정되면 뒷좌석에 쿠션이 두 개 있는데 그걸 배 쪽과 핸들에 올리고 하세요.

"알았어."

- 마을 지나서 하시는 거예요.

말을 마치자 오수연의 차는 속력을 내 앞으로 사라졌다.

이도형은 오수연의 말대로 쿠션을 대고 엑셀을 힘껏 밟았다. 속도가 점점 올라 시속 80킬로미터가 되었다. 이제 가드레일에 부딪히면 된다. 핸들을 꺾으려는 순간 죽음이라는 생각이 들어 브레이크를 밟았다.

쾅, 지지직.

본능에 브레이크를 밟았지만, 속력이 많이 줄지 않아 충격이 컸다. 쿠션과 에어백 덕분에 이도형 본인은 다친 곳이 없었다. 밖으로 나가 보자 가드레일에 부딪힌 곳의 라이트가 깨지고 범퍼 펜더가 긁혔다. 타이어에 바람이 빠져 가라앉아 있었다. 일단 접촉사고 흔적을 숨기는 데는 성공한 것 같았다.

얼른 다시 차에 타서 운전했다. 바퀴의 바람이 빠져 속도를 낼 수 없었지만, 5분쯤 내려가자 오수연의 차가 보였다. 차를 한쪽에 세우고 교량 아래를 보니 꽤 높았다. 자살로 위장하기 좋은 높이였다. 계곡 아래를 보고 있자 오수연이 말했다.

"어서 김현희를 꺼내오세요."

뒷좌석에서 팔을 잡고 꺼냈다. 상당히 무거워 혼자서는 교량 난간을 넘길 수 없을 것 같았다.

"보고만 있지 말고 도와줘! 여기 다리를 잡아."

오수연이 다가와 김현희의 양다리를 들었다. 김현희는 잠든 것처럼 눈을 감고 있었다. 이제 진짜 안녕이다.

"흔들다가 하나, 둘, 셋에 놓는 거야."

"알았어요."

둘은 그네를 흔들 듯 김현희를 앞뒤로 흔들었다.

"하나, 둘, 셋."

둘은 손을 놓았고, 잠시 후 아래쪽에서 퍽 소리가 들려왔다. 오수연은 마무리 정리를 하듯 김현희의 차량 안을 눈으로 검사했다. 이도형이 방어용으로 사용했던 쿠션 두 개를 꺼내 나왔다.

"이 쿠션은 혹시 증거물이 묻었을지 모르니 제가 가다가 버릴게요. 목격자가 나오면 안 되니 저는 빨리 떠날게요. 바로 전화할 테니 받으세요."

오수연은 자동차를 타더니 빠르게 사라져 버렸다. 시골 도로는 칠흑처럼 어두워졌다. 평일 밤 이런 도로로 지나가는 차량이 없을 것 같았다. 잠시 후 오수연에게 전화가 왔다.

– 김현희의 자동차에서 뭔가 증거는 안 나오겠죠?

"모자 쓰고, 장갑 끼고 탔고 그 차에 타본 지는 오래됐으니 별거 없겠지. 설마 나오더라도 난 남자 친구니까 머리카락 정도는 나올 수 있어."

–알겠어요. 이제 잡히지 않으려면 누구의 눈에도 띄면 안

돼요. 그대로 조심히 펜션으로 들어가야 한다고요. 도로를 걷다가 지나가는 차가 있으면 빠르게 숨어야 해요. 내말 알아들었어요?

"알았어. 도대체 몇 번을 말하는 거야?"

-조심해서 나쁠 거 없잖아요. 이 전화기도 지금부터 쓰면 안 되는 거 아시죠?

"알았다니까. 끊어."

이도형은 전화를 끊었다. 계속 다짐을 받는 오수연의 말도 짜증 났고, 더운 날 펜션까지 걸어가려니까 괜한 분노가 밀려왔다. 시간을 보니 9시 반이 넘어가고 있었다. 펜션까지 가려면 세 시간은 걸어야 했다. 도저히 할 짓이 못된다. 김현희의 자동차를 타기로 했다. 바퀴가 터졌지만, 얼마간 갈 수 있을 것이다. 이도형은 자동차를 타고 되돌아갔다. 한 5분쯤 운행했을까? 이 정도면 큰 문제없겠지. 이도형은 국도의 한쪽에 차를 세우고 내려서 걸었다.

"에이 쌍! 힘들어 죽겠네. 펜션에 가면 소주나 먹고 자자. 아까 읍내에 대왕족발이 있었던 것 같은데."

이도형은 대포폰을 꺼내 인터넷 검색을 통해 대왕족발을 찾고, 전화를 걸어 예약했다.

자신이 무심코 했던 행동이 자신을 잡을지는 몰랐을 것이다.

2부

피 그리고 복수 ;
탐정의 탄생

1

　박병배는 힘없이 눈을 떴다. 머리가 무겁고 천장이 새하얗다. 뇌세포가 작동을 시작했는지 귀에서 소음이 들리기 시작했다. 고개를 돌려 주위를 둘러보자 하얀 옷을 입은 사람과 누워 있는 사람들이 보였다. 처음에 자신이 어디 있는지 몰랐지만 이내 병원이라는 것을 깨달았다.

　'내가 왜 병원에 와 있지?'

　멍한 눈을 몇 번 껌벅이다가 무슨 생각이라도 났는지 소리치며 발버둥 쳤다.

　"여보! 형곤아! 악."

　박병배는 왼쪽 팔에 깁스를 하고 있었고, 머리에도 붕대가 감겨 있었다. 누가 보더라도 크게 다친 것을 알 수 있었다. 그의 발버둥에 팔에 연결돼 있던 링거 스탠드가 쓰러졌다. 소란에 주변에 있던 간호사가 달려와 박병배를 진정시켰다. 박병배는 떨리는 손으로 간호사의 팔을 거칠게 잡았다.

　"내, 내 아내와 아, 아들은 어떻게 되었어요?"

　간호사는 박병배가 잡은 팔이 아팠는지 인상을 찌푸리며 팔을 빼냈다.

"둘 다 중환자실에 있어요."

박병배의 입에서 안도의 한숨이 나왔다. 중환자실에 있다는 것은 아내와 아들이 죽지는 않았다는 것이기 때문이다. 긴장이 풀려서인지 깁스한 팔에서 아픔이 시작되었다. 박병배는 팔을 가슴 안쪽으로 움츠리며 신음했다. 병실 안쪽의 소란을 들었는지 병실 문이 열리며 깔끔한 정장을 입은 사내와 검은색 가죽 잠바를 입은 사내가 들어왔다. 가죽 잠바를 입은 사내가 경찰 신분증을 꺼내 박병배의 눈앞에 보였다.

"남부서 교통조사계 추원석 경사입니다. 박병배 씨 이제 깨어나셨네요. 정신이 드세요?"

"네, 아내와 아들이 중환자실에 있다는데 모두 괜찮은 거죠?"

추원석 경사는 신분증을 다시 안주머니에 넣었다.

"뭐 둘 다 중환자실에서 깨어나지 못하고 있지만, 아드님은 머리 외에 특별한 외상은 없어요."

"그래요? 다행이네요. 지금이 며칠이에요? 제가 얼마나 이렇게 있었죠?"

"교통사고가 난 지 이틀, 그러니까 시간으로 따지자면 30시간 정도 지나서 깨어났습니다. 박병배 씨는 크게 다치지는 않았어요. 한데, 머리에 충격이 있어 그런지 쉽게 깨어나지 못했어요."

추원석 경사는 손가락으로 박병배의 깁스한 팔을 가리켰다.

"천만다행으로 왼쪽 팔만 골절되었습니다. 그리고 머리가 조금 아프시죠? 검사 결과 뇌에 이상은 없는데 머리 피부가 찢어져 수십 바늘 꿰매서 그럴 겁니다."

박병배는 멀쩡한 오른손을 들어 머리 부분을 만져봤다.

"박병배 씨, 교통사고가 났었는데 그때 상황이 기억나세요?"

모를 리가 없다. 박병배는 이틀 전 교통사고를 기억하려고 잠시 눈을 감았다. 박병배의 직업은 교사다. 그날은 첫 발령을 같은 학교에 받은 친구 교사 가족과 모임이 있던 날이다.

"네, 기억나요. 우리 가족은 알고 지내는 친구 집에 놀러 갔어요. 친구랑 술 한 잔 걸친지라 택시를 잡으려고 큰길로 나왔어요. 그래, 횡단보도를 건너는데 자동차가 달려왔어요. 맞아요. SUV 자동차였어요. 무작정 돌진한 자동차에 이렇게 우리 가족이 교통사고를 당했네요."

그때 추원석 경사 옆에 있던 검은색 정장이 앞으로 나서 질문했다.

"박병배 씨, 그때 횡단보도 신호가 무슨 색이었습니까?"

박병배는 어이없는 질문을 한 사내가 불쾌한지 매서운 눈으로 쏘아붙였다.

"당연히 파란불이죠. 그런데 당신도 경찰입니까?"

"아! 제 소개를 깜박했네요. 저는 가해 차량의 보험사 직원인 백정훈입니다. 박병배 씨도 정확하게 협조 부탁드립니다. 그래야 빠른 시일에 보험금을 받을 수 있어요. 박병배 씨가 조금 전에 술을 마셨다고 했는데 파란불인 것을 어떻게 기억하지요? 기억에 왜곡이 있는 것 아닙니까?"

어린 아이가 있는 집은 알 것이다. 아이의 교육을 위해 차가 오지 않는 한적한 도로에서도 교통신호를 꼭 지켰다. 불쾌한 기분이 올라왔지만, 꾹 참고 말했다.

"아이도 같이 있는데 당연히 파란불에 건너죠."

"그날 술은 얼마나 마셨죠?"

우리 가족은 교통사고 피해자다. 가해자는 보이지 않고, 돈 이야기만 하는 보험사 직원에 박병배는 분노가 치밀었다.

"야, 개새끼야! 사람이 이렇게 누워 있는데, 돈 얘기를 해야겠어? 가해자 이 새끼 어디 있어? 가해자부터 데려와. 먼저 용서를 비는 것이 순서라고!"

흥분한 박병배를 추원석 경사가 진정시켰다.

"박병배 씨, 진정하세요. 가해자도 가벼운 부상이긴 하지만 다른 병원에 입원하고 있습니다. 곧 병원을 찾아오겠죠. 그리고 백정훈 씨도 보상 이야기는 찬찬히 하시죠."

경찰의 말에 보험사 직원이 한발 물러났다. 박병배는 분노의 눈을 누그러뜨리고 경찰에게 물었다.

"가해자는 누굽니까? 어떤 사람이에요?"

추원석 경사는 수첩을 꺼내 열었다.

"가해자는 39세 남성이고 이름은 한강철입니다. 이제 깨어
나셨으니 사건 경위를 간략하게 설명해드리는 것이 좋겠네요.
그동안 경찰이 조사한 결과를 말씀드리면 이틀 전 11월 23일
새벽 1시 10분경에 서장남로 햇빛 다세대 주택 앞 세 번째 횡
단보도에서 박병배 씨 가족 세 명이 건너는 것을 한강철 씨가
서장고등학교 쪽으로 운전하던 SUV 차량이 추돌한 사건입니
다. 가해자의 음주검사 결과 정상이었고 사고 직후 한강철 씨
의 신고로 박병배 씨 가족이 이렇게 병원에 와 있습니다."

추원석 경사는 수첩을 덮고는 주머니에 쑤셔 넣었다.

"그런데요. 한강철 씨의 진술은 박병배 씨와 다릅니다. 본인
은 차량 신호가 초록 신호였고, 정상 주행을 하고 있었다고 합
니다. 늦은 시간이라서 그런지 목격자가 한 명뿐이었어요. 골
목에서 큰길로 나오고 있었는데 '끽' 하는 사고 소리가 나서
뛰어나왔대요. 목격자가 큰길로 나왔을 때, 보행신호가 분명
빨간불이었다고 합니다."

박병배는 어이가 없었다. 술을 마셨지만, 분명히 기억하고
있었다.

"분명 파란불이었어요. 아이도 같이 있는데 신호를 어기겠
습니까?"

이때 뒤에 있던 백정훈이 또 끼어들었다.

"지금 가해자도 생각해주셔야 해요. 그분도 당신들의 무단 횡단 사고로 충격이 큽니다. 직장도 못 나가고 있어요."

박병배는 백정훈의 말을 듣고 있자니 머리가 아파지기 시작했다.

"분명 파란불이었다니까! 으……."

추원석 경사는 더 이상의 질문은 안 될 것 같다고 생각됐는지 백정훈에게 나가자고 눈짓하였다.

"이제 깨어나셨으니 일단은 몸조리 잘하시고 오늘은 이만 가보겠습니다. 또 찾아뵙겠습니다."

추원석 경사는 백정훈을 데리고 병실 밖으로 나갔다. 백정훈은 궁금증을 풀지 못해 아쉬운 얼굴이었지만 수첩을 덮었다.

두 사람이 나간 후 박병배는 눈을 감았다. 그리고 그날의 일을 다시 기억해냈다. 분명 아내, 아들과 함께 크리스마스 캐럴 '울면 안 돼'를 부르며 횡단보도를 건넜던 것이 기억났다.

'분명히 파란불이었어. 우리 잘못이 아니야.'

이때 박병배의 어머니가 울면서 들어왔다. 사고 소식을 접하고 시골에서 올라왔을 것이다.

"아이고 아범아 이제 깨어났느냐? 엉, 이제 어떡하면 좋으냐?"

"어머니 이제 걱정하지 마세요. 깨어났으니까 다친 곳도 점점 좋아지겠죠."

박병배의 말에도 계속 흐느끼는 어머니가 이상했다.

"어머니! 무슨 일 있어요? 애한테 무슨 일 있는 거예요?"

"흐흐흑. 애 엄마가 식물인간이 될 거란다."

가해자는 사고가 난 지 일주일 만에 병원에 나타났다. 금테 안경 속에 날카로운 눈을 가진 자였다. 빨간색 넥타이를 포함해 양복을 갖춰 입은 가해자는 지난번에 보았던 추원석 경사와 보험사 직원인 백정훈을 대동하고 병원으로 찾아왔다. 가해자 한강철도 다쳤는지 왼팔에 깁스를 하고 있었다. 그는 오른손으로 양복 안쪽 주머니를 뒤지더니 명함을 한 장 꺼내 박병배에게 건넸다. 명함을 보니 한강철은 인천지방검찰청 검사였다. 검사다운 근엄한 목소리로 한강철이 말했다.

"몸은 어떠세요?"

내 몸이 문제가 아니다. 아내와 아들은 아직 사경을 헤매고 있다. 한강철의 얼굴을 보고 있자니 분노가 폭발할 것 같았다. 박병배는 이를 악물며 창문으로 얼굴을 돌렸다.

"당신도 알겠지만, 아내가 아직 깨어나지도 못하고 있고, 깨어나도 식물인간이라고 합니다. 험한 꼴 당하지 않으려면 빨리 나가세요. 지금은 당신과 얼굴을 마주하고 싶지도 않아요."

한강철은 직업 때문인지 목소리가 낮았다. 법원에서 구형을 내리는 듯한 목소리였다.

"제가 직업상 바쁜 관계로 앞으로 찾아뵙지 못할 것 같습니다. 앞으로의 보상 문제는 여기 보험 담당자와 이야기하십시오. 아무튼, 빠른 쾌유를 빕니다."

말을 마친 한강철 검사는 뒤돌아서 문 쪽으로 걸어갔다. 돌아누운 박병배의 귀에 뚜벅뚜벅 구둣발 소리가 들렸다.

한강철은 사과가 없었다. 그러고도 자신감 있는 태도로 발걸음을 내딛고 있었다. 박병배의 배 안쪽에서 무언가 치밀어 올라왔다.

"야이, 개새끼야!"

박병배는 베고 있던 베개를 들어 던졌다. 포물선을 그리며 날아간 베개는 한강철의 머리에 맞고 바닥에 떨어졌다. 한강철은 제자리에 섰고, 박병배는 그의 뒤통수에 대고 소리쳤다.

"야! 개새끼야! 검사가 그렇게 잘났냐? 사람이 이 지경이 됐는데 미안하단 말 한마디 하는 것이 그렇게 어려워? 검사니 알거 아니야? 너 같은 놈이야 말로 콩밥 좀 먹어야 해!"

한강철은 몸은 그대로 두고 고개만 반쯤 뒤로 돌린 채 박병배에게 말했다.

"법에 대해 잘 모르는 것 같으니 말해드리죠. 사망사고가 아니므로 형사상으로 기소되지 않습니다. 그리고 앞으로 볼일도 없겠지만 이런 무례한 짓을 다시는 하지 마십시오. 저는 이런 대우를 받을 사람이 아닙니다. 오리려 제가 무단횡단 사고의 피해자입니다."

"뭐…… 뭐라고? 피, 피해자? 사람을 쳐놓고 피해자?"

박병배의 뇌는 적절한 말을 뱉어내지 못했다. 그렇게 한강철은 자기 할 말만 하고는 병실 밖으로 빠져나갔다. 뒤에서 쩔쩔매며 따라다니던 추원석 경사와 백정훈은 검사를 배웅했는지 잠시 뒤에 다시 병실로 들어왔다. 먼저 추원석 경사가 말을 꺼냈다.

"박병배 씨 일단 진정하세요. 그동안 경찰에서 조사한 결과를 바탕으로 1차 결론을 내렸습니다. 저번에도 말씀드렸지만, 적색신호 시 무단횡단으로 결론이 났습니다. 한 명의 목격자가 결정적이었어요."

결과를 들은 박병배는 답답할 노릇이었다.

"정말 파란불이었다니까. 정말 아무 증거가 없어요? 목격자가 더 없어요? CCTV, 블랙박스 영상이 하나도 없어요?"

"박병배 씨도 알 거 아닙니까? 늦은 시간이기도 하고, 그 동네가 외져서 목격자 찾기가 힘들다는 것을요. 그리고 목격자를 찾는다는 현수막을 붙였어요. 사고 나고 1주일이 지났지만, 더 이상의 목격자가 나타나지 않는 것으로 보아 없다고 봐야 할 것 같습니다. 또 햇빛 빌라들 골목길이 제법 넓어서 주민들이 거기에 주차하는지 큰 도로에 주차된 차량은 없었습니다. 블랙박스 영상을 찾는다는 것도 현수막에 적혀 있으니 나타나면 곧바로 알려드리겠습니다. 그리고 박병배 씨가 술을 드신 것이 불리하게 작용한 것 같아요."

아직 깨어나지 못하는 아내와 일곱 살짜리 형곤이 생각에 눈물이 흘렀다. 박병배는 몸을 창가로 돌려 흐느꼈다. 백정훈은 눈치가 있는지 없는지 그 뒤에 대고 입을 열었다.

"저도 어쩔 수 없이 말씀드려야겠네요. 보통 적색 신호 시 사고가 나면 피해자의 책임이 70퍼센트가 됩니다. 경찰에서 스키드 마크를 분석한 결과 사고 당시 자동차의 속도가 시속 60킬로미터 후반이었습니다. 정상 주행속도가 60인 도로이니 이니 제한속도 초과는 책임 경감 사유가 됩니다. 또한, 세 명을 확인 못 한 가해자의 책임이 다시 증가하여, 50퍼센트 배상책임이 결정 났습니다. 이는 경찰의 최종판정에 따라 바뀔 수 있습니다."

로봇 같은 백정훈의 설명에 박병배는 뒤로 돌아 소리쳤다.

"파란불이었다고!"

"진정하세요. 보험사는 규정에 따라서만 처리하고 있습니다. 그리고 설사 파란불이었더라도 사망사고나 12대 중과실에 해당하지 않으므로 형사상으로 기소되지는 않습니다."

"그게 중요한 게 아니야! 저 검사 놈이 신호만 지켰어도 우리 가족은 이렇게 되지 않았다고! 당신도 꼴 보기 싫으니 당장 나가!"

백정훈이 더 무슨 말을 하려는 것을 추원석 경사가 제지했다. 추원석 경사는 자신의 명함을 한 장 꺼내 탁자에 올리며 말했다.

"사모님과 아들의 정신이 들면 연락 한번 주세요. 당시 사건을 다시 조사하겠습니다. 그럼 몸조리 잘하십시오."

*

그날 오후 아내와 아들이 깨어났지만 좋은 소식과 나쁜 소식이 있었다. 좋은 소식은 아내의 상태가 생각보다 괜찮다는 것이다. 전신마비를 예상했는데 팔은 움직일 수 있었다. 물론 앞으로 자신의 다리로 걸을 수 없지만 말이다. 나쁜 소식은 아들이 머리를 심하게 다쳐서 정신지체를 갖게 될 가능성이 높다는 것이었다.

박병배는 아내가 식물인간이 될 것으로 예상했었기에 다소 안심했지만, 아내는 하반신 마비라는 자신의 상황을 받아들이지 못했다. 정신이 무너졌는지 멍하니 창밖을 볼 때도 있고, 벽에 머리를 찧고, 칼로 팔뚝을 긋는 등의 자해를 보이기도 했다.

박병배는 아내를 진정시키고 설득했다.

"여보, 진정해야지. 그래도 누구 하나 죽지 않았으니 다행이 지 않아?"

"……."

아내는 대답이 없었다. 혹시 아내는 기억이 나는지 당시 상황을 조심히 물었다.

"여보, 그때 신호등 색깔 기억나?"

아내는 이불을 머리까지 올린 후 괴성을 지르며 다시 울부 짖기 시작했다. 우는 아내와 눈만 껌벅이면서 천장을 응시하고 있는 아들을 보고 있자니 화가 치밀어 올랐다.

박병배는 어느 정도 몸을 움직일 수 있어서 먼저 퇴원수속을 하였다. 아내와 아들을 일반병실로 옮긴 후 남부 경찰서 교통조사계로 찾아갔다.

병원으로 찾아왔던 추원석 경사는 자리에 앉아서 컴퓨터 화면을 보고 있었다. 박병배는 조용히 다가가 경사를 불렀다.

"저, 추원석 경사님!"

뒤를 돌아본 추원석 경사는 박병배를 알아보았는지 자리에서 일어났다.

"아, 박병배 씨, 퇴원하셨군요.

추원석은 박병배를 가운데 테이블로 안내했다.

"움직일 수 있으시니 다행이네요. 사모님이 깨어나셨나요?"

"네 그렇습니다. 다행인지 전신마비가 아니라 하반신만 마비되었네요. 아들은 머리에 충격이 큰지 인지능력이 떨어질 가능성이 높다고 합니다."

"차차 좋아지겠죠. 그런데 어쩐 일로 찾아오셨나요?"

"네, 사건에 대해 자세히 알고 싶은 것이 있어서요. 우리 가족의 피해가 막대해요. 그런데도 가해자를 형사처벌할 수는 없는 겁니까? 마누라랑 아들을 보고 있자니 화가 나서 미치겠어요."

추원석 경사는 가만히 생각하더니 몸을 앞으로 숙여 대답했다.

"사실 박병배 씨 사연이 안타깝기는 하나 저번에 말해드렸듯이 종합보험에 가입만 해두었다면 12대 중과실이 아니고는 형사처벌을 받지 않습니다. 이번 사고가 신호위반도 아니고 규정 속도를 20킬로미터 이상 초과한 것도 아니고 사망사고도 아니므로 가해자는 형사처벌을 받지 않습니다."

박병배는 이런 개똥같은 법이 있나 분노했다.

"맞아요. 가해자! 그 검사 놈의 차량에는 블랙박스가 없었나요?"

"그게 블랙박스가 중국 복제품이라서 고장이 나 있었어요. 차량을 살 때 서비스로 달아준 모양인데 가해자 본인도 고장난지 몰랐다고 합니다."

박병배는 저도 모르게 테이블을 주먹으로 내리쳤다. 사무실

형사들의 시선이 박병배에게 쏠렸다.

"죄송합니다. 당시 차가 굉장히 빠르게 오던 것이 느껴졌는데, 차량 속도 조사는 제대로 된 것입니까?"

"아시다시피 스키드마크를 가지고 산출된 정확한 수치입니다. 이건 명백한 사실이에요. 그리고 박병배 씨는 파란불에 건너셨다고 주장하셨지만, 한 명의 목격자는 박병배 씨와 다르게 말하고 있고요."

"그 사람은 소리를 듣고 골목에서 뛰어나왔다고 했잖아요. 그 사이 신호가 바뀐 거예요."

"뭐, 그럴 가능성은 있지만……."

"그 목격자는 누굽니까? 그 사람을 제가 만나보겠어요."

"죄송합니다만 그것도 할 수 없습니다. 사건 관련자와 목격자가 말을 맞출지도 모르니까요."

이것도 안 된다. 저것도 안 된다. 박병배는 더는 어쩔 수 없어 입술을 깨물었다. 이때 박병배의 전화벨이 울렸다. 어머님이었다. 왠지 불길한 마음이 들었다.

"네, 어머님."

전화기 저편에서 어머니는 흐느끼고 있었다.

"아이고 애비야. 어쩌면 좋으냐……."

박병배의 눈이 초점 없이 흔들렸다. 듣지 않아도 큰 사달이 났음을 알 수 있었다. 아니 머리는 그 내용을 짐작했을지도 모른다.

박병배의 아내는 심각한 장애를 받아들일 수 없었는지 유리컵을 깨 손목을 깊게 찔러 자살했다. 병원에서 자살하다니 믿기 힘들었지만 자주 있는 일이라고 했다. 이불을 뒤집어쓰고 동맥을 끊었으니 누구도 발견하지 못한 것이다. 아내는 자해를 자주 했다. 병원은 이런 경우를 대비해 다른 안전 조치를 했어야 했다. 하지만 박병배는 병원의 보호관찰 의무를 들먹이지 않았다. 이 모든 일의 원흉은 교통사고를 낸 한강철이다.

장례기간 내내 한강철에 대한 복수심이 커져만 갔다. 학교의 모든 동료 교사가 조문을 왔다. 심지어 별 관련도 없는 추원석 경사도 오고 보험사의 백정훈도 왔지만 뻔뻔한 한강철은 끝내 장례식장에 나타나지 않았다. 박병배는 화장터에서 아내의 관이 타는 것을 보며 다짐했다.

'한강철! 내 반드시 너를 그 자리에서 끌어내리리라.'

장례식을 마치고 박병배는 사고 현장으로 갔다. 사고를 직접 조사해 보기 위함이었다. 사고 현장에는 스키드마크가 있었

지만 아마추어인 자신은 알 수 없었다. 시간이 많이 흘러서 그
런지 모양이 자연스럽지 않았다. 스키드마크를 조작했을 가능
성도 있을 것이다. 하지만 박병배는 분명히 파란불에 건넜다.
이것을 증명하면 12대 중과실에 해당한다.

"내가 반드시 신호 위반임을 증명해보겠어. 뭐 블랙박스가
중국산이라 고장이 나 있었다고? 지나가던 개가 웃겠다."

박병배는 사고 당시 시간인 새벽 1시에 다시 현장으로 왔다.
사고가 난 횡단보도 바로 옆 골목을 보았다. 골목 한쪽으로 차
량이 주차되어있었다. 다행스러운 것은 이 지역 주민들은 묵시
적으로 자신의 주차 자리가 정해져 있었다. 다음 골목도 마찬
가지였다. 맨 바깥쪽에 주차된 차량의 블랙박스라면 사건 당시
영상을 볼 수 있을 것이다.

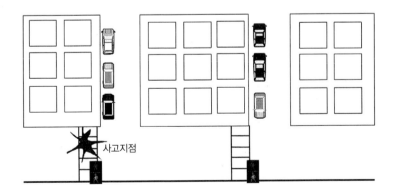

"됐어. 잘하면 증명할 수 있겠어."

박병배는 노트북을 가지고 아침 일찍 다시 와서 가장 바깥쪽 차량의 주인이 출근하기를 기다렸다. 6시 40분쯤에 정장을 입은 20대 후반의 남자가 차에 타려고 했다. 박병배는 그 남자에게 가서 말했다.

"저기 죄송합니다. 차주시죠? 혹시 블랙박스 영상을 볼 수 있을까요?"

남성은 박병배를 위아래로 훑어보았다.

"뭐죠? 혹시 경찰인가요? 이미 블랙박스 영상은 가져가셨잖아요."

"아닙니다. 저는 경찰이 아니에요. 저는 사고 피해자입니다. 경찰이 이미 왔었나요?"

"네 열흘 전쯤 사고에 관해 물어봤었죠. 블랙박스 영상에 대해서도 물어보고요. 저번에도 조사했었지만 제가 차를 뒤쪽으로 주차해서 큰길 차도 쪽 영상이 없었어요. 저는 블랙박스가 전방에만 있거든요."

박병배는 실망했다.

"네 그랬군요. 죄송하지만 혹시 모르니 당시 영상이라도 좀 다운받을 수 있을까요?"

박병배가 불쌍하게 보였는지, 젊은 남성은 안쓰러운 표정을 지으며 허락했다.

박병배는 사고 시각의 영상을 노트북에 다운받은 후 사고 지점에서 위로 50미터쯤에 있는 다음 골목으로 갔다. 맨 바깥쪽 차량 전면이 큰길을 향하고 서 있었다. 이 차량의 영상은 도로를 비추고 있었을 것이다.

오전 9시까지 기다려도 차 주인이 나오지 않는 것으로 보아 차 주인은 가정주부일 것이다. 박병배는 차량 앞에 십자수로 놓아 만든 전화번호로 연결을 시도했다. 통화 신호가 몇 번 울리자 전화기 저편에서는 예상대로 여성의 목소리가 흘러나왔다.

"네 5979 차량 주인 되시죠?"

- 네 그렇습니다만 누구시죠?

여자의 까칠한 목소리로 보아 그냥 부탁하면 나오지 않을 것 같아. 박병배는 경찰을 사칭하기로 했다.

"네, 남부서 교통조사계의 추원석 경사입니다. 교통사고 때문에 그렇습니다."

- 한 2주 전에 있었던 교통사고요?

"네, 블랙박스 영상 좀 확인하고 싶어서요."

- ······.

여자는 대답 없이 고민하고 있다. 경찰이 왔었다면 이미 말을 했을 텐데 경찰이 여기까지는 와보지 않은 것 같았다.

"가해자와 피해자 주장이 상반돼서요. 차량 블랙박스 영상을 좀 확인해 보겠습니다. 잠시만 나와 주실 수 있나요?"

- 잠시만 기다리세요.

잠시 뒤에 나온 여자는 팔짱을 끼고 박병배를 훑어보았다. 박병배의 초라한 모습에 진짜 경찰이 맞는지 의문스러운 눈빛으로 보는 것이었다. 박병배는 이를 간파하고 주머니에 있는 추원석 경사의 명함을 건넸다. 명함을 받은 여자는 잠시 동안 명함을 보더니 차량 문을 열며 말했다.

"교통사고는 아래쪽 횡단보도에서 일어났는데, 이곳 영상이 소용 있겠어요?"

"고맙습니다. 여러 각도로 조사하고 있거든요. 가해 차량이 지나간 시간을 확인할 수도 있고요."

박병배는 차량 안으로 상체를 넣어 블랙박스의 미니 SD카드를 빼서 노트북에 연결하였다. 11월 23일 새벽 1시경으로 거슬러 올라가니 다행스럽게 영상이 남아 있었다. 영상을 재생하니 가해자의 SUV가 지나가는 것이 확실히 보였다.

"여기 가해 차량이 지나가네요."

요즘 블랙박스가 풀HD 영상이라 선명한 화질이었다. 박병배는 영상파일을 노트북에 다운받고 SD카드를 다시 블랙박스에 꽂았다.

"감사합니다. 덕분에 뭔가 해결할 수 있을 것 같네요. 협조 감사드립니다."

도움이 되었다니 여자의 얼굴도 펴졌다. 박병배는 영상을 분석하려고 주변 빵집으로 들어갔다. 아메리카노를 한 잔 시킨 후 한강철의 SUV 차량이 지나가는 장면을 여러 번 재생했다. 뭔가를 찾아야 한다는 일념으로 영상을 눈에 넣었다. 슬로우 모션으로도 재생해 봤다. 한강철의 차량이 골목길을 스쳐 지나가는 모습과 시간이 천천히 움직였다. 머릿속에서 물리 공식 하나가 떠올랐다.

"오케이. 잘하면 증명할 수 있겠어."

박병배는 노트북을 그대로 둔 채 밖으로 뛰어나갔다. 근처 편의점에서 5미터짜리 줄자를 구입하여 골목으로 달려갔다. 박병배는 줄자를 이용해 골목의 너비를 몇 번에 걸쳐 측정했다.

"한강철. 이 개새끼! 너의 범죄 증거를 찾았다."

박병배는 추원석 경사와 만나기로 약속한 후 오후에 경찰서를 방문했다. 전화로 교통사고의 속도위반 증거를 찾았노라고 말했었기에 만나자마자 추원석 경사는 박병배에게 달려들었다.

"그래 형사처벌 할 수 있는 증거를 찾았다더니 뭡니까? 증거가 어딨어요?"

박병배는 노트북을 책상에 올리고 전원 버튼을 눌렀다.

"잠시만 기다리세요. 아, 이제 켜졌네요. 제가 사고 당시 블랙박스 영상을 확보했습니다."

"그 블랙박스 영상은 우리도 봤어요. 도로 쪽 영상은 없을 텐데……."

"이 영상은 사고 지점에서 위쪽 골목의 블랙박스 영상이에요. 정확한 위치는 사고 지점에서 위쪽으로 약 40미터가량 떨어진 골목에 있는 첫 번째 차량의 영상이에요. 다행이 이 차량은 도로 쪽을 보고 있었어요. 자, 여기를 보세요. 가해 차량이 지나가지요?"

추원석 경사의 눈에도 가해 차량이 지나가는 것이 보였다. SUV 차량이 순식간에 지나가는 것을 보았지만, 영상이 의미하는 바를 몰랐다.

"그래요. 보이네요. 그게 어떻다는 겁니까?"

"제가 고등학교에서 물리를 가르치고 있어요. 간단한 물리 법칙입니다."

박병배는 영상을 슬로우 모션으로 재생했다.

"여기 영상의 시간을 같이 보세요. 차의 머리가 나온 후 다시 차의 머리가 골목 끝에 도달하는 시간이 0.5초가량입니다. 아까 줄자를 사서 이 골목의 길이도 재봤는데 12미터였어요. 물리에서 속도는 거리를 시간으로 나눈 값이니 이 차량의 속력은 초속 24미터라는 것입니다."

박병배의 입가에 희미한 미소가 지어졌지만, 추원석 경사의 입 속은 온통 물음표였다.

"전 그게 뭘 의미하는지 모르겠습니다. 그래서 어떻다는 것입니까?"

"초속 24미터를 시속으로 고친다면 86킬로미터가 된다는 겁니다."

"그래서요?"

"이 도로의 규정 속도가 시속 60킬로미터이니 규정 속도를 시속 20킬로미터 이상 초과했다는 겁니다. 경사님이 지난번에 말한 12대 중과실에 해당하는 것이죠."

그제야 추원석 경사의 동공이 확대됐다.

"아! 그렇네요. 대단하십니다. 지금 이 영상대로라면 가해자의 SUV 차량이 이 도로를 86킬로로 달린 것이네요."

박병배는 손가락을 튕겨 딱 소리를 냈다.

"그렇죠!"

"이 영상을 복사하도록 하겠습니다. 이 영상을 증거로 다시 심의를 올려보도록 하겠습니다."

"감사합니다. 반드시 그놈을 감방에 넣어주세요."

박병배는 집으로 와서 또 다른 증거가 없을까 영상을 계속해서 돌려 보았다. 가해자 한강철의 SUV 차량이 지난 후 1초가량 후에 골목 옆 횡단보도에 파란불이 들어왔다.

'한강철의 차량이 지난 후 신호가 바뀌었다. 혹시…….'

갑자기 박병배의 심장이 쿵쾅거리기 시작했다. 박병배는 걸

옷을 대충 걸쳐 입고 집 밖으로 뛰어 나갔다. 서둘러 사고 현장까지 운전해 갔다. 차를 길가에 주차하고 사고 현장에 서서 신호등이 바뀌는 것을 바라보았다. 겨울 날씨는 매서웠지만, 박병배는 꼼짝하지 않고 서 있었다. 새로운 증거의 발견으로 추위를 전혀 느끼지 못했다.

한 시간 동안 지켜봐도 똑같았다. 사고가 난 횡단보도와 40여 미터 위쪽에 있는 횡단보도 신호등은 신호체계가 연동돼 있었다. 다시 말해 위쪽 차량 신호가 빨간불로 바뀌면, 사고 지점도 동시에 빨간불로 바뀐다. 위쪽 횡단보도를 비추는 블랙박스 영상에서 한강철의 차가 지난 후 1초 후에 신호가 바뀌었다. 그렇다면 동시에 아래쪽 신호도 바뀔 것이다.

생각이 정리되자 심장이 제멋대로 뛰기 시작했다. 침착해야 한다. 박병배는 차로 들어와 심호흡했다. 가방에서 볼펜과 노트를 꺼내 그림을 그리고 숫자를 적어 내려갔다.

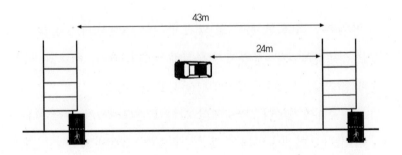

'두 횡단보도 사이는 정확히 43미터. 내가 계산한 이 차량의 속도가 초속 24미터였으니까 한강철의 차량이 위쪽 횡단보도를 지난 후 24미터쯤 왔을 때, 신호가 파란불로 바뀐 거야. 한강철의 거짓말을 증명할 수 있는 것이지.'

박병배는 잠시 더 기다리며 신호체계를 관찰했다. 한 시간을 더 봐도 신호체계는 같았다. 두 신호는 연동된 것이다.

"한강철. 이 개새끼 누가 신호위반을 했다고? 이 악덕 검사야! 이제 진짜로 콩밥 먹을 준비나 해라."

박병배는 이후 경찰서의 신호등 신호체계를 관리하는 교통안전계에 전화를 걸어 두 신호는 항상 같이 켜진다는 확답을 얻었다.

박병배는 다음 날 아침 일찍 경찰서를 찾았다. 추가로 찾은 증거를 추원석 경사에게 보이기 위해서였다. 따로 약속하지 않았지만 아침 시간이니 자리에 분명히 있을 것이다.

교통조사계 앞에서 박병배의 뱃속이 불편해지기 시작했다. 박병배는 교통조사계 옆의 화장실로 들어갔다. 바지를 내리자 설사가 쏟아졌다. 어젯밤 새로운 증거를 찾았다는 기쁨에 혼자 축배를 든답시고 소주를 두 병을 마셨다. 거기에 오래전 해외 여행에서 돌아올 때 사온 양주까지 비웠기에 속에서 탈이 난 것이다. 아내와 아들의 복수를 한다는 기쁨에 술을 주체할 수 없었다. 그렇게 볼일을 보고 있는데 문밖에서 익숙한 목소리가 들려왔다.

"네, 검사님. 추원석 경사입니다."

추원석 경사가 화장실에 들어온 것이다. 추원석 경사는 누군가와 통화를 하고 있었다.

"네, 검사님. 다름이 아니라 어제 박병배가 증거라고 블랙박스 영상을 하나 찾아왔습니다."

추원석 경사는 분명 검사라고 했다. 그리고 어제 찾은 증거 영상 이야기를 하고 있었다.

"글쎄 하기에 따라서는 검사님이 곤란해질 수 있을 것 같아서요. 박병배 이 사람이 물리 교사인지 그렇다는데요, 위쪽 골목의 영상을 가지고 검사님 차량 속도를 계산했는데 거의 시속 90킬로미터가 나오더라고요."

박병배는 놀라 비명이 나올 뻔했다. 지금 추원석은 자신이 어렵게 찾은 증거를 한강철에게 보고하고 있었다.

"네, 아직 보고하지 않았죠. 검사님께 가장 먼저 알려드리는 겁니다."

잠시 조용한 것이 전화기 저편에서 한강철이 추원석에게 뭔가 이야기하는 것 같았다.

"고맙긴요. 검사님은 제 고향 선배, 고등학교 선배인데 당연히 도와야죠."

…….

"아이고, 그렇게나 많이 주신다고요? 감사합니다. 지난번 계좌로 부탁드려요."

박병배는 주먹을 쥐고 튀어 나갈 뻔했다. 이야기 흐름상 추원석과 박병배는 학연, 지연으로 묶여 있다. 계좌 이야기를 하는 것으로 한강철은 추원석에게 돈도 준 것 같았다. 물론 대가는 증거인멸이겠지.

"네 그렇게 하겠습니다. 선배님 또 연락드리겠습니다."

'그놈의 고향 선배, 학교 선배…….'

추원석 경사가 화장실 밖으로 나가는 소리가 들렸다. 그리고는 바로 박병배의 전화가 울렸다. 추원석 경사였다. 박병배는 마음을 침착하게 가라앉히고 전화를 받았다.

"네 경사님."

– 어제 속도 증거를 위로 올려봤는데요. 글쎄 그게 기각을 당했습니다. 두 횡단보도 거리가 멀리 떨어져 있기 때문에 속도를 얼마든지 줄일 수 있다는 겁니다.

한강철이 그렇게 지시를 내렸겠지.

"네 알겠습니다."

— 이제 그만 잊고 일상생활에 전념하세요. 산 사람은 살아야 하지 않겠어요?

"또 다른…… 아닙니다. 알겠습니다."

박병배는 또 다른 증거를 말하려다. 그만두었다. 이미 추원석 경사는 우리나라에서 제일 이기기 힘들다는 고향 선배, 학교 선배라는 관계로 한강철 검사에게 포섭되었기 때문이다. 물론 증거인멸의 대가로 돈도 받았고 말이다. 추원석은 지난번 계좌라고 말했다. 뭔가 대가를 받은 것이다. 스키드마크를 위조했을지도 모르고, 한강철의 블랙박스를 일부러 고장 냈을지도 모른다.

'경찰도 포섭, 보험사도 포섭 분명히 목격자도 만든 것일 것이다. 어떻게 해야 하지? 억울하게 죽은 내 아내의 원한은 어떡한단 말이냐.'

박병배는 집으로 돌아와 술을 마시기 시작했다. 강소주를 빈속에 마시자 천장이 빙글빙글 돌았다. 하지만 멈추기 싫었다. 새로운 소주병을 뜯어 쓰디쓴 액체를 다시 마셨다.

"이 새끼들을 어떻게 할까? 죽여 버릴까? 아니야. 죽이는 것으로 부족해."

박병배는 그렇게 이를 갈며 술을 마셨고, 취기에 그대로 잠이 들어버렸다.

술이 취했지만, 새벽에 눈이 떠졌다. 입에서 쓴물이 올라오고 알코올 냄새가 진동했다. 꿈에서 계시를 받을 것처럼 인터넷 폭로가 떠올랐다. 박병배는 핵심 영상을 캡처해서 A4용지 한 장으로 사고의 상황과 억울함을 알리는 유인물을 만들었다. 유인물은 다음과 같이 시작하였다.

자신이 신호위반을 덮어씌우는 한강철 검사는 반성하라. 검찰의 개 추원석 경사는 자폭하라.

박병배는 일단 주요 포털사이트에 게시물을 올리고, 유인물 백여 장을 인쇄해서 집을 나섰다. 그리고는 한강철이 근무하는 검찰청 앞으로 갔다. 이른 아침이라 그런지 검찰청 직원들이 한두 명씩 출근했다. 한강철은 유인물을 들고 검찰청 입구로 가서 출근하는 이들에게 유인물을 나누어 주었다.

"한강철 검사는 자신의 죄를 뒤집어씌우고 있습니다."

그렇게 유인물을 나눠준 지 30분쯤 됐을까? 요란한 사이렌을 울리며 경광등을 단 승용차가 나타났고, 차에서 내린 건장한 형사들이 박병배를 제지하러 달려왔다. 박병배는 손에 들고 있는 유인물을 공중에 뿌린 후 검찰청 안으로 달려갔다. 검찰청 정문에 올라서니 거기에 마침 한강철 검사가 있었다. 숨어서 보고 있었던 것이다. 박병배는 한강철의 멱살을 잡고 소리쳤다.

"한강철 검사는 살인자다! 한강철 검사가 증거를 조작했다! 돈으로 경찰을 매수했다!"

"이거 왜 이래?"

"한강철! 신호위반 한 것을 내가 증명했다. 당신은 이제 끝이야."

따라온 형사들이 즉시 박병배를 제압하고 곧이어 수갑을 채웠다.

"한강철! 내가 증명했다고! 넌 신호위반을 한 거야!"

"뭐하는 거야? 빨리 끌고 가!"

박병배는 그대로 검찰청 옆에 있는 남동경찰서로 끌려가 유치장에 갇혔다. 그렇게 하루가 지나 한강철 검사와 추원석 경사가 유치장을 찾아왔다. 박병배는 자리에서 벌떡 일어나 철창으로 붙잡고 소리쳤다.

"한강철 이 새끼! 블랙박스 영상을 분석해 보니 분명히 파란불이었어. 네가 신호만 지켰어도 우리 가족은 행복하게 살았을 텐데, 내 아내는 네가 죽인 거야."

어쩐지 한강철의 얼굴은 미소를 띠고 있었다.

"박병배 씨, 왜 억지를 부리는 거예요? 사실이 아닌 것을 그렇게 떠벌리는 것도 죄가 되는 것을 모르겠어요?"

"왜 사실이 아니야? 내가 다 증명하겠어. 내가 물리 교사였던 것을 몰랐지? 물리학적으로 다 증명할 수 있어. 넌 이제 검찰에서 아웃이야."

한강철은 한심한 듯이 박병배를 보다가 가까이 와 선명한 미소를 지었다.

"물리만 알고 법을 모르시네요. 기소권이 어디 있죠?"

한강철을 뒤로 물러나 추원석 경사에게 말했다.

"추원석 경사님 설명해주시죠."

추원석 경사가 한발 앞으로 나와 설명하였다.

"차량의 속도는 두 골목이 40미터 떨어져 있기 때문에 얼마든지 변화 가능합니다. 두 횡단보도의 보행자 신호가 동시에 바뀐다 한들 차량의 속도가 중간에 변하면 위쪽 영상만으로 아래쪽 횡단보도가 초록불인 것을 증명할 수 없어요. 박병배 씨가 포털사이트에 올린 그 증거는 효력이 없어서 검찰에서 기각했습니다."

박병배가 분노에 차 소리쳤다.

"추원석. 너도 한패잖아! 둘이 붙어먹은 것 다 알아! 당신은 증거를 제출하지도 않았을 거야!"

한강철 검사가 다시 나섰다.

"그 증거 올렸습니다. 하지만 제 동기생인 김동수 검사가 기각했습니다. 그리고 박병배 씨를 제가 명예훼손 및 폭행으로 고소했습니다. 여기 목에 손자국이 보이죠? 전 어제 생명의 위협을 느꼈어요."

한강철의 목에 손톱에 긁힌 자국이 선명히 남아 있었다. 그리고는 양복 안주머니에서 접힌 종이를 꺼내 펼쳤다. 그리고는 기분 나쁜 웃음소리를 냈다.

"크크크, 이 종이가 뭘까요? 제 동기가 이 사건을 맡았는데 이렇게 구속영장도 받아주었어요."

한강철은 구속영장을 박병배의 눈앞에 대고 흔들었다.

"야 이…… 양심도 없는 놈들 내 반드시 너희 두 놈을 끌어내릴 테다."

"감방 안에서 뭘 어떻게 하겠어요. 할 수만 있으면 해보세요. 그럼 박병배 씨 이제 다시는 보지 맙시다."

한강철은 구속영장을 옆의 추원석에게 건네고는 돌아서 힘차게 발걸음을 내딛었다. 박병배는 뒤돌아 가는 한강철을 불러세웠다. 너무나 추악해서 머리로만 상상했던 복수를 실행하기 위함이었다.

"잠깐! 한강철 검사! 당신 혈액형이 뭐지?"

"하하하 무슨 뚱딴지같은 소리예요? 또 쓸데없는 증거를 찾아보시게? 흐흐흐 전 대범한 O형입니다. 잘해보십시오."

한강철이 크게 웃으며 가던 길을 걸어갔다. 뒤의 추원석이 박병배에게 다가왔다.

"그러게 그만 잊고 산 사람은 살자니까 왜 그러셨어요. 참고로 나도 O형입니다."

추원석 경사도 마지막 질문이 재미있었는지 방병배에게 자신의 혈액형을 말하고 한강철 뒤를 졸래졸래 따라갔다.

오후에는 박병배의 어머니가 찾아왔다.

"아범아. 아범까지 이러면 어떡하느냐? 산 사람은 살아야지."

"저도 이렇게 될지 몰랐어요. 걱정하지 마세요. 죄가 없는데 오래 있지는 않을 거예요."

"저기 형사님한테 듣기론 아범 네가 검사님 목을 조르고 했다던데 사실이냐?"

박병배는 깁스한 팔을 들어 보였다.

"어머니, 팔이 이런데 어떻게 목을 조르겠어요."

"아무튼, 아범아 내가 검사님을 한번 찾아가 봐야겠다."

"찾아가서 뭐 어쩌시려고요. 그놈은 살인자예요."

"뭐가 살인자야. 어멈은 자살한 거지."

"어머니까지 이러기예요?"

"다 아범을 거기서 꺼내기 위해서지. 내가 싹싹 빌 테니 나오면 이제 형곤이를 위해서라도 헛짓하면 안 된다."

일주일 후에 추원석 경사가 와서 유치장 문을 열어주었다.

"어머님이 검찰청으로 많이도 찾아갔나 봅니다. 하도 찾아오니 검사님이 고소를 취하하기로 했어요. 박병배 씨 이제는 조용히 잊고 사세요."

박병배는 추원식 경사의 얼굴에 당장에라도 한 방 먹이고 싶었지만, 유치장 안에서 세운 복수 계획을 생각하고 참기로 하였다. 먼저 간 아내와 앞으로 어떻게 살아야 할지 모르는 아들을 생각해서라도 그들에게 단죄를 내리고 싶었다.

"추원석 당신, 그렇게 사는 거 아니야."

"나도 35세 당신과는 동갑입니다. 반말은 거북하네요."

"당신 같은 사람 때문에 '무전유죄 유전무죄'가 되는 거야."

"당신 강의는 듣고 싶지 않아요. 어서 나가세요."

박병배는 먼저 근무하는 학교에 가서 사직서를 냈다. 사직서를 내고 과학부의 윤명신 선생님을 찾아갔다. 윤명신 선생은 박병배의 사직 소식을 들었는지 걱정해 주었다.

"아이고 박 선생님 참고 이겨 내셔야죠. 사직이 웬 말입니까?"

"그렇게 되었습니다. 아들 때문에 시골로 내려가려고요."

"그래요. 그것도 좋은 생각이네요. 잘 이겨내세요. 이렇게 헤어지니 아쉽네요."

"네, 학교 학생들을 잘 책임져 주세요. 참, 선생님 저번 학교 축제 때 개구리 해부[1]를 하셨잖아요?"

"네 그랬죠."

"그때 개구리를 마취했던 것 같던데 마취는 어떻게 하는 거예요?"

"아, 에테르에요. 원래 에테르를 묻힌 솜과 함께 개구리를 병에 넣고 기다려야 하는데 우리는 그냥 주사기로 다리에 놓았어요. 근데 왜 그러시죠?"

"아, 시골 내려가면 자연과 접하게 되잖아요. 아이 교육 때문에 알아두면 좋을 것 같아서요. 우리가 거래하는 영재과학사에서 구입하면 되지요?"

"네, 그래요."

"그럼 진짜로 안녕히 계세요. 인연이 있으면 어디선가 또 만나겠죠."

박병배는 차례차례 복수를 준비했다. 다음으로 아파트 전세를 빼고 퇴직금을 합쳤다. 복수 자금을 만들기 위해서였다.

---

1) 현재 학교에서는 미성년자가 해부 실험을 할 수 없다.

복수를 위한 최소한의 돈을 남기고 모두 아들을 돌보는 어머니에게 드렸다. 어머니께 부탁해 아들을 시골 고향집으로 같이 보냈다. 두뇌의 기억이 돌아오는데 자연의 자극이 좋다고 했기 때문이다. 물론 자신은 이제 형곤이를 보지 못하겠지만 말이다.

복수 작전을 실행하기 위해 검찰청 근처 원룸에 월세를 얻고 한강철을 관찰하기 시작했다. 복수의 본격적인 시작이었다.

12월 13일 : 오늘 학교에 가서 미련 없이 사직하였다. 누구도 날 도울 수 없다. 저세상에 있는 아내의 복수는 내 손으로 완성해야 한다. 이제 복수만이 나의 삶에서 의미 있는 일이다. 복수가 완성되면 내가 어떻게 되든 상관없다. 온 에너지를 쏟아 복수할 것이다. 학교에서 마취제 정보를 얻었는데 에테르 구하기는 어렵지 않았다. 과학교사는 쉽게 구입이 가능했다.

복수를 위해 한강철을 계속 감시했다. 일주일간 관찰한 결과 한강철은 독신이며 술을 무척이나 좋아했다. 이번 주에만 두 번의 회식이 있었는데 회식만 하면 만취할 정도로 마셨다. 나와 술 마시는 습관이 비슷했다. 한강철의 술 습관 덕분에 쉽게 복수에 도달할 수 있을 것 같다.

박병배는 검찰청 입구가 보이는 길에 자신의 자동차를 주차하고 있었다. 이렇게 한강철의 일거수일투족을 감시하는 것이 박병배의 일과가 되었기 때문이다. 오늘 한강철은 저녁 6시쯤에 나왔다. 주위에 직원들과 같이 있는 것으로 보아 오늘도 평소처럼 회식을 할 것이다.

박병배는 오늘 한강철을 미행해서 집을 알아내려 하고 있었다. 평소 관찰대로 한강철 일행은 자주 가는 곱창집에 들어가서 1차를 하고, 9시쯤 곱창집을 나와 매일 그랬던 것처럼 옆에 있는 맥줏집으로 들어가 10시 반쯤에 나왔다. 한강철의 몸이 심하게 비틀거리는 것을 보니 오늘도 만취 상태인 것 같았다. 주위에 나이 지긋이 먹은 직원들이 한강철을 택시에 태우고 90도로 인사했다. 한강철은 자신보다 나이 많은 사람들의 어깨를 툭툭 치며 택시에 올라탔다. 아마 사무실에서 한강철이 가장 높기 때문일 것이다. 택시를 따라 박병배도 차를 출발시켰다.

'조금만 기다려라. 너의 그 왕 놀음도 오래가지 못할 것이다.'

한강철을 태운 택시는 송도신도시 쪽으로 들어가서 한 고급 아파트 단지 정문에 섰다. 박병배도 재빨리 길가에 주차한 후 비틀거리며 가는 한강철을 멀찌감치 따랐다. 한강철은 903동 출입구로 올라갔다. 고급 아파트인지라 공동현관문을 들어가는데도 비밀번호를 눌러야 했다. 비밀번호를 보려고 가까이 붙었다. 한강철은 만취해서 주위를 전혀 의식하지 않았다. 박병배는 스마트폰 동영상 촬영 버튼을 누르고 손을 길게 뻗어 한강철의 키패드 누르는 손을 촬영했다.

[문이 열립니다.]

한강철은 그렇게 안으로 들어가 버렸다. 재빨리 동영상을 재생했다. 영상이 흐리지만 패드의 숫자가 보였다.

[1502호 * * * *]

1502호에 사는 것은 맞는데 비밀번호는 숫자로 표현되지 않았다. 박병배는 영상을 돌려보며 한강철의 손가락 위치를 보며 비밀번호가 2465라는 것을 알아냈다. 일단 공동현관문을 뚫었다.

"1502호에 살고 있구먼. 당장에라도 따라 올라가 죽이고 싶지만, 아직 준비되지 않았으니 오늘은 여기까지 해야지."

다음 날 오전에 박병배는 한강철의 아파트를 찾았다. 어제 본 비밀번호로 공동현관문을 지났다. 엘리베이터를 타고 15층으로 올라갔다. 엘리베이터에서 내리자 1501호와 1502호가 보였다. 한강철이 출근하는 것을 확인하고 왔으니 문제없다. 이제 이 현관을 뚫어야 한다. 현관에도 터치패드 형식의 번호키가 달려 있었다. 먼저 공동현관문 비밀번호인 2465를 눌러봤다. 열리지 않는다. 다음으로 15022485를 눌러봤다. 열리지 않는다. 달리 눌러볼 비밀번호가 생각나지 않았다.

"그래 이렇게 쉽게 열리면 나도 복수할 맛이 나지 않지."

박병배는 밖으로 나와 번호키 파는 상점으로 들어가 한강철의 현관문에 달려 있는 번호키와 같은 제품을 하나 샀다.

12월 14일 : 옛날이었다면 무작정 덤벼들어 또 철창에 들어가는 신세가 되었겠지만, 지금의 난 아니다. 오늘 한강철의 집에 달린 것과 똑같은 번호키를 사왔다. 옛날에는 누르는 번호마다 소리가 미세하게 달랐었는데 요즘에는 번호 누르는 소리가 똑같다. 어떡하지? 어떻게 현관 비밀번호를 알아낼 수 있을까? 시간은 많으니 천천히 생각해 보자.

추원석 경사가 경위로 승진해서 계장이 되었다. 믿고 싶지 않지만 승진에는 한강철 검사의 힘이 작용했을 것이다. 돈을 위해 도덕을 버리다니 추원석도 우리 가족을 이용한 죄 값을 치를 것이다. 조금만 기다려라.

박병배는 현관 비밀번호를 알아내려고 차에서 며칠째 한강철의 회식을 기다리고 있다. 무슨 바쁜 일이 있었는지 한강철은 거의 1주일째 회식을 하지 않고 있었다.

'오늘은 회식을 해야 할 텐데.'

저 멀리 한강철이 직원들과 나오는 것으로 보였다. 드디어 오늘 회식이 있나 보다. 한강철 일행은 지겹지도 않은지 오늘도 곱창집을 들어갔다가 나와서 옆의 맥줏집으로 들어갔다. 오늘은 한강철의 아파트에 미리 가서 준비할 것이 있다. 박병배는 차에서 나와 잠시 맥줏집 내부를 살폈다. 한강철이 500밀리리터짜리 맥주잔을 들고 건배를 외쳤다.

박병배는 차를 타고 한강철의 집으로 갔다. 공동현관문의 비밀번호를 알아낸 것처럼 현관의 비밀번호도 몰래 뒤에서 촬영하기 위함이었다. 박병배는 15층 비상계단에서 창밖을 보며 한강철이 오기를 기다렸다. 11시쯤 되자 한강철이 비틀거리며 들어오는 모습이 보였다.

"오늘 현관 비밀번호를 알아내야 할 텐데"

핸드폰 동영상 모드를 켜고 기다리자 엘리베이터가 올라오기 시작했다. 박병배는 비상계단에 몸을 숨겼다. 땡 소리가 나며 엘리베이터가 열리고 걷는 소리가 들렸다. 휴대폰을 들고 다가갔지만, 현관 복도는 너무 조용하고 좁았다. 그렇게 움찔하는 순간 한강철은 비밀번호를 눌렀다. 공동현관 터치판은 높았지만, 현관의 터치판은 위치가 낮아 몸에 가렸다. 손을 멀리 뻗어도 번호키를 누르는 모습을 볼 수도 촬영할 수도 없었다.

'띠띠띠띠 띠띠띠띠.'

그렇게 한강철은 문을 열고 안으로 들어갔다. 터치판을 누르는 소리로 보건데 비밀번호는 여덟 자리였다.

"젠장 몸에 가려 보이지 않네. 여덟 자리 번호라면 조합을 찾기는 사실상 불가능한데. 어떡하면 좋지?"

이후 박병배는 두 번 더 같은 방법을 시도해 봤지만 소용없는 짓이었다. 다른 방법을 강구해야 했다.

12월 23일 : 현관 비밀번호를 알아내지 못해 며칠간 복수에 대한 절망에 빠져 있었다. 그런데 어제 뉴스를 보다가 현관의 비밀번호를 알아낼 수 있는 단서를 찾았다. 며칠 전 시중은행에서 중국 사기단이 폰뱅킹을 통해 1억4천만 원을 빼가는 사건이 일어났다. 아직도 정확한 방법은 알 수 없지만 전문가들은 통화버튼을 누를 때마다 흐르는 미세전류가 달라서 보안카드 번호를 알아내지 않았을까 추측한다고 말했다.

물리학적으로 일리가 있는 말이다. 곧바로 인터넷을 뒤져 미세전류측정기를 검색했는데 다양한 제품이 나왔다. 미세전류를 측정할 수 있을까 걱정했는데 기우였다. 심지어

시중에서 구입할 수 있는 미세전류계로 나노 암페어는 물론이고 피코 암페어까지 측정할 수 있단다.

나노가 0.000000001 정도니까, 그 정도면 현관 번호키 번호를 누를 때마다 흐르는 미세 전류를 충분히 측정할 수 있을 것이다. 200여만 원에 미세전류기와 미세전극을 사와 전에 사두었던 현관 번호키를 가지고 실험했다. 전극을 비상시에 9볼트 전지를 대는 곳에 연결하고 번호를 눌렀다. 가슴 떨리는 순간이었다.

성공이다. 번호마다 흐르는 미세전류가 분명히 달랐다. 이제 희망이 보인다. 여기에 아두이노 컴퓨터와 블루투스 모듈을 연결하면 근거리무선통신으로 비상계단에서 미세전류의 양을 볼 수 있을 것이다. 단, 센서를 안 보이게 숨기는 것이 중요한데 한강철이 만취한다면 천장 구석의 센서는 보지 못할 것이다.

1월 10일 : 새해가 왔다. 그동안 복수를 위하여 많은 준비를 하였다. 에테르를 적신 손수건을 내 코에 직접 얹어 실험을 해보았다. 마취가 세 시간 정도 지속되었다. 직접 개발한 기계 장치로 한강철의 현관 비밀번호도 알아냈다. 그리고 복수에 필요한 스페셜 아이템도 구할 수 있을 것이다. 많은 돈을 들여 심부름 업체를 찾았다. 일반 흥신소와는 분위기가 달랐다. 혼자 움직이는 해결사는 차라리 돈을 주면 한강철을 죽여준다고 했다. 어머니에게 준 돈을 다시 받는다면 해결되겠지만 난 살인을 원하는 것이 아니다. 나의 복수는 한순간의 죽음으로 끝나서는 안 된다. 그렇게 남자에게 스페셜 아이템을 부탁했다. 한강철의 다음 회식 날이 디데이가 될 것이다.

박병배는 복수를 할 디데이를 잡고 한강철의 회식 날을 기다렸다. 초조한 마음에 자동차 뒷좌석에 있는 가방을 보았다. 가방에는 치밀한 복수에 필요한 준비물이 들어 있었다.

'기본적인 준비물은 차에 잘 실려 있고, 한강철이 만취만 하면 되는데…….'

저 멀리 한강철이 직원들과 나오는 모습이 보였다. 드디어 디데이가 된 것이다.

한강철은 평소와 마찬가지 회식 코스를 돌고 10시쯤 택시를 타고 집으로 돌아갔다. 박병배는 한강철의 집을 알았지만 오늘은 조용히 택시를 따랐다. 조용한 거리의 가로등이 박병배의 긴장감을 고조시켰다.

한강철이 비틀거리며 공동현관문을 열고 안으로 들어갔다. 박병배는 한적한 길가에 차를 주차하고 한동안 차 안에서 기다렸다. 본래의 계획대로 30분을 기다렸지만 복수를 눈앞에 두자 30시간이 지나가는 것처럼 시간은 더디게 흘렀다. 손목시계로 30분이 흐른 것을 확인한 후 준비된 가방을 메고 아파트로 올라갔다.

현관에 서자 심장이 요동치기 시작했다. 만일의 사태를 대비해 전기충격기를 오른손에 들고 왼손에는 손전등을 들었다.

알아낸 비밀번호를 눌렀다. 이미 집은 몇 번 들어와 봤다. 어두운 실내로 들어갔다. 추운 겨울이었지만 손에서 땀이 솟아났다. 한강철의 구두가 어지러이 흐트러져 있었다. 쓰러져 있는 구두에서 한강철이 얼마나 취했는지 느낄 수 있었다.

박병배는 신발을 신고 그대로 올랐다. 왼쪽 첫 번째 문은 서재로 쓰는 방이다. 서재 방에는 있을 리 없다. 오른쪽 문은 화장실, 그리고 옷 방 하나를 더 지나면 거실이 나온다. 침대가 있는 안방은 정면의 문이다.

박병배는 손전등을 켜고 거실을 둘러봤다. 순간 놀랐는데 한강철은 거실의 소파 위에서 양복도 벗지 않은 채 자고 있었다. 예상은 달랐지만 이정도야…….

박병배는 가방을 바닥에 조용히 내려두고 안에서 에테르 병을 꺼내 손수건에 듬뿍 묻힌 후 한강철의 얼굴에 살포시 올려놓았다. 마취하기 위해서다. 이미 자신의 얼굴에 올리고 실험했으니 문제없다. 손목시계의 분심이 10분이 흘렀음을 알려주었다. 박병배는 손수건을 치우고 한강철의 뺨을 한 대 때렸다.

꿈쩍하지 않는 것으로 보아 마취가 잘된 것 같았다. 식탁의자를 하나 가져와 한강철을 앉혔다. 움직이지 못하도록 양발은 의자 다리에, 손은 의자 뒤로 해서 케이블타이를 이용해 묶었다. 그리고 빨랫줄로 몸통도 결박했다.

"오케이. 다음은 추원석을 불러야겠지?"

박병배는 한강철의 양복 안주머니를 뒤져 핸드폰을 꺼냈다. 비번이 걸려 있었다. 한강철의 엄지로 지문 인식을 하니 잠금이 풀렸다. 검색을 통해 추원석 경위와 주고받은 메시지를 찾았다. 그동안 보낸 메시지를 보니 형, 아우하며 난리였다. 박병배는 한강철이 보낸 말투로 문자를 보냈다.

[추원석 아우님 저번의 교통사고 건으로 박병배가 새로운 증거를 찾았나 봐. 사정이 급한데 지금 뭐 해?]

추원석 경위는 주인을 따르는 개처럼 바로 답장이 왔다.

[네, 형님 오늘 야간 근무입니다. 어떤 증거입니까?]

[문자나 전화로 설명하기는 그렇고 지금 우리 집으로 올 수 있나? 이번 일만 잘 해결되면 큰 거 한 장 줄게.]

[형님 일인데 당연히 당장 달려가야죠.]

[우리 집은 송도의 벨라지오 903동 1502호야. 공동현관문
비밀번호는 저번에 알려줬고 현관 앞에 와서 벨을 눌러.]

[네 알겠습니다. 한 30분 걸릴 거예요.]

박병배는 현관문을 열고 나와 비상계단에서 창밖을 보며 추
원석이 오기를 기다렸다. 20분쯤 후에 택시에서 내리는 추원
석 경위가 보였다. 박병배는 에테르 병을 열고 손수건에 듬뿍
뿌린 후 왼손에 들고 오른손에는 전기충격기를 들었다.

엘리베이터가 올라오고 있었다. 박병배는 비상계단 밑에 몸
을 숨기고 엘리베이터 소리에 귀를 기울였다. 엘리베이터가 열
리는 소리에 이어 발걸음 소리, 다음 벨을 누르는 소리가 났다.

박병배는 조용하면서도 빠르게 튀어나가 전기충격기로 추
원석의 목을 지졌다. 충격으로 바닥에 주저앉은 추원석 경위의
입과 코를 에테르를 묻힌 손수건으로 덮어 힘을 주었다. 얼마
가지 않아 추원석도 팔다리가 늘어졌다. 마취된 추원석 경위를
집으로 끌고 들어와 한강철 옆에 똑같이 묶었다. 추원석의 허
리춤에 수갑이 있어 추원석은 수갑을 이용해 손을 묶었다. 이
제 쥐새끼 두 마리를 모두 잡았다.

"복수의 날 축배를 들지 않을 수 없지?"

박병배는 냉장고를 뒤져 요깃거리와 찬장에 있는 최고급 양주를 들고 왔다. 그렇게 쥐새끼 두 명을 보며 최후의 축배를 즐겼다.

아침이 오자 먼저 일어난 것은 추원석 경위였다. 추원석 경위는 자신의 몸이 묶여 있는 것을 알고는 발버둥 치다가 소파에 앉아 있는 박병배를 발견했다.

"헉! 박병배 씨?"

눈치 빠른 추원석은 이 모든 소행을 박병배가 저지른 것을 금방 깨달았다. 추원석은 한껏 부드러운 목소리를 냈다.

"박병배 씨 왜 그러세요? 사고는 안타깝지만 어쩔 수 없는 일이잖아요."

"과연 그럴까? 아내가 죽은 것이 어쩔 수 없는 사고였을까?"

박병배는 자리에서 일어나더니 부엌으로 가서 양푼에 찬물을 받아왔다. 그리고 나서 아직도 자고 있는 한강철의 얼굴에 세차게 뿌렸다. 물벼락을 맞은 한강철 검사는 깜짝 놀라면서 깨어났다. 아직도 상황을 인지하지 못했는지 어리둥절해했다.

박병배는 가방에서 캠코더를 꺼내 그들 앞에 설치하고 있었다. 이런 박병배를 본 한강철은 이제야 상황을 인지하고는 소리쳤다.

"너 뭐야, 인마. 박병배 네가 그런 거야? 너 빨리 이거 안 풀어?"

한강철이 떠들든 말든 박병배는 찬찬히 캠코더 설치를 이어 갔다. 캠코더의 녹화 방향을 한강철 검사와 추원석 경위 쪽으로 맞췄다.

"박병배! 넌 이제 진짜 콩밥이야. 하루라도 빨리 나가려면 어서 풀어라."

박병배는 캠코더의 녹화 버튼을 누르고, 소파에 앉아 양주병을 들어 한 모금 마셨다. 목에 전해지는 따끔함이 기분 좋았다.

"너, 이 새끼! 나도 아까워서 먹지 못하는 양주를 마셔!"

"한강철 검사님 지금 그렇게 묶여 있는 상황에서 양주가 걱정되세요? 몸 걱정은 안 되세요?"

박병배는 은근히 협박했지만 한강철은 아직 상황 인지가 되지 않았는지 목소리를 더욱 높였다.

"무단 침입, 감금, 상해, 절도죄까지. 너 진짜로 죽을 줄 알아."

박병배는 양주를 한 모금 더 마시고는 병을 한강철 머리 위로 던졌다. 날아간 양주병은 뒤쪽 벽에 부딪쳐 산산조각이 났다. 폭력적 상황이 보이자 한강철도 놀랐는지 움찔했다.

"한강철 검사님. 전 사실을 알고 싶을 뿐입니다. 여기서 사실을 고하고 하늘로 올라간 우리 마누라에게 용서를 비세요."

한강철은 안 되겠는지 주변에 도움을 요청하듯이 크게 소리쳤다.

"사람 살려! 살려주세요. 사람 살……."

박병배는 소리치는 한강철의 입 속으로 수건을 쑤셔 넣었다. 한강철 검사는 말을 못했지만 눈에서는 독기를 뿜어냈다. 박병배는 별일 아닌 듯 추원석 경위에게 몸을 돌렸다.

"추원석 경위님은 어떠세요? 사실을 말할 수 있나요? 제가 경찰서 화장실에서 우연히 추원석 경위님과 한강철 검사님 전화 통화를 들었어요. 형사님은 한강철 검사의 고향 후배, 학교 후배라는 이유로 사건을 위로 보고도 안 하고 한강철 검사에게 연락하셨더군요. 그리고 돈도 받았을 것이고요. 그리고 승진이라도 시켜줬나요? 자 진실을 말해주세요."

추원석 경위는 경찰인지라 이렇게 막장까지 몰린 사람의 말을 잘 들어야 한다는 것을 알고 있었다.

"일단 진정하세요. 학연, 지연은 맞지만 이해해 주세요. 그리고 증거를 한강철 검사님께 미리 알린 것은 맞지만 박병배 씨가 찾은 증거를 누락시키지는 않았어요. 진짜로 기각된 겁니다."

"한강철에게 미리 말하니, 한강철 검사가 미리 손을 쓴 것이겠죠."

"거기까지는 생각지 못했어요. 정말이에요. 전 공정하게 하려고 노력했어요."

"좋아요. 대한민국에서는 학연, 지연, 계급이 깡패라는 것을 인정합니다. 그리고 돈 욕심에 미리 알려준 것도 이해가 안 되는 것도 아니고요. 그럼 다르게 묻겠습니다. 추원석 경위님! 그날 보행신호가 무슨 색이었죠?"

"그건 진짜 몰라요. 목격자도 한 명밖에 없었어요. 증거도 없이 박병배 씨 말만 믿을 수도 없잖아요. 그리고 술을 마신 사람은 올바른 판단을 하지 못한다는 결론이에요. 박병배 씨가 술에 취해 있어 그런 판결을 내리게 된 겁니다."

"목격자는 사고 소리를 듣고 달려왔다고 했어요. 사고 난 시점에 본 것이 아니란 말입니다. 그리고 한강철 검사의 블랙박스가 고장 난 것도 사실이 아니죠?"

"진짜예요. 그리고 경찰에서도 쉽게 결론을 내리지는 않았어요. 충돌 지점과 박병배 씨, 아내, 아들이 쓰러진 위치를 계산해서 차량 속도도 계산한 거고요. 물리 선생이니 알 거 아니에요?"

아, 그 생각을 못했구나. 충돌에 의해 날아간 위치 말이다. 물리는 거짓말을 하지 않는다. 추원석은 적극적으로 대답했다. 거짓은 아닌 것 같았다.

옆에서 계속 바둥거리던 한강철이 쓰러졌다. 박병배가 쓰러진 한강철을 일으켜 세웠다.

"어버버버."

박병배는 한강철의 입에서 수건을 뺐다.

"너, 빨리 안 풀어? 진짜 죽여 버린……."

다시 수건을 입속으로 쑤셔 넣었다.

"내 이럴 줄 알았습니다. 지위가 높은 것들은 반성이라는 것을 모르죠."

박병배는 가방을 뒤져 펜치를 꺼냈다.

"역시 사실을 말하게 할 때는 고문이 최고죠."

박병배는 펜치로 한강철의 새끼발가락을 세게 쥐었다. 뽀득하고 뼈가 부러지는 소리가 났다. 고통이 심했는지 수건 속에 묻힌 비명을 질렀고, 목에 핏대가 올랐다.

"음, 음버버버."

"이제 조용히 할 겁니까?"

한강철은 고개를 재빠르게 끄덕였다.

"이제 조용하고 존댓말을 할 겁니까?"

한강철이 고개를 끄덕여 입에 넣었던 수건을 뺐다.

"으… 이… 이제 그만."

"그러니까 대답을 잘해야죠. 한강철 검사님께 다시 묻죠. 그때 자동차 신호가 빨간불이었죠? 내가 찾은 증거를 보면 분명해요. 맞죠? 여기 카메라를 보고 말하세요."

"……."

박병배는 수건과 펜치를 들어 보였다. 어쩔 수 없다는 듯 한강철은 고개를 끄덕였다.

"맞아요."

"그런 성의 없는 대답은 필요 없어요. 당신은 검사니 제가 직접 조사한 증거를 보여주겠습니다."

박병배는 가방에서 노트북을 꺼내더니 전원을 켜고 마우스를 조작했다. 화면에서 영상이 나오자 노트북 화면을 한강철 검사와 추원석 경위에게 보여 주었다.

"자 고귀하신 검사님, 경찰 나리 여기를 보세요. 이 영상은 사고 시각의 사고 지점에서 40미터 위쪽에 있는 횡단보도예요. 여기 검사님 차가 지나가죠? 그리고 정확히 1초 후에 파란불이 켜집니다."

박병배는 마우스를 조작해 슬로우 화면으로 차가 지나는 것을 다시 보여주었다.

"이 신호등과 사고가 난 횡단보도의 신호등은 연동돼 있어요. 자, 여기 다른 영상을 하나 더 보여드리겠습니다. 이 블랙박스 영상은 사고가 난 횡단보도의 골목에서 골목 쪽을 비추고 있는 영상입니다. 지금! '끽' 소리 들리시죠? 사고 시각쯤에 급브레이크 밟는 소리가 녹음되었어요. 두 블랙박스 영상을 한 화면에 띄우고 시간을 맞춰 동시에 재생해 보겠습니다."

따로 보는 영상으로는 차가 중간에 멈출 수 있다는 합리적 의심을 할 수 있지만, 동시에 보는 두 영상으로 파란불에서 사고가 난 것을 증명한 셈이다.

"자 어떠세요? 이렇게 증거가 확실한데도 발뺌할 겁니까?"

한강철은 고개를 푹 숙이고 체념한 듯 말했다.

"맞아요. 어겼습니다. 제가 신호를 어겼어요. 파란불일 때 사고가 났습니다."

한강철의 신호위반 고백에 박병배의 가슴 깊은 곳에서 울분이 올라왔다.

"당신만 아니었어도. 우리 가족은 행복했을 텐데. 먼저 간 우리 마누라에게 사과해!"

"죄송합니다. 정말 죄송합니다. 용서해주세요."

추원석 경위도 자신에게 혹시 모를 불똥이 튈까 봐 덩달아 잘못을 빌었다.

"저도 죄송해요. 용서해 주세요."

한강철이 고백하자 다리에 힘이 풀려 소파에 털썩 주저앉았다. 갑자기 가슴속에서 울음이 솟아올라 목 놓아 울었다.

"여보, 저놈들만 아니었어도 당신 죽지 않았을 텐데……. 한강철 검사! 당신은 우리 마누라를 죽였다. 이에 살인죄를 적용한다. 추원석 경위 당신도 권력에 빌붙어 먹은 죄를 적용해 둘다 고통스러운 사형을 선고하는 바이다."

박병배는 판사처럼 형을 선고한 후 소파에 누워 한참을 울다가 어느 순간 조용해졌다. 복수를 하려고 밤을 새웠고, 독한 양주도 원인이었다. 원하던 대답을 얻어서 긴장이 풀어진 것도 원인이 될 수 있었다. 박병배는 소파 위에서 그대로 잠이 들어 버렸다.

잠이 든 것을 눈치를 챈 추원석 경위가 한강철을 향해 조용히 말했다.

"형님 저놈 잠들었네요. 제 오른쪽 바지 주머니에 수갑 열쇠가 있어요. 제가 몸을 형님 손 쪽으로 할 테니 열쇠를 꺼내 보세요."

"알았어. 저 놈이 깨기 전에 서둘러."

추원석 경위는 몸에 반동을 주어 조금씩 움직여 갔다. 조금씩 한참을 이동한 후에나 주머니가 손 쪽으로 움직였고, 한강철은 열쇠를 손에 넣을 수 있었다. 다시 몸에 반동을 주어 수갑을 한강철의 손 쪽으로 움직였다. 추원석 경위는 땀이 비 오듯 쏟아졌다.

"형도 조금씩 움직여 보세요. 박병배가 깨어나면 무슨 일을 당할지 모릅니다. 서두르세요."

둘이 조금씩 움직여 드디어 손끼리 만날 수 있었고, 수갑도 곧 풀어낼 수 있었다. 추원석 경위는 손이 자유로워지자 자신을 묶고 있던 빨랫줄과 케이블타이를 풀어냈다.

그리고는 손에 차고 있던 수갑을 들고 소파에서 자는 박병배에게 살금살금 다가갔다. 거리가 가까워지자 새근새근 자고 있는 박병배에게 몸을 날렸다. 그리고 수갑을 채웠다. 안전을 확보한 추원석 경위는 동료 경찰에게 도움을 청하고는 한강철을 풀어주었다. 한강철은 분노로 박병배에게 다가가 싸대기를 한 대 후려치고는 말했다.

"무단침입에 감금, 신체적 폭행, 약물 이용 넌 무조건 실형이야. 내 모든 인맥을 동원해서 최대한 썩게 만들어주지. 형은 내가 직접 선고해주마."

한강철의 독설은 거짓이 아니었다. 한강철이라면 실제로 그러고도 남았다. 하지만 박병배의 얼굴에는 기쁨의 미소가 서려 있었다.

"한강철 검사, 내가 널 그 자리에서 끌어내린다고 했었지? 두고 봐라. ㅎㅎㅎ"

"네가 감금하고 폭행해서 만들어낸 자백은 법정에서 아무 소용없어. 그것도 몰랐냐?"

그렇게 잠시 뒤 도착한 경찰에 의해 현행범으로 체포된 박병배는 경찰서로 끌려갔다. 박병배는 끌려가는 순간에도 웃음을 잃지 않았다.

"웃어? 어디 감옥에서도 그 웃음 나오나 보자. 내 어떡하든 널 괴롭힐 테니 두고 보자!"

"한강철, 추원석 나는 형을 집행했으니 이제 어떻게 돼도 좋아. 감옥에서 남은 인생을 조용히 보내는 것도 좋겠지. 크크크."

"감옥이 편해? 개새끼, 어디 두고 보자고!"

한강철의 독설에도 박병배는 행복한 눈빛이었다. 그 모습을 본 추원석의 팔에 오소소 닭살이 돋았다. 뭔가 있다. 추원석은 서둘러 박병배가 가져왔던 가방을 뒤졌다. 각종 연장 속에 어울리지 않는 노트 한 권이 있었다. 꺼내 열어 보니 박병배가 쓴 일종의 복수 노트였다.

"형님, 박병배가 쓴 일기가 있어요. 같이 보시죠."

둘은 소파에 앉아 일기를 읽어 나갔다. 박병배는 긴 시간 동안 한강철을 따라다니며 현관 비밀번호를 알아내거나 자신에게 마취 실험을 하는 등의 내용으로 일기를 썼다. 추원석은 다시금 박병배의 집요함에 등골이 서늘한 느낌을 받았다. 이제 마지막 일기만 남았다. 사건이 있기 일주일 전쯤의 것이었다.

2월 3일 : 오늘 복수를 위한 마지막 스페셜 아이템를 확보했다. 어둠의 전문가도 처음 받는 의뢰여서 그런지 쉽게 구하지 못했었다. 이 재료가 두 놈에게 마지막 사형선고를 내릴 스페셜 재료다. 바로 O형 혈액이다.

한강철 검사와 추원석 경위는 둘 다 O형이라는 것에 위안을 삼는다. 혈액형이 달랐다면 더 오랜 시간이 걸렸을 것이다.

이 혈액의 주인은 에이즈 양성 환자다. 이 혈액 속에는 에이즈 바이러스가 들어 있을 것이다. 난 이 혈액을 한강철, 추원석에게 주입할 것이다. 그럼 그들도 에이즈 환자가 되겠지. 이제 디데이만 잡으면 된다.

추원석은 갑자기 박병배가 사형을 언도하는 얼굴이 떠올랐다. 두려움과 함께 뱃속이 뒤집히는 것 같았다. 화장실로 달려가 위속의 모든 것을 쏟아냈다. 노란 위액뿐이었지만 한참을 토해내고 안정이 오자 팔을 확인해야 했다. 벌벌 떨리는 손으로 팔을 걷었다. 오른쪽 팔에 주사자국이 있었다. 추원석은 그대로 무너져 욕실 바닥에 누었다.

밖에서는 한강철의 괴성이 들렸다. 이 세상 사람에게서 나올 수 없는 절규였다.

당연한 이야기지만 박병배는 현행범으로 구속됐다. 한강철은 온갖 인맥을 동원해 온갖 죄목을 붙이려 했다. 그런 한강철의 노력과는 다르게 박병배는 구치소에 갇혀 있었지만 마음만은 편안했다. 아마 계획한 복수를 한 치의 오차도 없이 달성해서 그랬을 것이다.

한강철은 주거침입, 펜치를 이용한 특수상해 등 여러 법률을 검토했지만 모두 최대형량이 작은 것뿐이었다. 역시 에이즈 바이러스가 포함된 혈액을 주입한 것을 이용하기로 했다.

형법 제258조 중상해. 사람의 신체를 상해해 생명에 대한 위험을 발생하게 한 자는 1년 이상 10년 이하의 징역에 처한다. 검사는 10년을 언도할 것이고, 약물 사용, 지속적인 음모 등 죄질 불량으로 10년의 실형이 확정될 가능성이 높았다.

박병배는 그래도 좋았다. 마음 같아서는 무기형도 좋았다. 세상에 나가고 싶지 않았기 때문이다. 그래서 묵비권으로 일관했다.

중형으로 기소돼 법원에서는 국선변호사를 붙여주었다. 그렇게 박병배는 운명적인 상대 국선변호인 최가로를 만나게 되었다.

변호인 접견실에서 만난 최가로는 동그란 안경을 쓰고 있었는데 얼굴이 작아서 그런지 안경이 얼굴의 반을 차지했다. 파마머리에 주황빛이 도는 머리카락은 불개미를 연상하게 했다.

법이 국선변호사를 붙였지만, 박병배는 재판받는 것도 귀찮았다. 어서 빨리 이런 귀찮은 과정이 끝나길 바라고 자리에 앉았다.

"박병배 씨 반가워요. 국선변호인 최가로예요."

영화에서 본 국선변호사는 업무에 찌들어 대충대충 일하는 이미지가 있었는데 최가로의 목소리는 톤이 높아 밝게 들렸다. 박병배는 고개를 끄덕였다.

"박병배 씨는 혐의를 모두 인정한다고 했는데 맞아요?"

"네, 모두 인정합니다. 어서 재판이 끝났으면 좋겠어요."

최가로는 두꺼운 서류를 이리저리 넘기며 말했다.

"그런데 이상하군요. 다른 피고인들은 자신의 죄를 변명하고, 어떡하면 형량을 낮춰볼까 하는데 박병배 씨는 모든 것을 초월한 사람 같군요."

박병배는 어깨를 으쓱했다.

"뭐, 죄를 안 저지른 것은 아니니까요."

"10년은 엄청난 시간이에요. 박병배 씨가 지금 35세니까 45세가 되는 거라고요."

"상관없습니다."

최가로는 커다란 안경을 올려 쓰고는 다시 서류를 보았다.

"범행 동기에 대해 이렇게 쓰여 있어요. 피해자 한강철 검사가 교통사고를 냈는데, 그것 때문에 중상을 입은 아내가 자살하고, 아들은 머리를 다쳐 장애를 가지게 되었다고요."

박병배에게 아픈 기억이지만, 복수를 완성한 지금은 마음이 조금 편했다. 대답이 없자 최가로는 미소를 지었다.

"아, 알겠네요. 에이즈 혈액을 투여해 한강철 검사와 추원석 경위가 에이즈에 걸리게 하고, 평생 고통을 받으면서 살라고 하는 복수였군요."

거의 정확하다, 공무원을 할 수 없다는 것을 추가한다면. 에이즈 환자라는 소문이 퍼지면 사람을 대하는 직업에서 일하기 힘들 것이다. 아마 주위의 시선 때문에 본인이 버티지 못할 것이다.

최가로는 미소 짓는지 찡그리는지 알 수 없는 표정을 지었다.

"박병배 씨 무서운 사람이군요? 우리 사회에서는 그런 복수를 인정하지 않아요. 그런 것이 허용된다면 원시사회로 돌아가는 거라고요."

이 변호사는 뭘 안다고 이렇게 떠드냐? 박병배도 말이 거칠게 나왔다.

"당신이 뭘 안다고 그래? 한강철은 신호위반에 과속을 했다고. 그게 없었다면 지금 나는 아내와 아이랑 행복하게 살았을 것이야. 그리고 추원석은 내가 찾은 증거를 돈을 받고 팔아먹었고!"

박병배의 말은 거칠었지만 최가로는 주눅 들지 않았다.

"박병배 씨 말씀 잘 하시네요. 법정에서도 그렇게 자신의 억울함을 말하세요. 그래야 조금이라도 감형이 될 것 아니에요? 저는 그것을 돕는 사람이고요."

흥분해서 너무 많이 말해버렸다. 박병배는 긴장되어 앞으로 숙였던 몸에 힘을 빼고 다시 의자에 기댔다.

"당신은 국선변호인이잖아요. 국선은 법정에 그냥 앉아 있다 가는 사람이잖아요. 저는 10년을 받을 각오가 됐으니 그냥 그렇게 앉아 있다가 가시죠?"

자존심 상하게 하는 말이었지만, 최가로는 성격이 무딘 건지 그런 말에 단련된 사람인지 미소를 잊지 않았다.

"아이, 영화가 국선변호인 이미지를 모두 망쳐놨다니까. 국선변호인이 다 그런 것은 아니에요. 일부라고요. 경찰이 범죄를 저질렀다고 모든 경찰이 나쁜 놈은 아니고, 선생님이 학생에게 폭력을 썼다고 해서 모든 선생님이 폭력을 사용하는 것은 아니지 않습니까?"

맞는 말이다. 이 여자와는 말을 오래하면 휘말릴 수밖에 없다. 묵비권으로 나가야 한다. 박병배는 입술에 힘을 주어 앙다

물고 팔짱을 껴 자신이 묵비권 의지를 보였다.

"전, 복수는 잘못됐다고 생각하지만 박병배 씨의 억울함에는 공감하는 바예요. 하지만 그것만으로는 감형을 받기 힘들어요. 피해자가 검사인 것도 감형을 받아내기 힘든 이유예요."

"전, 감형이 필요 없다니까요!"

"전, 변호사예요. 그러니까 전 감형이 필요해요."

"가해자가 필요 없다는데 왜 그럽니까?"

"감형을 받으면 제 경력이 올라가니까요."

저건 거짓말이다. 경력이 필요하고, 돈이나 높은 자리를 원했으면 국선변호인을 하지도 않았을 것이다. 커다란 안경 속에서 반짝이는 눈동자는 한강철이나 추원석의 그것이 아니다.

박병배는 묵비권을 발동한다는 의미로 다시 팔짱을 꼈다.

"물론 지금 박병배 씨가 묵비권을 쓰신다고 해도 저는 사건을 자세히 조사할 거예요. 그러니 조금만 도와주세요. 국선은 자잘한 사건까지 합치면 한 달에 거의 20건 이상의 재판에 참여해야 한다고요."

그러니 그냥 가라니까!

"아무튼 다음 주 같은 시간에 다시 보자고요. 그때는 마음을 조금 열어주세요."

최가로는 마음씨 좋은 국선변호인만은 아니었다. 법정에서만큼은 동그란 안경 속의 눈이 매서웠다. 최가로는 법정에서 에이즈 검사 결과를 원했다. 검사 결과가 음성이라면 상해가 발생하지 않았기 때문에 죄를 물을 수 없다고 했다. 물론 노련한 검사도 HIV 바이러스의 잠복기가 최대 1년임을 들어 방어했다. 그렇다면 최소 재판이 1년 이상 지속되어야 함을 의미했다. 재판이 끝나고 최가로는 1년의 시간을 벌었으니 천천히 따져보자고 했지만, 박병배는 반갑지 않았다.

두 번째 접견에서 만난 최가로의 표정은 좋지만은 않았다. 박병배의 가족이 억울한 교통사고를 당해 어쩔 수 없는 행동이었음을 들어 구형을 깎아보려 했지만 급정지 소리만으로는 그것이 한강철의 차임을 증명할 수 없다고 했다.

"박병배 씨의 억울한 교통사고로 인함을 말하고 싶었지만 그것도 할 수 없게 됐네요."

"시간이 있잖아요. 동영상의 시간을 가만하면 그건 한강철의 차가 확실하다고요!"

"말인지 막걸린지 모르겠지만 법은 항상 그렇답니다. 말에 주어가 없다고 무죄를 받는 곳이 법정이에요. 그 소리는 다른 자동차의 소리일지도 모른다는 주장입니다."

하긴 그래서 박병배도 자신이 찾은 증거를 가지고 경찰을 찾지 않은 것이다. 이런 상황을 예상했기 때문에 직접 판관이 돼 형을 내린 것이다. 최가로는 A4 종이 한 장을 책상 위에 놓았다.

"박병배 씨, 이것 보세요."

종이에는 복잡한 도식이 있었다. 도로에 차가 있고, 사람이 쓰러져 있었다. 아마 박병배가 사고를 당했을 때를 도식화한 모습 같았다.

"이건 왜?"

"이건 검찰에서 제출한 박병배 씨 사고를 도식화해서 나타낸 것이에요. 이것을 바탕으로 한강철 차량의 속도를 계산했다고 해요. 전 물리를 모르지만, 물리학 공식을 적용한 결과 과속은 없었다고 해요."

물리라는 소리에 박병배의 눈이 번쩍 뜨였다. 조사 결과를 보자 한강철의 차량이 낸 스키드 마크에 의한 속도 계산이었다.

"이건 경찰에서 조사한 거죠?"

"아니요. 사설 감정사라고 했어요."

그때 최가로의 스마트폰이 울렸고, 통화를 시작했다.

박병배는 종이를 끌어와 사고 장면을 뚫어져라 보았다. 한강철이 개인적으로 의뢰해서 받은 교통사고 감정서였다. 박병배는 도로교통사고 감정사라는 직업이 있는 줄 알았다면 진즉에 의뢰했을 것이란 생각이 들었다. 하지만 이미 복수는 끝났으니 소용없는 일이었다.

그래도 감정서를 읽어봤다. 충돌 지점에서 스키드마크 거리를 측정해 제동 시점을 알아내고, 브레이크를 밟았을 때 등가

속도로 감속한 속도였다. 자동차의 정지는 바닥과 타이어의 마찰계수에 의해 크게 바뀔 수 있는데 마찰계수 평균과 최고 최소치를 들먹이며 자신에게 유리하게 마찰계수를 지정해 시속 20킬로미터 초과를 벗어난 것이다.

또한, 승용차의 충돌속도와 날아간 전도거리 관계도 있었다. 보행자와 유사한 인형으로 충돌 실험을 하여 승용차의 속도에 따라 인형이 날아간 거리를 측정한 논문이다. A, B, C, D의 총 네 편의 논문이 있었는데 가장 자신에게 유리한 논문을 사용하면 제한속도에서 시속 20킬로미터 초과를 벗어날 수 있다. A, B, C의 세 논문은 제한속도를 초과하지만 D 논문으로 계산한 차량 속도는 시속 78킬로미터가 계산된다. 당연히 한 강철이 의뢰한 감정사이니 D 논문을 사용했다. 최소 네 논문의 평균값을 사용해야 정상이지만, 이를 반박한 사람은 없었을 것이다.

물론 자신의 응징은 끝났으니 더 들춰내고 싶지는 않았다. 오히려 억울한 마음이 들기보다 죽었던 뇌세포가 하나씩 눈을 뜨는 것 같았다. 교통사고를 감정하는 사설 감정사가 있다는 것도 신기했고, 물리학으로 교통사고를 감정하는 것도 신기했다.

"왜 이렇게 교통사고가 많은 거야."

최가로가 전화를 끊고는 혼잣말을 했지만 교통사고라는 단어가 박병배의 귓속을 파고들었다.

"변호사님이 맡은 다른 사건인가요?"

"네."

"지금 교통사고라고 한 것 같은데 어떤 사고죠?"

최가로도 묵비권으로 일관하던 박병배가 적극적인 태도로 나오자 사건을 설명했다.

"이것도 교통사고인데요. 피해자는 횡단보도를 건넜다고 하고, 가해자는 횡단보도에서 떨어진 무단횡단 사고라고 말하고 있어요. 가해자를 맡고 있어요."

"블랙박스가 있을 거 아니에요?"

"근데 어두운 밤이고 비가 내리고 있었어요. 블랙박스 화질로는 정확한 판단을 할 수 없다네요."

"피해자의 주장은요?"

"물론 조금은 벗어났지만 횡단보도라고 하고, 가해자는 횡단보도에서 한참 떨어진 곳이라고 했어요."

상반된 주장이 나오는 이유는 박병배도 교통사고를 겪어서 잘 알고 있다. 횡단보도 사고라면 가해자의 책임이 커지고, 무단횡단이라면 피해자의 책임이 커진다.

"변호사님 이 사고의 사진 같은 거 없어요?"

"지금은 없어요."

"음…… 피해자의 피해 정도는요?"

"죽을 정도는 아니지만 곳곳이 골절됐어요."

"그렇다면 차량의 속도가 제법 있는 상태라는 것인데……."

박병배는 자신의 교통사고가 도식화된 종이를 보면서 최가로의 사건을 머릿속으로 그려봤다. 자동차와 부딪치면 보행자는 날아간다. 날아간 피해자가 횡단보도 근처에 쓰러져 있었다면 횡단보도 한참 전에 충돌이 일어난 것이다. 그렇다면 무단횡단도 가능하지 않을까? 사고 당시 사진만 볼 수 있다면…

"변호사님 그 사건 내용을 가져오세요."

"박병배 씨, 본인 사건이나 걱정하시죠?"

"교통사고에서 억울한 피해자나 가해자는 없어야 합니다. 변호사님 사건은 충분한 검토가 필요해요."

"제가 담당한 사건을 제3자에게 보일 수 없어요."

박병배의 눈에 생기가 돌기 시작했다.

"그럼 그 사람이 직접 가져오라고 하세요. 면회로 만나서 보면 되잖아요."

최가로가 내키지 않는지 몸을 꼬았다.

"사설 감정사에게 교통조사를 맡긴다고 생각하면 되지 않습니까?"

"그럼 협조를 약속하세요. 박병배 씨 사건도 제게 협조해 주시란 말이에요."

"알겠습니다."

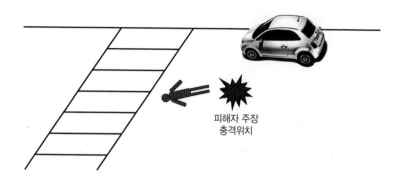

피해자 주장
충격위치

    다음날 최가로는 자신이 담당하는 교통사고 가해자와 함께 면회를 왔다. 가해자는 겁을 많이 먹은 젊은 여성이었다.

    사건의 모식도를 보자 이 사고는 횡단보도에서 한참이나 떨어져 일어났다는 것을 직감으로 알 수 있었다. 경찰이나 피해자는 이 사진만 보고 횡단보도에서 얼마 떨어지지 않았기 때문에 횡단보도 사고라고 주장하는 것이다.

    다음 블랙박스 영상을 봤다. 비가 오는 어두운 밤, 흐릿한 영상으로는 충돌 위치를 확실히 설명할 수 없었다. 차는 꽤 빠른 속도로 달리고 있었고, 어두운색 옷을 입은 중년 남자가 갑자기 뛰어들었다. 가해자의 비명과 함께 영상은 멈췄다. 신호가 없는 횡단보도이기 때문에 누구의 주장도 맞는 것 같았다. 박병배는 궁금한 사항을 물었다.

"피해자는 도로의 중앙쯤에 누워 있는데 차량은 왜 길가에 주차돼 있죠?"

"사고 후 놀라서 길가로 주차했어요."

"급브레이크를 밟았을 텐데 도로에 스키드마크는 없었나요?"

"비가 와서 그런지 없었어요."

"피해자의 몸무게는 알 수 없죠? 덩치는 어떤가요?"

"남자들의 보통 체격이었어요."

옆에서 커다란 안경을 올리면서 최가로가 물었다.

"뭔가 알아낸 것이 있나요?"

"피해자의 위치와 차량의 위치가 말이 안 돼요. 한참이나 뒤쪽에서 충격이 있었고, 그 충격에 피해자가 날아간 거예요. 제가 생각하는 충격 위치는 여기입니다. 최소 횡단보도에서 20m 떨어진 곳에서 충돌이 있었어요."

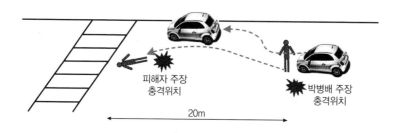

박병배는 가림막에 종이를 대고 열심히 설명했다.

"어제 변호사님께서 보여준 우리 가족 교통사고 감정서에 차량 속도와 보행자가 날아간 연구 논문이 있었어요. 그래프로 되어 있었는데 차가 시속 50킬로미터로 보행자를 충돌하면 17.5미터를 날아갑니다. 피해자가 횡단보도에서 2.5미터 정도 떨어져 쓰러져 있었으니 총 거리는 거의 20미터가 되는 거예요. 아까 틀어준 사고 동영상으로 보니 차량 속도가 꽤 빨랐어요. 이 도로 규정 속도는 시속 60킬로미터니까 최소 시속 50킬로미터는 넘을 겁니다. 이번 경우는 속도가 빠르면 빠를수록 무단횡단이 되겠네요."

"오, 그렇네요. 박병배 씨 천재 아니에요? 정말 감사해요."

최가로의 호들갑에 옆의 피해자 안색이 밝아졌다. 하지만 한번 내린 경찰의 결론은 쉽게 바뀌지 않는다.

"그래도 방심은 금물이에요. 그리고 충돌 후 자동차 사진을 보니 우측 라이트 부분이 깨졌더라고요. 그 비산물의 위치가 있는 사진이나 동영상도 찾아보세요. 남자가 주장하는 충돌 지점 전에 비산물이 있을 가능성이 높아요. 비산물도 자동차의 관성 때문에 앞으로만 날아가지 충돌 장소 뒤쪽으로 날아가지는 않거든요. 어떤 것도 물리학 법칙을 거스를 수는 없는 겁니다."

"알겠어요. 그런데 박병배 씨 엄청 똑똑하네요?"

"운이 좋았어요. 어제 변호사님께서 보여주신 교통사고 감정서를 봤기 때문에 이번 사고에 적용할 수 있었던 것입니다. 제 억울한 교통사고가 저 아가씨를 구했네요."

최가로와 피고인은 연신 고맙다고 말했다. 박병배의 마음속에서도 기쁜 마음이 솟아났다. 아마 가해 여성의 억울함을 풀어줘서 그런 것 같았다.

"박병배 씨 물리 교사였다면서요?"

"그랬죠."

"박병배 씨는 물리를 잘 알고 있으니 교통사고 조사원 같은 거 하면 어울릴 것 같네요."

최가로가 우스갯소리로 던진 말이지만 박병배의 마음속 파문은 컸다. 최가로 말마따나 교통사고 조사원이 된다면, 자신 같이 교통사고에서 억울한 피해를 당한 사람들을 도울 수 있을 것 같았다.

"제가 될 수 있을까요?"

"네? 뭐라고 하셨어요?"

"제가 교통사고 조사원이 될 수 있겠느냐고요."

"당연하죠. 지금도 물리 법칙으로 교통사고에 대해 설명했잖아요. 하지만 박병배 씨가 교통사고 조사원이 되는 것은 10년 후라고요."

최가로는 이대로 재판을 진행한다면 10년형이 확실하다고 이야기하는 것이다.

'교통사고 조사원…….'

새로운 삶을 살고 싶다는 의욕이 솟아났다. 교통사고 조사원으로 다시 태어나는 것이다. 방법은 있다. 사실 박병배의 양심이 에이즈 혈액을 사용해도 되는지 고민하게 만들었다. 실제 에이즈는 큰 위험이 있는 질병이 아니지만 부적절한 성관계 탓에 전염된다는 오해가 유교 국가인 한국에서 안 좋게 작용했다. 이웃과 사회로부터 지탄을 받는 것은 물론이요. 알려지기라도 하면 직업도 가질 수 없었다. 오해한 사람들이 환자와 함께 일하는 것을 용납하지 않기 때문이다.

그래서 박병배는 일기장을 만든 것이다. 일기를 이용하면 한강철과 추원석에게 심리적 고통을 줄 수 있다는 생각이었다. 실제 주사기로 주입한 것은 붉은색 영양제였다. 하지만 한강철과 추원석은 주사기와 주사 자국 그리고 일기 때문에 에이즈 혈액을 주입한 것으로 생각할 것이었다.

"변호사님, 제가 에이즈 혈액을 주입하지 않았다면 어떻게 될까요?"

최가로의 눈이 왕방울만 해졌다.

"진짜예요? 그럼 중상해죄는 아니죠. 아마 펜치를 사용하고 그런 것을 적용받으면 3년이 최대예요. 적극적으로 방어한다면 집행유예도 가능할지 모르고요. 근데 거짓말은 아니죠?"

박병배는 고개를 끄덕였다.

"주사기로 혈액을 주입했다면 주사기에 혈액이 남아 있어야 하잖아요. 그것은 적색 영양제예요."

"아! 그렇지? 왜 그걸 조사해 보지 않았을까? 저는 당장 주사기를 증거 신청 해야겠어요."

최가로는 신이 났다. 에이즈 환자에 대한 오해처럼 국선변호사가 나쁘다는 것도 오해였다. 저렇게 열심히 하는 국선변호사도 있기 마련이다.

"최가로 변호사님, 감사합니다."

"제가 더 감사하죠."

그렇게 재판은 최가로와 박병배에게 유리하게 진행되었다. 검사는 어떡하든 중형을 내리려 했지만 사안은 미미했다. 추원석 경사는 에이즈 혈액을 사용하지 않았다는 사실을 알고는 박병배에게 면회 와서는 잘못을 사죄했다. 그리고는 재판에서 증인으로 나오는 등 박병배를 적극적으로 도왔다.

4개월간의 지루한 재판이 끝나고 드디어 선고가 내려졌다.

징역 1년.

박병배 입장에서는 만족스러운 선고 결과였다. 국선변호인은 최종선고가 내릴 때는 참석하지 않는 것이 관행인데 오지랖 최가로는 박병배의 옆에 있었다. 그리고 선고 결과가 아쉽다며 자신의 주먹을 손바닥에 내리쳤다.

"아이씨, 집행유예 나올 줄 알았는데……."

"최가로 변호사님 감사해요. 겨우 8개월만 있으면 다시 세상으로 나오잖아요."

"8개월도 교도소에서는 길다고요."

"알아보니 도로교통사고 감정사라는 국가 자격시험이 있더라고요. 그걸 준비하기에 충분한 시간입니다."

"아무튼 응원할게요. 나오시면 우리 사무실에 한번 오세요. 동업을 할 수 있을지도 모르잖아요?"

"네, 그렇게 할게요. 기다려 주세요."

3부

외국인 아내 보험 살인

세상에는 이상하고, 의문스러운 교통사고가 많이 일어난다. 한여름 더위가 마지막으로 기승을 부리는 계절에 최가로가 국선으로 맡게 된 사건도 그랬다. 최가로가 살인혐의로 재판을 받는 오종택 씨 교통사고 관련 수사기록을 박병배에게 보여주었다.

"삼비 탐정님, 이것 보시고 의견 좀 주세요."

40대 중반 오종택은 스무 살 어린 베트남 외국인 아내와 국제결혼을 했다. 약 10개월 전 결혼 후 임신, 병원에서 아이 출산 후 산부인과에 딸린 산후조리원에서 1주일간 머물고 퇴원하다가 교통사고가 일어났다.

사고 시각은 날짜가 넘어가려는 밤 12시, 주변에 공단이 많아 밤에는 차량이 적었다. 도로 갓길에는 대형 트럭과 트레일러가 많이 세워져 있었는데, 오종택이 운전하는 자동차가 갑자기 방향을 틀어 주차된 트레일러 모서리를 박았다. 오종택은 큰 부상을 입지 않았지만 조수석에 타고 있던 아내는 모서리에 정확히 충돌해 그 자리에서 사망했다.

오종택은
차가 갑자기
꺾였다고 주장

"변호사님 사고 당시 영상은 없나요?"

"제 컴퓨터에 있어요. 이리로 오세요."

박병배는 최가로 변호사의 모니터를 볼 수 있도록 책상을 돌아갔다. 최가로가 영상을 재생하자 차량 주행 영상이 나왔다.

비가 오는 밤 도로는 한산했다. 도로는 양방향 4차로였지만 공단이 많은 지역이라 그런지 도로 양쪽에는 화물차, 트럭, 트레일러들이 띄엄띄엄 주차돼 있었다. 이런 불법 주차된 대형차량들 때문에 1차로는 도로의 기능을 하지 못했다. 아내는 자는지 말이 없고, 오종택은 라디오의 노래를 따라 흥얼거리며 달렸다. 자동차의 속도는 위험하게 빨라 보였다. 비 때문에 시야도 흐렸다. 그렇게 달리던 어느 순간 작은 덜컹거림과 함께 오종택이 '어억' 하며 차가 우회전했고, 그렇게 트레일러의 모서리를 박고 말았다.

잠시 후 차안은 아기의 울음소리로 가득했고, 오종택이 아내를 흔들어 생사를 확인하는 소리가 들렸다. 그렇게 사고 영상은 끝났다.

문제는 그 다음이다. 외국인 아내는 여덟 개의 보험에 가입하고 있었는데, 남편이 받는 사망보험금은 총 30억 원에 이르렀다. 이를 이상하게 여긴 보험사에서 경찰에 수사 의뢰를 했다. 경찰은 과도하게 많은 보험에 가입한 점, 좁은 도로에서 과속한 점, 서둘러 구호 조치를 하지 않은 점, 1일장 후 시신을 화장한 점 등을 들어 남편을 구속했고, 보험금을 노린 살인 혐의로 재판을 받고 있었다.

"사고 영상도 이상하고, 보험금이 많은 것도 이상하긴 하네요. 변호사님 오종택 씨는 만나봤어요?"

"억울하다고 난리죠. 보험금 때문에 아내를 죽인다니 절대 있을 수 없는 일이라고 합니다."

"보험은 왜 그렇게 많이 들었답니까?"

"친구들의 부탁에 그랬대요. 안 그래도 보험료 내기가 힘들어 해지하려고 했답니다."

"보통은 3일장을 치르는데 1일장은 이상하네요."

"아는 지인들이 없고, 장례비도 없었다네요."

"뭐, 어떻게 듣기로는 변명인 것 같기도 하고, 사실인 것 같기도 하네요. 직접 만나본 변호사님의 감은 어떤가요?"

"글쎄요. 반반?"

박병배는 문득 아기는 어떻게 됐는지 궁금했다. 분명 산후조리원을 퇴원하는 길이라고 했고, 사고 영상에는 아기 울음소리가 가득했다.

"변호사님! 아이는 어떻게 됐나요? 거기 신생아도 타고 있었을 것 아니에요?"

"그러게요. 아기는 어떻게 됐지?"

최가로는 당장 스마트폰을 들어 어딘가 전화했다. 여러 곳에 전화하던 최가로는 한숨을 푹 쉬었다.

"다행이 아기는 뒷좌석 아기시트에 있어서 큰 부상은 없었나 봐요. 지금 보호시설로 옮겨져 있는데 검찰에서는 아빠의 행동이 아기를 책임질 만하지 않다고 여길뿐더러 유기에 가깝다고 생각하고 있어요. 더군다나 아버지도 아이를 책임질 생각이 없고요."

최가로는 불쾌한 듯 인상을 찌푸렸다.

"이런 놈을 위해 변호를 해야 하니 자괴감이 드네요."

"뭐, 아직 확실한 것은 아니잖아요. 영상만으로는 교통사고 원인을 알 수 없어요. 저도 오종택 씨를 한번 만나보고 싶네요."

변호인 이외의 접견은 불가능하니 일반 면회로 구치소에 찾아갔다. 신청 후 기다리자 오종택이 들어왔다.

"변호사님 불편하게 일반 면회를……."

변호인은 언제라도 비밀리에 접견할 수 있는데 왜 감사자도 있고, 강화플라스틱으로 막힌 일반 면회를 했느냐는 질문이다.

"소개할게요. 여기는 우리 사무실 소속 조사원인데 교통사고를 전문으로 하고 있어요. 삼비, 아니 박병배 씨입니다."

오종택도 최가로가 왜 일반면회를 신청했는지 고개를 끄덕이고는 자리에 다가와 앉으며 인사했다.

"아, 안녕하세요? 교통사고 전문이라고요?"

"교통사고에 관심이 많기는 합니다만……."

박병배는 아직 정식 자격증이 없어 전문가라고 내세우기 싫었다.

"뭐, 아무렴 어떻습니까? 제 억울함만 풀어준다면야."

박병배는 오종택의 눈을 바라봤다. 눈빛에는 그 사람의 감정이 고스란히 비치기 때문이었다. 오종택은 박병배의 눈빛을 그대로 받으며 말했다.

"10분밖에 없는데 어서 질문 안 해요?"

눈빛으로는 최가로의 말이 맞았다. '반반' 진실인지 거짓인지 알 수 없는 눈빛이었다. 박병배는 단도직입적으로 물었다.

"사고 당시 동영상을 봤습니다. 일부러 핸들을 틀지 않았다면 차가 왜 우회전했죠?"

"그러니까 귀신이 곡할 노릇이죠. 차가 저절로 돌아갔다니까요. 진짜예요. 차가 갑자기 오른쪽으로 틀어졌다니까요!"

그럴 리 없다. 내가 UFO를 안 믿는 이유가 있다. UFO 영상을 보면 하늘에서 갑자기 방향 전환을 한다. 그건 물리학적으로 불가능하다. 아니 물리학적으로 가능하다면 그 안에 있는 외계인은 엄청난 가속도 때문에 중력의 수백 배에 달하는 힘을 받아야 한다. 전투기 조종사가 중력의 6~7배에서 기절하는 모습을 언제가 텔레비전에서 봤다. 수백 배의 중력을 받으면 유기물로 이루어진 생명체는 모두 파괴될 것이다.

저절로 돌았다는 것은 불가능하다. 오종택의 말이 사실이라면 오종택이 알지 못하는 어떤 힘이 자동차에 작용한 것이다. 예를 들면, 그날 비가 왔으니 빗길에 미끄러졌거나.

"그날 비가 많이 왔죠? 빗길에 미끄러졌을 수도 있겠네요."

"네, 맞아요. 와, 역시 교통사고 전문이시네. 빗길에 미끄러진 거예요."

하지만 영상을 보면 빗길에 미끄러진 느낌은 아니었다. 자연스러운 회전에 가까웠다. 의도, 오종택에게 살해 의도가 있었는지 먼저 간파해야 한다.

"그날 산후조리원에서는 저녁 식사 후 퇴원한 것 같은데 집으로는 왜 이렇게 늦은 시간에 갔습니까?"

"여름이 끝나가고 있었지만 날씨가 더웠어요. 비도 내려 습도까지 높으니 에어컨 없이 견디기 힘들었죠. 아내도 산후조리하느라 답답했다고 바람 좀 쐬자고 했어요. 그래서 인천대교를 건너 바닷가 드라이브를 하고 돌아가던 중이었어요."

박병배도 요즘 날씨를 느꼈다. 음력 날짜는 가을로 접어들었지만 정말 후텁지근했다. 산후조리원에서는 산후풍 때문에 에어컨도 못 트는 것을 박병배도 경험상 안다. 그렇다면 시간도 맞고, 사고 지점도 도림동 자택으로 가는 중간 길이 맞다. 뭐, 30억 원을 위해서라면 이것을 모두 계산에 넣을 수도 있지만 말이다.

"블랙박스 영상을 보면 차가 매우 빨리 달리던 것 같은데요, 비도 오는데 위험하지 않았나요?"

"도로 규정 속도가 60인데, 한밤중에 한적한 도로에서 규정 속도를 지키는 차량이 있을까요?"

틀린 말은 아니다. 고속도로건 일반도로건 규정 속도로 달리는 차량이 더 이상한 법이다. 이제 사고가 난 도로에 가서 사고가 날 여지가 있었는지 살펴야 한다. 박병배는 최가로에게 질문은 끝났다고 했다. 최가로는 더 묻고 싶은 것이 있는지 오종택에게 질문했다.

"오종택 씨, 아이는 어떡할 거예요?"

아이 이야기가 나오자 오종택의 인상이 구겨졌다. 한숨을 푹 쉰 오종택이 힘없이 말했다.

"법원에서는 저를 아내를 죽인 살인범으로 보더군요. 그러니 곱게 볼 리 없겠죠. 아기를 사고 현장에 두었다고 유기래요. 유기."

"자세히 말씀해 보세요."

"전 교통사고를 당했어요. 아내도 즉사했는데 정신이 있었겠느냐고요. 아기도 그날 처음 데려오는 거라서 아기의 존재를 깜박했어요. 아무튼 저도 교통사고 부상 때문에 구급차를 타고 병원에 갔어요. 그때 아기를 방치했다고 유기래요."

최가로는 스마트폰에 오종택의 말을 기록했다.

"그건 과하긴 하네요. 제가 오종택 씨가 아이를 데려오도록 노력해 볼게요."

최가로의 선의에 오종택은 펄쩍 뛰었다.

"변호사님 아니요. 그러지 마세요."

자신의 아기를 찾아준다는데 이를 막자, 최가로의 눈은 놀란 토끼눈이 되었다.

"네?"

"아니요. 제가 친척도 없고, 아이를 혼자 키울 자신이 없어요. 아이는 아동보호시설에서 입양하기로 했어요."

박병배가 듣기에도 거북했다. 자신의 아이를 입양 보낸다니. 최가로는 침착해 보였지만 귀가 빨갛게 달아오른 것으로 보아 화가 났을 것이다.

"오종택 씨는 가족이 없어도 죽은 베트남 엄마의 부모님, 그러니까 아이의 할머니가 있을 것 아니에요?"

"죄송한 말씀이지만 아내의 친정은 베트남 하노이 공항에서도 차를 타고 다섯 시간을 들어가는 시골이에요. 국제결혼이 모두 그렇겠지만 제가 매달 돈을 보내줘야 겨우 생활을 하는 수준이라고요. 그쪽은 비행기를 타고 와서 아이를 데려갈 수 있는 여력이 없어요."

"그래도 어떻게……."

최가로는 충격에 빠진 듯 입이 열려 있었지만 말을 잇지 못했다. 그렇게 면회 시간이 끝났다. 박병배는 아직 충격에 빠진 듯한 최가로를 얼른 데리고 밖으로 나왔다.

박병배는 매점에서 차가운 캔커피 두 개를 사와 벤치에 앉아 있는 최가로에게 건넸다. 최가로는 박병배가 따 준 음료를 마시면서 멍하니 생각에 빠져 있었다.

오종택의 태도로 보건데 보험금을 노린 살인이 맞다. 자신의 아이를 저리 대할 수 없다. 박병배도 애가 있다. 결혼을 하고 엄마 뱃속에 있는 10개월 동안 얼마나 노심초사 했는지 모른다. 아내가 탄 차는 조심히 운전하고, 좋아하는 술을 마시는 횟수도 줄였다. 태교를 한다며 뱃속에 있는 아이에게 동화책을 읽어 주기도 했다. 자신의 아이는 그렇게 쉽게 포기할 수 있는 물건이 아니다.

한데 오종택은 아이를 쉽게 포기했다. 오히려 최가로가 찾아준다고 해도 거부했다. 이런 행동에서 보건데 보험금을 노렸을 가능성이 높다. 아이와 부인에게 애정이 없는 것이다.

박병배의 아이도 지금 시골의 어머니와 같이 살고 있다. 교통사고 때문에 장애를 갖게 되었지만, 더 애틋했다. 교통사고 조사관으로 자리를 잡아 어머니와 합치는 날을 기다리고 있다.

최가로도 그 생각에 빠져 있는 것이다. 자신은 나쁜 놈을 위해 힘쓰지 않아도 되지만, 그러지 못하는 국선변호인 최가로는 고민에 빠진 것이다. 박병배는 캔커피를 마시며 최가로의 생각이 정리될 때까지 기다렸다. 매미 소리가 극에 달할 즈음 최가로가 드디어 말문을 열었다.

"데리고 와야겠어요."

주어가 없으니 뭔 소린지 알 수 없다.

"베트남의 할머니를 데리고 와서 아이를 데려가게 하려고요."

오종택의 변호 생각을 하나 했더니 최가로는 아이 생각을 하고 있었다. 베트남 할머니를 데리고 와서 아이를 데려가게 하는데 법적인 문제는 없을까? 뭐 법은 더 잘 알 테니 문제없겠지만 말이다. 하지만 오종택은 돈이 없다.

"돈은요? 비행기 태워 오려면, 더군다나 왕복이니 천만 원은 들 텐데요."

"그 정도는 제게 있어요."

누가 오지랖 국선변호인 아니랄까봐 저렇게 나선다. 돈이 문제가 아니다 통과해야 할 문제가 한두 개가 아닐 것이다. 베트남인이 한국에 들어오려면 보통 어려운 일이 아니라는 소리를 들었다.

"비자도 발급해야 하고, 법적인 문제가 아주 귀찮은 일이 될 것 같은데요."

"그래도 해야죠. 그 불쌍한 아이를 위해서라면 해야겠죠."

최가로의 눈에 생기가 돌기 시작했다. 어디서 나오는지 모르겠지만 뜨거운 열정이다. 박병배 자신을 대할 때도 그랬다. 아내와 자식의 복수를 잔혹하게 저지른 자신을 위해서도 열심이었다. 최가로는 변호뿐만 아니라 사람을 살리는 일을 하고 있었다. 지금도 아내 살해 혐의에 대한 변호만 하면 되는데 이제 그 아이를 구하겠다고 한다.

"아이는 피부색 때문에 한국 가정에 입양되기 쉽지 않을 거예요. 만약 된다손 쳐도 혐오와 차별이 가득한 한국에서 증오만 커지는 삶을 살 가능성이 높지요. 베트남 외할머니와 함께 베트남에서 살 수만 있다면 대한민국 어디보다 나을 거예요."

"최가로 변호사님. 지금은 오종택 변호를 해야 하는 것 잊지 않으셨죠?"

최가로는 박병배의 말을 들었는지 말았는지 벌떡 일어났다.

"어서 병원에 먼저 가봐야겠어요. 입양을 하려면 출생신고가 돼야 하는데 아버지가 구속 상태니 가족관계의 등록 등에 관한 법률에 의해 분만에 관여한 의료인이 출생신고를 할 의무가 있어요. 조금만 기다려달라고 부탁해야겠어요. 그리고 오종택 씨를 설득해서 베트남 할머니에게 아이를 맡기도록 해야겠어요."

"으이구, 오종택 변호는요?"

"저런 놈을 누가 도와요?"

"진짜 사고일 수도 있잖아요?"

"그럼 교통사고는 삼비 탐정님이 전문이니 조사해 보세요. 일단 증명하면 그때는 열심히 변호해 볼게요. 그럼 전 병원으로 갑니다. 삼비 탐정님은 알아서 하세요."

최가로는 빈 캔을 박병배에게 전하더니 총총거리며 뛰어갔다. 최가로의 열정이 박병배에게 전해졌는지 가슴이 뜨거워지기 시작했다. 이름도 없는 신생아에게 도움이 되고 싶었다. 박병배는 자신의 자동차를 타고 떠나는 최가로 변호사에게 손을 흔들었다. 그리고는 정문에서 택시를 잡아타고 사건 현장으로 출발했다.

택시를 탄 박병배는 사고가 일어난 장소에서 내렸다. 고온다습한 도시의 공기가 폐 속을 파고들었다. 공단 안쪽에 있는 도로라 그런지 열기는 더욱 뜨거웠다. 우리나라가 가을이 없어지는 아열대 기후가 된다고 했던 것 같은데 벌써 기후위기가 온 것 같았다. 어깨 옷으로 이마를 닦고 주변을 살폈다.

사고 지점에 가자 도로에 하얀색 락카로 사고 당시 차량의 위치가 표시되어 있었다. 불법주차 된 차량 때문에 사망사고가 났지만, 아직도 도로에는 트레일러와 대형트럭 들이 1차로에 띄엄띄엄 주차돼 있었다.

오후로 넘어가는 시간이었지만, 지나가는 차량은 많지 않았다. 가끔 크고 작은 트럭들이 지나갔는데 한산한 도로라 그런지 규정 속도 이상은 되어 보였다. 트럭이 지날 때마다 도로가 부르르 떨렸다.

도로가에는 그날의 충격이 아직도 치워지지 않고 있었다. 오종택의 차량과 트럭에서 떨어져 나온 플라스틱 등 조각이 도로가 보도블록 한쪽에 모여 있었다.

박병배는 고개를 들어 오종택의 차량이 저절로 회전했다는 곳을 바라보았다. 거기에는 도로를 수선했는지 새까맣고 깨끗한 아스팔트가 불룩하게 올라와 있었다.

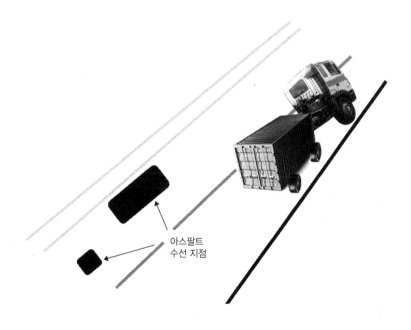

아스팔트
수선 지점

도로를 수선한 곳은 두 곳이다. 가까운 쪽은 제법 컸는데 도로 진행 방향의 왼쪽 부분이었고, 뒤쪽은 도로의 오른쪽인데 크기는 작았다.

도로공사는 오래되지 않은 것 같았다. 아스팔트를 새로 씌워 보수했다는 것은 도로가 파인 포트홀일 확률이 높다. 특히 포트홀은 비가 많이 오는 여름철에 많이 생기는데, 대형차량이 많이 지나다니는 이곳 도로는 더욱 쉽게 파손될 것이다.

얼마 안 된 보수공사, 파손된 도로와 오종택의 사고 사이에 인과관계가 있을까? 도로가 내려앉았거나 파였는데 거기를 지나는 자동차가 저절로 회전할 수 있을까? 박병배는 눈을 감고 사고 당시 영상을 떠올렸다. 비가 오는 깊은 밤 오종택은 라디오에서 나오는 노래를 흥얼거리며 가고 있다. 차창을 연신 때리는 비 때문에 시야도 어둡고 도로의 이상 유무도 잘 보이지 않는다. 심지어 갓길에 주차된 트럭도 가까이 와야 확인됐다.

자동차의 덜컹거림과 떵동 소리가 들렸다. 충격 때문에 블랙박스가 영상을 촬영하는 신호다. 그리고 곧바로 차는 우회전했고, 오종택의 비명이 울리며 사고가 났다. 박병배는 동영상을 되돌리듯 머릿속에서 영상을 되돌렸다. 사고 직전의 작은 덜컹거림은 무엇이었을까? 도로의 포트홀이 아니었을까? 그 직후 차가 돌았다. 영상을 더 전으로 돌려보자. 차창을 때리는 비와 이를 서둘러 치우겠다는 와이퍼. 박병배의 눈이 번쩍 뜨였다.

"찾았다. 바로 비다! 도로에 빗물이 고여 수막현상이 일어난 거야!"

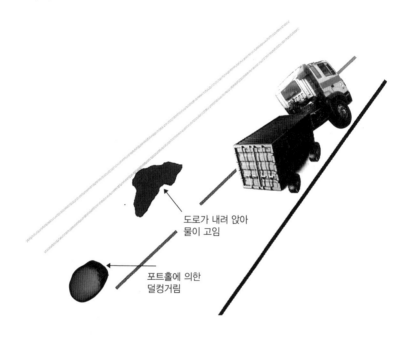

도로가 내려 앉아
물이 고임

포트홀에 의한
덜컹거림

박병배의 심장이 고동치기 시작했다. 사고 직전의 작은 덜컹거림은 포트홀이 아니었을까? 블랙박스 영상에서는 비가 오는 도로의 시야가 어두웠다. 오종택도 포트홀 확인이 어려웠을 것이다. 첫 번째 포트홀에 차가 덜컹거리자 오종택은 본능적으로 브레이크를 밟았다. 그때 하필 도로의 왼쪽 부분에 물이 차 있었던 것이다. 시속 80킬로미터의 고속으로 달리던 차량은 물을 만나면 타이어와 노면의 접지력을 잃게 된다. 이를 수막현상이라고 하는데 물 위에 타이어가 떠 있다고 생각하면 된다.

오종택의 차량 왼쪽 바퀴는 수막현상으로 브레이크가 들지 않고, 오른쪽 바퀴는 도로에 접지돼 제동된다. 그래서 왼쪽 바퀴가 물 위로 미끄러져 차량이 오른쪽으로 회전한 것이다. 차량이 저절로 돌았다고 하는 오종택의 말은 사실이 된다. 동영상의 밝기를 최대로 올려 분석하면 포트 홀과 물이 고인 것도 확인할 수 있을 것이다. 일단 최가로에게 발견한 사실을 말하지 않기로 했다. 오종택은 아이를 버리는 나쁜 놈이니까 도와주기 싫었다.

하지만 지금 사고 영상을 다시 확인한다고 하면 최가로가 눈치챌 수 있다. 최가로는 은근 눈치가 빠르니까…….

"동영상 확인은 재판 전에 하면 된다. 다른 증거를 먼저 수집해야 해."

먼저 도로의 수선 날짜를 확인해야 한다. 도로 수선이 사고 당시보다 전이면 지금 세운 이론은 꽝이다. 박병배는 스마트폰을 꺼내 도로 정비를 담당하는 기관을 검색했다. 포트홀 민원은 시청에 내는 것이다. 시청의 조직도를 살펴 도로를 관리하는 부서를 찾았다. 친절하게도 홈페이지에는 조직도와 관련 업무를 하는 주무관 전화번호까지 자세히 나와 있었다. 도로과 도로정비 담당주무관에게 전화했다.

전화벨이 몇 번 울리고는 젊고 친절한 목소리가 흘러나왔다. 박병배는 도로 교통사고를 조사한다는 핑계를 대고 해당 도로 수선공사에 대해 물었다. 담당 공무원은 수선을 이틀 전에 했다는 것을 확인해 주었지만 정확히 어떤 공사를 했는지는 몰랐다. 자신들은 민원을 받으면 계약된 하청업체에 연락해 도로를 수선한다고 했다.

박병배는 실제로 도로 공사를 한 하청업체 연락처를 물었지만 개인정보는 알려줄 수 없다고 했다. 그건 나중에 최가로에게 부탁하면 된다. 개인정보는 법률로 접근해야 했다.

도로는 이틀 전에 공사했다. 자, 이제 살인이 아닌 사고의 가능성이 높아졌다. 사고를 증명하면 오종택은 무죄를 받고, 30억 원을 받게 된다.

하지만 자신의 아이를 외면하는 오종택을 도울 수는 없다. 자동차 사고는 무죄일지 몰라도 태도는 유죄다. 어떡하지?

아기를 베트남 할머니께 보내겠다고 의욕에 불탄 최가로의 얼굴도 떠올랐다. 자신을 살린 최가로에게 도움을 주고 싶었다.

"오늘 밤에는 술이 필요하겠어."

최가로는 법령을 찾고 있었다. 어떻게 하면 아이에게 가장 행복한 삶을 줄 수 있을까를 고민했다. 알아보니 다행이도 아기가 태어난 지 3주가 지났지만 출생신고는 되어 있지 않았다. 얄궂게도 구치소에 있는 아버지는 출생신고를 할 수 없었고, 대리할 수 있는 친족도 없었다. 법령에 의해 다음 순위인 병원에서 출생신고를 해야 하지만, 병원에서는 아버지가 있는데 자신들이 왜 하느냐며 거부했다고 한다. 출생신고는 한 달 내에 이루어져야 한다. 이대로 두면 일주일 후 지방자치단체장이 의무적으로 출생신고를 하게 되어 있다. 출생신고가 완료되면 아동 보호소에서는 아버지의 의견대로 적극적으로 입양을 추진한다고 했다.

"아, 미치겠네. 오종택 이놈 왜 이렇게 입양을 보낸다는 거야?"

최가로는 스마트폰을 꺼내 박병배에게 전화를 걸었다. 박병배는 오종택의 교통사고를 조사한다면서 오늘도 사무실에 나오지 않았기 때문이다. 전화벨이 몇 번 울리고는 박병배의 목소리가 들렸다.

"삼비 탐정님! 뭔가 알아내신 것이 있나요?"

- 조사 중에 있습니다.

어제부터 박병배는 계속 조사 중이다. 최가로는 오종택에게 난 화 때문에 목소리가 까칠하게 나왔다.

"언제까지 조사만 할 건데요? 가능성은 있는 거예요?"

전화기 저편 박병배도 최가로의 까칠함을 느꼈는지 잠시 대답이 없었다.

- 유의미하게 조사해볼 건덕지를 찾았습니다.

최가로는 박병배가 교통사고 조사에서 특별난 재능을 보이는 것을 안다. 박병배가 건덕지를 찾았다는 것은 평소 신중한 성격을 보면 분명히 뭔가를 찾아낸 것이다.

"그게 뭐예요?"

- 전화로는 설명이 어렵습니다.

"그럼 오늘 밤 한잔 어때요?"

- 변호사님 저 특별한 일 아니면 술 안 마시는 것 아시지 않습니까?

안 넘어온다. 박병배는 술을 좋아하는데 실형을 살고 나와서는 왠지 술을 마시지 않았다. 억지로 술을 마실 상황을 만들어 술이 들어가면 평소의 딱딱한 모습이 없어지고 수더분한 아저씨로 변한다. 그런 과거의 자신이 싫은 것일 수도 있다.

"급하단 말이에요. 제가 아이를 베트남 할머니께 보내자고 했더니, 그것을 빌미로 오종택 이놈이 은근히 협박을 한단 말이에요. 자신이 무죄를 받으면 그렇게 한다나요?"

– 오종택이 협조하지 않아도 변호사님이라면 법적으로 가능하잖아요.

가능은 하다. 하지만 넘어야 할 산이 많았다. 친권자를 결정하는 민법 제909조에 의거 자(子)의 복리를 위해 친권자를 변경할 수 있다. 이때 가정법원에서 재판을 하면 되는데 친족인 베트남 할머니가 먼저 한국으로 와야 한다. 비행기 표는 해결이 되겠지만, 대한민국 입국이 만만치 않았다. 비자 보증은 최가로가 하면 되겠지만, 아이를 다시 데리고 나가는 일 또한 해결해야 할 법 문제가 상당했다. 그리고 교도소에 있지만, 아버지의 동의 문제도 크다. 꽤씸하지만 오종택이 무죄로 풀려나서 베트남 할머니께 보내는 쪽이 가장 간단한 방법이었다.

"가능은 하지만 시간이 없단 말이에요. 전 삼비 탐정님만 믿어요."

– 알겠습니다. 내일 사무실에서 이야기하죠.

"알겠어요. 아까 화내서 미안해요. 제가 화난 상대는 오종택이에요."

– 알고 있습니다.

언제나 우직한 박병배다. 사무실 직원이라면 사적으로 편안히 대하기 어려운데 박병배는 최가로가 장난치고 까탈스럽게 해도 모든 것을 받아주었다. 물론 본인이 사무실 직원이 아니라고 주장하지만 말이다.

　최가로는 고마움은 나중에 보상하자 생각하고는 출생과 친권에 대한 법령을 자세히 검토하기 시작했다. 오종택이 어떻게 나올지 모르니 파고들 방법을 찾아야 한다.

　오종택의 태도를 보면 무죄라고 증명하기 싫었다. 하지만 최가로를 보면 무죄를 증명해 주고 싶었다. 박병배는 양립된 감정으로 고민하다가 불현듯 좋은 생각이 떠올랐다.

　스마트폰에 저장된 '사이클 선수'에게 메시지를 보냈다. 오종택의 통화내역 5개월 치를 부탁했다. 박병배는 실제로 오종택이 보험금을 노렸는지 의도를 알아보고 싶었다. 오종택의 벌이에 비해 과도한 보험, 아내의 1일장, 자신의 아이 거부 등 부인과 아이에게 애정이 없음이 느껴졌다. 최가로에게도 아이를 베트남 할머니에게 보내려면 무죄를 받아내야 한다고 협박했다니 악마의 인성을 가지고 있음이 확실했다.

　'사이클 선수'와 만날 오늘의 접선 장소는 인천 송도의 센트럴파크 공원이었다. 센트럴파크에는 커다란 인공 호수가 있다.

호수에서 다양한 보트를 즐길 수 있는데 낮 1시에 보트를 타고 기다리라고 했다.

가을에 들어섰다 해도 1시 햇빛은 날카로웠다. 햇빛은 송곳이 된 듯 맨살을 찔렀다. 해결사에게 다음에 만날 때는 실내에서 만나자고 건의라도 해봐야겠다. 강력한 늦더위에도 보트를 타는 사람들은 많았다. 젊은 연인, 늙은 연인이 주를 이뤘다. 나이를 떠나 그들은 행복해 보였다.

박병배는 비싸긴 했지만, 햇빛을 피하려고 그늘막이 있는 파티용 보트를 빌렸다. 5인승 원형 보트에 혼자 오르니 왠지 쑥스러웠다. 해결사가 언제 올지 모르니 보트를 타고 이리저리 움직였다. 오리발을 열심히 저어야 할 줄 알았는데 전기모터였다. 분명 어릴 적에는 오리발을 열심히 저었던 것 같은데…… 뭐 전기차가 나오는 시대이니까.

보트의 속도는 빠르지 않았지만, 물을 가르며 달리니 바람이 시원했다. 그래서 보트 타는 사람들의 얼굴이 밝았던 것이다. 최가로와 언젠가 와보자는 생각이 들었다. 그렇게 30분쯤 있자 한 보트가 다가왔다. 해결사가 타고 있었다. 오늘도 사이클을 타고 왔는지 복장이 사이클 동호회 복장이었다.

보안을 위해 이렇게 비밀스럽게 만난다지만 사이클 복장으로 혼자 보트를 타면 사람들의 시선을 더 끌지 않을까라는 생각이 들었다. 해결사의 보트는 서서히 다가와 박병배의 커다란 보트 옆에 섰다.

"안녕하쇼? 의뢰를 자주하는 것이 정식 탐정이 된 것이오?"

"교통사고 전문 탐정이죠."

해결사는 씨익 하고 웃었다.

"뭐, 그렇다면 앞으로 의뢰를 많이 하겠군."

그러고는 서류 봉투를 건넸다. 박병배도 현금 200만 원이 든 봉투를 건넸다. 돈을 받은 해결사는 손으로 돈의 액수를 가늠하는가 싶더니 작은 백팩에 넣었다.

"앞으로 종종 이용하시오. 박병배 씨는 신원이 확실하니 10% 할인된 금액으로 해 드리리다."

이 해결사의 의뢰비는 꽤 비싸다. 인터넷 검색으로는 더 저렴한 곳이 많다. 하지만 이 해결사는 신용이 확실하다. 박병배 자신이 한강철에게 복수하고자 했을 때, 에이즈 환자의 혈액을 구해달라고 했었다. 해결사는 결국 구할 수 있다고 했지만, 혈액이 응고되는 문제 때문에 미리 구한 혈액은 사용할 수 없다고 했다. 결국 해결사는 혈액이 필요한 순간 환자를 직접 데리고 온다고 했다. 그 만큼 일처리는 확실했다.

박병배는 해결사와 만난 당시가 떠올랐다.

"왜 귀찮게 그렇게 복잡한 방법을 쓰려고 하는 것이오? 한강철은 검사 신분이기는 하지만 술을 좋아하니 사고로 위장하기 쉬워 큰 문제가 없을 것 같은데."

"내, 아이는 머리를 다쳐 평생을 그렇게 살아야 합니다. 저도 한강철과 추원석에게 평생 고통을 받으면서 살게 하고 싶어요."

"그렇게 해야 복수가 완성된다면야."

해결사는 박병배가 건넨 현금 1000만 원을 챙겼다. 자신과 에이즈 환자가 500만 원씩 나눈다고 했다. 잔금까지 미리 준 이유는 박병배는 복수를 완성하는 날 경찰에게 일부러 체포되려고 마음먹었기 때문이었다.

"당신도 보통 사람은 아니군. 사회에서 말하는 위험한 사람이야."

"세상에 미련 없습니다. 복수만 하면 교도소를 집 삼아서 평생 살 겁니다."

"아무튼 내가 찾은 환자는 질병 때문에 생활이 어려운 사람이오. 그러니 일이 틀어져도 반품하지 말라는 부탁을 하고 싶소. 하루 전에 연락하시오."

박병배는 그날 밤 많은 고민을 했다. 해결사의 마지막 말이 걸렸다. 살인도 서슴지 않는 어둠의 해결사가 환자가 어려우니 반품하지 말라고 한다. 에이즈 환자의 삶이 녹록치 않다는 것을 봤기 때문일 것이다. 작은 거인처럼 역설적 해결사인 것이다.

자신이 잡힌다면 언론의 톱을 장식할지도 모른다. 언론은 에이즈 혈액을 이용한 엽기적 범죄라고 떠들지도 모른다. 그래서 박병배는 그 방법을 포기했다. 포기했지만 해결사의 말대로 반품하지는 않았다.

모터보트를 이용하여 가려는 해결사를 박병배는 불러 세웠다.

"해결사님."

해결사는 누가 듣기라도 했을까 봐 주변을 둘러보았다.

"어허, 누구 들으면 어쩌려고."

"제 마음대로 부르라고 하셔서……."

"그럼 앞으로 부장님이라고 부르시오. 그런데 뭐 더 부탁할 일이라도 있소?"

"혹시 의뢰에 외상도 됩니까?"

해결사는 어이없는지 혁 하는 소리를 내며 숨을 내뱉었다. 박병배 자신도 말도 안 되는 일이라고 생각했지만 이번 작전을 성공하려면 이 사람이 반드시 필요했다. 박병배는 이 해결사를 오종택 사건에 이용하고 싶었다. 그래서 일부러 전화번호 의뢰를 한 것이었다.

"어허, 외상이라니. 미수 거래는 목숨이 담보요. 박병배 씨는 괜찮은 사람이라 절대 미수를 추천하고 싶지 않소."

해결사의 말은 돈을 받기로 하고 일을 해주었는데 돈을 못 주면 죽일 수도 있다는 말이다. 하지만 박병배의 작전은 확실했다.

"제가 큰돈이 될 수 있는 하나의 일을 꾸미고 있어요. 일단 이야기나 한 번 들어보시고, 그때 외상이 되는지 판단하셔도 되잖아요."

"음…… 좋소. 일단 계획을 말해 보시오."

박병배는 자신의 계획을 말했고, 해결사는 자신이 손해 볼 것 없는지 고개를 연신 끄덕였다.

"해볼 만하군. 안전하게 큰돈을 벌 수 있겠어."

"계획이 성사되는 건가요?"

"한데 이 계획에는 당신의 이익은 없지 않소?"

"최가로 변호사가 기뻐한다면 그것으로 됐습니다."

해결사는 의아한 눈으로 박병배를 보았지만, 곧 손을 내밀었다. 그렇게 최가로를 위한 협상이 이루어졌다.

박병배는 해결사와 헤어지고 스마트폰으로 구치소에 있는 오종택을 만나기 위해 일반접견 예약을 했다. 다행이 저번 최가로와 인천구치소에 갔을 때, 지인 등록을 했기 때문에 바로 예약할 수 있었다.

박병배는 한 시간 후 오종택과 접견실에서 만났다. 오종택도 혼자 온 박병배를 보며 의아한 듯 물었다.

"변호사님은 왜 안 왔어요?"

"오늘은 당신과 나 둘만이 할 이야기가 있습니다."

"아이씨, 공판일은 다가오는데 그 변호사 제대로 일하고 있는 거요?"

박병배는 오종택 뒤쪽의 감시자를 어깨 너머로 보았다. 자신의 역할을 열심히 하려는지 시선은 아래지만 귀는 이쪽에 열려 있다. 뭐, 들어도 큰 문제는 되지 않겠지만 말이다.

"증거를 찾았어요. 당신의 무죄를 증명할 수 있습니다."

무죄라는 말에 오종택은 기쁨의 비명을 질렀다.

"그렇지! 당연히 차가 저절로 돌았다니까. 난 무죄가 맞아!"

"하지만 그것을 증명할 수 있는 것은 저뿐입니다. 아직 최가로 변호사님께는 말하지 않았어요."

"그럼 여기서 뭐하고 있어요? 빨리 당신네 변호사에게 말하세요."

"무죄 방면의 조건이 세 가지 있습니다."

무죄라면 영혼도 팔 기세로 오종택은 차단벽 앞으로 다가왔다.

"뭡니까? 그 조건이란 게. 내 여기서 나갈 수만 있다면 뭐든지 들어주겠소."

"첫째, 여기에서 나랑 만난 것은 최 변호사님께 비밀로 해 주십시오. 이건 재판에서 무죄로 방면 되도 마찬가지입니다. 계속 비밀을 유지해 주십시오."

"뭐, 그런 것쯤이야. 다음은 뭡니까?"

"둘째, 최가로 변호사의 청을 뭐든지 들어주세요."

"청? 예를 들자면?"

"당신 아이 문제입니다. 베트남 할머니에게 갈 수 있게 아버지로서 협조해 주십시오."

오종택의 성품으로 볼 때, 이것도 무죄만 된다면 오히려 부탁하고 싶은 문제일 것이다.

"좋소. 마지막 부탁은 무엇이오?"

마지막 부탁은 조금 어려울 것이다. 하지만 무죄로 나올 수만 있다면 큰 문제는 아니다.

"수수료를 받아야겠습니다."

"얼마나?"

"보통 수수료는 10퍼센트지요."

오종택의 미소가 일그러졌다.

"설마 3억?"

"그렇습니다."

"이런 도둑놈! 3억이 누구 집 똥개 이름이오?"

박병배는 자리에서 일어섰다. 강하게 나와야 한다. 저놈은 돈이면 사족을 못 쓸 것이다.

"협상이 결렬되면 당신은 남은 평생을 감옥에서 살아야 합니다. 난 내가 찾은 증거를 누구에게도 말하지 않을 겁니다."

박병배는 최가로 흉내를 내기로 했다. 미리 이 상황을 예상하고 조사했었다. 법을 들먹이면 이상하게 협박이 잘 통했다. 자신의 스타일은 아니었지만, 지금은 어쩔 수 없었다.

"형법 제250조 사람을 살해한 자는 사형, 무기, 또는 5년 이상의 징역에 처한다. 당신처럼 보험금을 타내려고 사람을 죽인 악질은 최소 20년 이상의 징역이 확실합니다."

이것은 박병배에게도 모험이었다. 오종택은 항소를 두 번 할 수 있고, 하다 보면 누군가 박병배가 찾은 증거를 찾을 수 있기 때문이었다.

오종택은 미묘하게 인상을 구기더니 말했다.

"10퍼센트 좋소. 하지만 수수료는 2억이요."

역시 미끼를 안 물 수 없을 것이다. 하지만 다음 오종택의 입에서 나온 말에 박병배는 경악을 금치 못했다. 오종택도 만만치 않은 인물임은 확실했다.

"수수료는 실수령액으로 따져야지요. 보험금도 상속 재산이 되어 세금을 많이 뗍니다. 10퍼센트면 2억쯤 되오. 그래도 당신은 2억쯤 가져갈 수 있을 것이오. 사건 하나 해결에 그 정도면 로또나 마찬가지지요?"

박병배의 머리가 지끈거렸다. 이놈은 이미 보험금도 자세하게 알아본 것이다. 아내의 살해 의도가 다분했다. 박병배는 이를 악물었다. 모두가 행복하려면 어쩔 수 없다.

"좋소. 2억! 그 약속 잊지 마십시오. 내가 아는 누가 그러는데 미수는 목숨이 담보라고 하니까요."

"쓸데없는 소리 말고, 어서 당신의 고용주에게 가서 나를 꺼내줄 증거나 말하시오."

다음 날 아침 일찍 사무실에 나가 청소를 시작했다. 날이 더워서 그런지 고역이었다. 하지만 청소하는데 에어컨을 켜고 할 수는 없는 노릇 아닌가? 그렇게 걸레질이 마무리될 때쯤 최가로가 출근했다. 최가로는 특유의 밝은 목소리로 인사했다.

"삼비 탐정님 일찍 오셨네요."

"어서 오십시오."

박병배도 허리를 펴고 뒷주머니에 넣어둔 수건으로 땀을 닦으며 인사했다.

"아이고 땀 흘리시는 것 좀 봐요. 도대체 날씨는 언제 시원해지는 거야?"

최가로는 얼른 에어컨 버튼을 눌렀다.

"어서 마무리하시고 상담실로 오세요."

최가로는 박병배가 찾은 오종택의 교통사고 증거가 궁금했던 것이다. 박병배는 마무리하고는 대걸레를 화장실로 가져가 깨끗이 빨아 창가에 뒤집어 두었다. 이제 청소는 마무리됐다.

상담실로 가자 최가로가 냉커피를 타서 준비해 두고 있었다. 아직 박병배가 앉지도 않았는데 최가로는 질문을 쏟아냈다.

"뭔가 찾으신 거죠? 아니 무죄가 될 만한 증거를 찾은 거죠?"

"일단 숨 좀 돌립시다."

박병배는 소파에 앉아 냉커피를 벌컥벌컥 마셨다. 혀에서 단맛이 퍼지자 피로가 풀리는 것 같았다.

"어서 말해보세요. 저는 어젯밤 한잠도 못 잤단 말이에요."

"일단 법적으로 처리할 문제가 있어요."

"법적으로?"

"사고 지점에 도로 보수 공사를 했어요. 어느 업체에서 공사한지 알아야 합니다. 아마 업체에서 공사 전후 사진을 찍어놨을 거예요. 시청의 담당 주무관은 개인정보라 알려줄 수 없다고 하니 변호사님이 나서야 해요. 공사 담당자가 증인으로 나오면 좋겠습니다."

"그거야 신청을 하면 되니 쉽죠. 공사 전후 사진을 알면 오종택의 무죄가 입증되나요?"

"거의 확실합니다. 또한, 저는 아직 교통사고에 대한 정확한 용어 등을 모르니 지금 활동하고 있는 도로교통사고 감정사를 하나 고용해야겠어요. 그 사람도 증인으로 나와 발표하면 됩니다."

"그럼 무죄가 되는 거죠?"

"저는 법정에서 일어나는 일은 모르죠. 다만 그 교통사고는 도로의 문제와 날씨 때문에 일어난 사고입니다. 오종택이 살해 의도를 가지고 한 것이 아니에요."

"그렇다면 무죄가 맞아요. 쟁점은 살해 의도를 가지고 사고를 일부러 일으켰나 아니냐니까요."

박병배는 남아 있는 커피를 마셨다.

"베트남 할머니는 찾았어요?"

"일단 연락은 닿았어요. 지금 사무장님이 비자 신청하고 있어요."

오늘 출근한 사무장의 얼굴이 좋아 보이지는 않았는데 재판과 관련이 적은 일을 시켜서 그랬을 것이다.

"변호사님도 대단하시네요. 사무장님이 베트남어도 할 줄 아세요?"

"말도 안 되는 소리 마세요. 통역도 고용했지요."

"할머니가 한국에 오면 체류비 등도 내야 하잖아요. 이리저리 돈이 많이 들겠네요."

"이건 돈으로 생각할 문제가 아니에요."

최가로도 답답한지 냉커피를 벌컥벌컥 마셨다.

"모두 오종택 씨의 협조가 필수예요. 재판을 이긴다고 해도 협조할지 모르고요."

"오종택이 재판을 이기면 협조한다고 했잖아요."

"그거야 모르죠. 또, 아버지의 마음으로 베트남에는 못 보낸다고 할지도요."

박병배가 본 오종택은 절대 그럴 리 없다. 자신과의 약속도 있고, 밖에 나온다면 베트남 할머니에게 떠넘길 것이 확실했다.

"걱정하지 마세요. 오종택은 절대 그럴 사람이 아닙니다."

"일단 재판이 중요해요. 그럼 삼비 탐정님? 왜 일부러 낸 사고가 아닌지 제게 설명해 주실래요?"

최가로가 수막현상을 이해할 수 있을까? 하는 의문이 들었지만 법정에서는 변호사가 변론을 해야 하니 알아듣게 설명해야 한다.

"자, 변호사님 이번 사고는 저번에 다리에서 떨어진 그런 사고는 아니니 잘 들어보세요. 수막현상이란 것이 있어요."

"수박현상이요?"

"아니요! 수막이요."

"이름이 왜 그런데요?"

"이름은 중요하지 않아요. 이번 상황은 양쪽 바퀴에 가해지는 마찰력이 달라서 그래요."

최가로는 머리가 아픈지 자신의 관자놀이를 누르며 인상을 찌푸렸다.

법정의 판사고 검사고 모두 물리공학은 모를 것이다. 이과생이 작문을 거부하는 것처럼 말이다. 박병배는 전문 감정사를 구하면 감정사와 함께 실험을 해야겠다고 생각했다. 실제 도로와 비슷한 환경을 찾아 물을 고이게 하고, 동영상을 촬영해서 법정에서 보이면 한결 이해가 쉬울 것이다. 그래도 일단 설명을 해야겠지?

"변호사님 차가 빗길에 미끄러진다고 하잖아요."

"아, 그날 비가 왔죠? 오종택의 차가 빗길에 미끄러진 거군요."

"아니요! 그러니까…… 도로 한쪽이 가라앉아 있었어요. 거기에 물이 고였고요."

그렇게 험난한 설명은 오전 내내 이루어졌다. 에어컨은 최대였지만 최가로의 코끝에 땀이 송골송골 맺혀 있었다.

"용케 증거를 찾아내셨네요."

"도로교통사고 전문 감정사에게 용케라니요."

"연락이 없어서 매일 나가서 노는 줄 알았지 뭐예요."

"제가 땡볕인 도로에 나가 얼마나 힘들었는데!"

최가로는 소파에 파묻히면 웃었다.

"히히히 농담이에요, 농담. 잘하셨어요."

"아무튼 도로교통사고 전문 감정사를 찾아 실험 결과를 얻는 것은 제가 할 테니 변호사님은 공사 관계자를 찾으세요."

"오케이! 전 그럼 점심 먹고, 오종택 접견을 갈게요. 재판도 협의하고, 동의서를 받아 출생신고도 하고 입양을 거부한다는 확답도 받고요."

어느새 커다란 안경 속의 눈은 반달로 웃고 있었다. 최가로의 얼굴을 보고 있자니 지난번에 본 구암 허준이라는 드라마가 생각났다. 유의태는 허준 보고 '심의'가 되라고 한다. 마음 심자 '심의' 인간을 진실로 궁휼히 여기는 마음을 가진 의원으로, 눈빛만으로 사람의 마음을 안정되게 한다는 심의다.

최가로는 월급을 위해 일하는 것도 아니요, 변호사로 명예를 떨치려는 것도 아니요, 억울한 사람의 누명을 벗겨 주려는 것도 아니다. 그저 범죄를 저지른 사람의 아픈 마음에 동조하고 스스로 변호하게 하여 진심으로 죄를 뉘우치도록 만든다.

"삼비 탐정님 오종택 이놈이 동의해 주겠죠?"

지금은 그 아이를 걱정하고 있지만……

"네, 반드시 변호사님 의견에 따를 겁니다."

"좋아요. 점심이나 먹으러 가시죠? 갈냉 어때요?"

30대 초반 입맛도 아니고 말이다.

"좋습니다. 더운 날에는 갈냉이 최고죠."

"오, 드디어 제 입맛을 이해하시는군요. 이제 소주만 좀 드시면 될 텐데요."

"아이가 베트남에 잘 가면 그때 축배를 듭시다."

"좋아요! 그럼 열심히 준비하자고요."

그렇게 시간은 흘러갔다. 최가로가 직접 보증인으로 나서 비자를 발급받은 덕분에 베트남에서 아이 외할머니가 올 수 있었다. 할머니지만 박병배보다 겨우 세 살 많을 뿐이었다.

"변호사님 한국에서 아이 할머니를 제가 맡을게요."

박병배가 나서자 반색한 것은 사무장이었다. 자신이 그 일까지 떠맡을 줄 알았기에 나서 준 박병배에 연신 고맙다고 했다.

"뭐, 할 수 없죠. 사무장님도 재판 준비를 도와야 하니까요."

최가로가 체류비라고 박병배에게 돈을 주었지만, 그저 적당한 곳에서 머물며 적당히 먹을 수 있는 돈이었다. 박병배는 타국에서 딸을 잃은 불쌍한 할머니를 그리 모실 수 없었다. '사이클 선수' 해결사에게 연락해 돈도 미리 당겨 받았다. 박병배는 그 돈으로 최고급 호텔은 아니지만, 편안히 쉴 수 있는 호텔과 24시간 붙어 있을 수 있는 통역을 붙였다. 통역은 베트남에서 15년 전 결혼해 들어온 여성이었다. 딸을 잃은 할머니를 잘 이해해 주고 걱정해 주었다.

오종택은 아내를 화장해서 뼛가루를 넣은 함을 집에 두고 있었다. 비록 뼛가루지만 딸과 만나게 해줄 수 있어 다행이었다. 첫날 베트남 할머니는 자신의 딸인 양 뼛가루가 든 함과 영정사진을 안고 하루 종일 울었다.

그리고 자신의 딸이 낳은 손녀를 만나서는 또 울었다. 딸을 닮았다며 자신이 키우겠다는 의지가 강했다. 이제 재판을 이기기만 하면 모두가 행복해지는 것이다.

드디어 마지막 공판일. 박병배는 재판장 방청객으로 들어가 맨 뒤에 앉았다. 최가로는 커다란 안경을 코끝에 걸치고는 서류를 정신없이 정리하고 있었다. 아마 잘 해낼 것이다.

세 명의 재판장이 들어오고 드디어 재판이 시작되었다. 최가로는 언제 그랬냐는 듯 날카로운 눈빛의 여전사로 변했다.

먼저 도로를 보수 공사한 책임자를 증인으로 불렀다. 해당 도로는 대형트럭이 자주 다니기 때문에 도로침하와 포트홀이 자주 생긴다고 했다. 도로 공사 전후 사진을 증거로 띄우며 마쳤다.

다음은 박병배가 섭외하고 함께 실험한 도로교통사고 감정사가 나왔다. 블랙박스가 없던 시절부터 감정사로 활동한 전문가였다. 감정사는 전문적인 용어를 쓰면서 사고를 설명했다.

"좀 전에 나온 도로 공사 책임자가 도로가 침하된 것은 이미 증명했습니다. 침하는 2차선 진행방향의 왼쪽 부분이고 비가 오면 여기에 물웅덩이가 생깁니다. 사고 당시 영상의 밝기를 최대로 올리면 차량이 회전하는 직전에 물웅덩이가 확실히 보입니다. 사고 원인은 이 물웅덩이인데요. 시속 80킬로미터 이상으로 달리면 하이드로 플레닝 현상이 일어납니다.

수막현상이라고 하는 이 현상은 젖은 도로를 주행할 경우 타이어 트레드에 있는 홈 사이로 물이 배출되는데 고속이라면 트레드의 물이 미처 배출되지 못해 타이어가 물 위에 떠 있는 상태가 됩니다.

해당 차량은 물웅덩이에 진입할 때, 그 전의 포트홀 충격으로 브레이크를 밟았습니다. 그 순간 좌전륜은 수막현상을, 우전륜은 제대로 제동이 걸린 것이죠. 차량은 자연스레 우방향으로 선회해 버린 겁니다."

전문가는 역시 달랐다. 사용하는 용어가 전문적이니 더 믿음이 갔다. 박병배는 입모양으로 '좌전륜은 수막현상을, 우전륜을 제동이'라며 작게 말해 보았다. 미래에는 자신도 멋진 교통사고 감정사가 돼야 하니까 말이다.

담당 검사는 감정사에게 현상만 말하고, 죄의 판단을 하지 말라고 주의를 줄 뿐이었다. 최가로는 박병배와 감정사가 수회 실험한 영상을 보이는 것으로 마무리했다. 박병배는 담당 검사가 고개를 작게 흔드는 것을 보았다. 이 재판의 선고는 볼 필요도 없다. 무죄 방면이다. 검사의 표정을 보건데 상고도 없을 것이다. 뭐, 한다고 해도 이 정도 증거면 기각되겠지만 말이다. 보험금을 지급하지 않을 이유를 잃은 보험사도 즉시 보험금을 지급해야 할 것이다.

박병배는 조용히 법정을 나왔다. '사이클 해결사'에게 연락해 잘 해결될 것 같다고 연락했다.

이제 모두 행복해지는 결말이 다가올 것이다.

살해 의도가 있었는지 증명은 쉽지 않다. 단지 30억 원이라는 거액의 보험에 가입한 점과 사고 직후 적극적인 구호 조치를 하지 않은 점, 1일장 후 화장한 점은 간접적으로 심증만 줄 뿐 직접적으로 살해하려는 의도를 증명하지는 못할 것이다. 박병배가 증거를 찾지 않아도 대법원까지 간다면 어떻게 될지 모르는 재판이었다.

하지만 박병배의 증거는 교통사고가 의도적으로 일어난 것이 아닌 도로 상태와 날씨 때문에 일어난 것을 증명했다. 오종택이 실제로 보험금을 노렸든 노리지 않았든 오종택의 아내가 죽은 사고는 진짜 교통사고였던 것이다. 그것을 증명했기에 상고는 없었다. 그렇게 오종택은 구치소 밖으로 나왔고, 보험금을 지급받았다.

최가로는 바쁜 와중에도 아이를 베트남으로 보내는 법적인 문제를 해결하고 다녔다. 이미 구치소에 있을 때부터 오종택의 자녀로 출생 등록을 했다. 오종택의 무죄 방면 후 아이는 오소망이란 이름으로 대한민국 여권을 발급받았고, 가족관계증명서를 외무부 영사에 인증받은 후 주한 베트남 대사관에 출생 신고 및 여권을 신청해 이중국적 취득을 받았다. 베트남 이름은 '망'이었다. 이제 곧 베트남 할머니와 떠날 때가 온 것이다.

할머니는 아기를 참 예뻐했다. 할머니가 아기를 안고 얼굴을 가까이해서 어르면, 아기도 그에 맞추어 까르르 하고 웃었다. 그러고 보니 둘이 닮은 것 같았다.

할머니는 아기를 안고 박병배에게 왔다. 할머니는 베트남어로 박병배에게 말했고, 통역은 옆에서 바로 통역했다.

"이렇게 도와주셔서 고맙습니다. 이제 베트남으로 가야 하지 않나요?"

"곧 가실 수 있습니다. 며칠만 기다리세요."

"왜? 무슨 이유에서요?"

박병배도 최가로를 닮아 가는지 이 베트남 할머니와 아이에게 대한민국에 대한 좋은 기억을 남기고 싶었다. 지난번에 문뜩 떠올라 해결사에게 부탁한 작전이었다.

"애 아버지가 돈을 준대요. 베트남 가서 아기 잘 키우라고요."

"진짜요? 얼마나?"

"많이요."

박병배는 스마트폰으로 베트남 환율을 살폈다. 1억을 주기로 했으니 대충 20배하면 됐다.

"20억 동이요."

할머니가 눈이 휘둥그레지며 통역과 함께 기뻐했다. 원래는 3억을 받아 2억을 주려고 했는데, 보험금에도 상속세가 있다니 어쩔 수 없이 받아들였다. 우리나라에서 애 하나 키우는데 5억이 든다고 하는데 베트남은 어떤지 모르겠다. 그래도 한국에서보다 큰 가치가 있겠지.

"할머니 돈이 더 들어올 텐데 20억 동만 가지고 나머지는 최가로 변호사 주세요. 할머니 데려오고 체류하는데 돈을 그만큼 썼거든요."

할머니는 연신 고개를 끄덕였다.

"그리고 혹시 안 받을지 모르니 비행기에서 떠나기 직전에 주셔야 해요. 아니다. 그건 제가 알아서 할게요."

박병배는 지난번 교통사고를 증명할 수 있을 때, 오종택에게 무죄 방면을 빌미로 돈을 뜯어내기로 했다. 돈으로 목숨을 살 수 없겠지만, 타국에서 딸을 잃은 할머니와 아이를 위해 쓰고 싶었다. 돈도 아버지가 주는 것으로 해서 할머니와 아이가 가슴에 원한을 갖고 살지 않게 하기 위해서였다. 최가로 변호사가 아이를 위해 저렇게 뛰는데 박병배 자신도 아이를 위해 무언가 하고 싶었다.

마침 해결사로부터 연락이 왔다.

[수금 완료. 오늘 저녁 5시 구월동 따봉 곱창집으로]

시간에 맞춰 따봉 곱창집으로 갔다. 조금 이른 시간이라고 생각했지만 벌써 테이블의 반이 찼다. 자리에 앉아 곱창과 소주를 시켰다. 아마 해결사의 패턴으로 보건데 30분에서 한 시간쯤 뒤에 들어올 것이다. 그렇게 박병배는 곱창과 소주를 먹었다. 6시가 되자 웬 대머리 아저씨가 박병배의 맞은편에 앉았다. 처음에는 몰랐지만 해결사였다. 선글라스를 벗고 모자를 벗으니 전혀 딴 사람 같았다.

"박병배 씨, 왜 놀라고 그래?"

"여태 본 모습이 아닌 것 같아 그렇습니다."

"평범 모르나? 우리 같은 사람은 눈에 띄어서는 안 되니까."

해결사는 소주를 따라 마시고는 곱창을 집어 먹었다.

"여기가 맛집이야."

주위를 둘러보니 빈자리가 없었다. 곱창이 구워진 연기와 사람들의 떠드는 소리로 가득했다.

"여기서는 누가 엿들을 리도 없고. 비밀 이야기를 하기엔 이만한 장소도 없어."

해결사는 곱창과 염통을 더 시키더니 소주병을 들어 자신과 박병배의 술잔에 따랐다.

"자, 건배하자고."

그렇게 둘은 쓸데없는 이야기를 하며 한동안 술과 곱창을 먹었다. 배가 어느 정도 차자 해결사는 몇 번 접힌 종이를 뒷주머니에서 꺼냈다.

총 수령액 2억 원

베트남 할머니 1억 원

베트남 할머니 체류비 및 통역료 2천만 원

체류비 및 통역료 이자 5백만 원

오종택 돈 수령료 및 각종 이체료 1천5백만 원

오종택 정보 조사료 2천만원

박병배는 종이에 쓰인 숫자들을 읽어 내려갔다. 이 해결사는 참 정직하다. 다른 놈들 같으면 이런저런 명목을 붙여 돈을 뜯어내려 할 텐데 비싸기는 하지만 계산은 정확했다.

할머니가 1억 원, 해결사가 6천만 원을 가져가니 그래도 4천만 원이 남는다. 최가로가 1천만 원정도 썼으니 3천만 원이 남는다.

"부장님. 베트남 할머니에게 1억3천만 원 넣어주세요."

"당신은 안 가져? 공짜로 일하는 것이 어딨나? 당신이 3천 가지면 딱이잖아."

자신의 사비까지 들여 아이를 베트남으로 보내려는 최가로의 얼굴이 떠올라 돈을 받을 수 없었다. 왠지 조금이라도 돈을 받으면 최가로에게 떳떳하지 못할 것 같았다.

"전 저번에 정보 사용료 200만 원만 있으면 됩니다."

"뭐, 그렇다면야."

해결사는 곱창을 집어 먹고는 말했다.

"근데 박병배 당신 오종택한테 속았어."

"네? 속다니요?"

"오종택은 보험금에 대한 세금을 내지 않아. 30억이나 되는 큰돈을 손에 넣었지."

"생명보험금도 상속개념이라고 들었는데……."

"보험 계약자, 수령자가 오종택이고, 오종택이 보험금을 냈기 때문에 일종의 자기 투자 개념이야 그래서 세금이 없는 것이야."

당했다. 역시 오종택은 모든 것을 계산하고 있었던 것이다. 그 짧은 순간에 1억 원을 보존한 것이다. 씁쓸한 맛에 소주를 입에 털어 넣었다.

"오종택의 뒷조사 결과도 나왔어."

박병배는 오종택의 통화목록을 조사해서 범죄를 모의하는지 찾으려 했다. 앞의 해결사가 사연을 듣고는 미수로 처리해 주었기에 교통사고에 집중할 수 있었다.

"오종택은 대포폰을 하나 운영하고 있었어. 그것을 집중적으로 조사했는데 어떤 80대 할아버지와 많이 접선하고 있었지."

"대포폰으로 80대 할아버지와요? 왜 그랬을까요?"

"정말 알고 싶나?"

질문하는 것으로 보아 이 해결사는 그 할아버지를 만난 것이다. 80대 할아버지에게 어떻게 아내의 살인을 사주하려는지 궁금했지만 더는 오종택의 역겨운 행동이 듣고 싶지 않았다. 점점 취기도 오르고 악마의 방법을 듣다 보면 에이즈 혈액을 사용하려던 악마가 다시 나올 것만 같았다.

"아니요. 모두 행복해졌으니 여기서 끝냈으면 좋겠어요."

해결사는 소주잔을 단숨에 마셔 버리고 몸을 박병배에게 가까이 숙이고는 속삭였다.

"흐흐흐 베트남 할머니에게 원래 계획대로 1억 원만 준다면 오종택이 요단강 건너게 해줄 수 있을 텐데 말이야. 오종택은 정말 나쁜 놈이잖아."

머리가 핑 돌았다. 해결사의 말은 베트남 할머니에게 추가로 줄 3천만 원이면 오종택을 보내버린다는 뜻이다. 이래서 술이 싫었다. 알코올에 젖은 뇌는 돈 귀신 오종택을 보내 버리고 싶었다.

그때 박병배의 스마트폰이 울렸다. 최가로였다.

"여보세요."

최가로는 어떤 이유에선지 화가 나 있었다.

- 야! 박병배! 너 그러기야?

"또 왜 그럽니까?"

- 너 오종택한테 돈 받았다며?

오종택 이놈, 약속을 도대체 지키지 않는 놈이다. 앞의 해결사가 조용한 미소를 짓고 있다. 말 한마디면 보내버릴 수 있는데 정말 그래야 할까? 전화기 저편에서는 최가로의 분노가 계속 전해졌다.

- 네가 변호사야? 사건 해결로 왜 돈을 받아? 그리고 난 월급을 받는 국선이라고! 너 지금 어딨어? 빨리 안 와? 받은 돈 가지고 빨리 와! 지금 시끄러운데 술 마시는…….

박병배는 괜히 부아가 치밀어 전화를 끊었다. 자신도 아이의 행복을 위해 노력했는데 비난을 받으니 화가 났다. 스마트폰이 바로 울렸다. 아예 전원을 꺼 버렸다.

앞에서 해결사가 웃으며 물었다.

"어떡할래?"

최가로의 얼굴이 떠올랐다. 주황빛의 파마머리와 얼굴의 반을 가릴 만한 큰 안경. 지금 화를 내고 있지만 그건 오해다. 자신을 양지로 이끌려고 하는 마음은 알고 있다. 살인 의뢰로 최가로의 마음을 져버릴 수는 없다.

"아니요. 베트남 할머니께 주세요."

"그래?"

해결사가 소주 따르더니 입에 털어 넣더니 일어섰다.

"그럼 나간다. 돈 정리는 베트남 할머니 떠날 때, 완료하자고. 계산은 내가 할게."

박병배는 병에 삼분의 일쯤 남아 있는 소주병을 들어 마셔 버렸다. 이래서 술이 싫다. 울적한 기분 때문에 그냥 들어갈 수 없었다. 눈앞에 보이는 양꼬치 집에 들어갔다. 양꼬치와 연태고량을 시켰다.

"자기만 항상 옳아?"

박병배는 연신 독주를 마셨다. 머릿속에 떠다니는 커다란 안경의 여자를 없애기 위해서였다. 앞에 있는 양꼬치가 왔다갔다 빙글빙글 돌며며 익어갔다.

"자기도 작은 법을 어기고, 변호사 자격증으로 경찰도 협박하면서 난 왜 안 되는데?"

박병배는 그렇게 늦은 밤까지 혼자 술을 마셨다.

마무리를 하려는지 청소하던 양꼬치집 종업원이 와서 말했다.

"손님? 추가로 더 드실 건가요?"

잉? 왜 양꼬치집 종업원이 최가로를 말하지?

"최가로요?"

"아니요. 추가로요."

"지금 제게 최가로 이야기는 꺼내지 말아주세요."

종업원은 고개를 갸웃하며 돌아갔다. 그렇게 만취한 박병배는 거의 새벽 1시가 돼서야 집으로 돌아갔다. 얼마나 취했는지 귀에서 윙 하는 소리가 들리고 사방이 도는 것 같았다.

택시기사가 깨워 일어났다. 요금이 눈에 보이지 않았지만, 1만 원이면 충분한 거리였다. 지폐를 건네고 택시에서 내려 원룸 건물로 들어가 엘리베이터를 탔다. 잠시 후 띵 소리가 나며 4층에 도착했다. 엘리베이터 문이 열리자마자 최가로가 달려들었다.

"어디 있다 지금 와요!"

최가로는 박병배의 등을 있는 힘껏 때렸다. 아프지는 않았지만, 술에 취해 바닥에 쓰러지고 말았다. 바닥에 눕자 동그란 안경 얼굴이 보였다.

"음냐, 술이 이렇게 취해도 사라지지 않네."

"삼비 탐정님 뭐해욧! 아, 내가 술 마시자고 할 때는 계속 피하더니 이렇게 혼자만 마시기예요? 쿵쿵쿵 어머! 양꼬치 먹었네. 내가 양꼬치를 얼마나 좋아하는데……."

최가로의 목소리는 더 이상 들리지 않았다. 박병배는 그대로 잠이 들고 말았다.

박병배는 심한 두통에 눈을 떴다. 머리의 안쪽에 송곳이 있는지 뇌를 후벼 파는 느낌이었다. 입에서는 연태고량 특유의 향이 올라왔다.

"아, 어제 취했었지. 그나저나 몇 시야?"

시계를 보자 7시였다. 매일 루틴대로 행동하니 조금 늦긴 했지만 저절로 눈이 떠진 것이다. 피로가 조금이라도 풀리고 눈이 떠질 것이지 적응된 몸이 야속했다. 어제 어떻게 들어왔는지 옷은 외출한 그대로였다. 화장실에서 소변을 본 후 물을 먹으려 냉장고 앞으로 가자 메모가 붙어있었다.

만취하신 것 같은데 오늘은 사무실에 나오지 마시고 쉬세요. 그리고 이따 저녁에 이야기 좀 합시다.
      – 최가로

어제 택시타고 와서 최가로의 얼굴이 보인 것 같았는데 꿈이 아닌 것 같았다. 냉장고에서 커다란 생수병을 꺼내 벌컥벌컥 마셨다.

오늘은 쉬라고 했으니까.

옷을 갈아입고 다시 침대 속으로 들어갔다. 루틴을 만드는데 5일이 걸리지만, 없애는 데는 하루밖에 걸리지 않는다. 두통 때문에 다시 잠이 올까 걱정했는데 몸은 휴식이 필요했는지 다시 잠에 빠져들었다.

얼마나 잤을까? 초인종을 거칠게 누르는 소리에 잠에서 깼다.

"삼비 탐정님! 일어나요."

최가로였다. 시계를 보니 낮 12시가 넘어가고 있었다. 일어나 현관을 열자 최가로가 째려봤다.

"휴대전화를 켜놔야 할 것 아니에요!"

어제 꺼둔 이후로 아직 켜지 않은 상태였다.

"저녁때 보자면서요?"

"죽었나 살았나 걱정돼서 왔어요!"

최가로는 박병배를 밀치고 들어왔다. 손에는 쇼핑봉투가 들려 있었는데 프랜차이즈 죽집 것이었다. 최가로는 거실에 펼쳐져 있는 상 위에 죽을 올리며 물었다.

"지금 깬 거예요? 어휴 거울로 몰골 좀 보세요."

거울을 보나마나 아침에 옷만 갈아입었으니 꼴이 말이 아닐 것이다. 박병배는 냉장고를 열어 물과 컵을 가지고 왔다.

"그래서 제가 술을 되도록 안 마시려고 하는 거예요."

"아무튼 아무것도 안 먹었죠? 전복죽이에요. 좀 드셔보세요."

어제는 죽일 것처럼 그러더니 병 주고 약 주는 건가? 일단 속이 쓰려 수저를 들고 죽을 떠먹었다. 최가로도 잠시 박병배를 보다가 자신도 죽을 떠먹었다.

"오전에 베트남 할머니 만났어요. 3일 후 출국 날짜가 잡혔어요."

"잘됐네요."

최가로는 숟가락을 탁자에 탁 하고 놓았다.

"진즉에 말했으면 좋잖아요."

이번에도 주어가 생략되어 뭘 말하라는 건지 모르겠다.

"할머니에게 들었어요. 오종택에게 돈을 받은 것이 할머니 주려고 한 것이라면서요? 할머니가 고맙다고 하네요."

"벌써 받았대요?"

"네, 그리고 누군가 제게 4천만 원을 계좌이체 했어요. 할머니 말로는 체류비래요. 그리고 자신은 1억만 받기로 했다고 극구 제게 받으라는 거예요. 일단 제가 알아듣게 설명 좀 해주실래요?"

해결사는 할머니에게 돈을 주려고 했지만 고지식한 베트남 할머니는 1억 원만 받기로 한 것이다.

"체류비가 얼마나 더 들지도 모르는 상황에서 변호사님 돈을 무작정 쓸 수는 없잖아요. 그 체류비는 이 상황을 만든 오종택에게 받아내는 것이 당연한 것이고요."

"그러니 진즉에 말했으면 좋잖아요. 그런 이유였으면 저도 동의하지 않을 이유가 없다고요. 이상한 사람과 어울리는 것을 빼고는요."

이상한 사람이란 해결사를 말하는 것이다.

"오종택은 상상 이상의 악인이에요. 그냥 돈을 뱉어내지는 않았을 거예요. 그 사람을 만난 것은 어쩔 수 없었어요."

"아무튼 이제 그 사람은 절대로 만나지 마세요. 전 삼비 탐정님이 정상적인 법의 테두리에서 살기를 바랄 뿐이라고요."

박병배는 대답 없이 죽을 떠 입에 넣었다.

"그리고 전 천만 원만 썼으니 나머지 3천만 원은 삼비 탐정님이 가져가세요."

"전 필요 없습니다."

"삼비 탐정님 어서 돈 벌어서 어머니랑 형곤이 데려온다면서요? 빨리 자격증 따세요. 그리고 정식으로 조사료를 받으면 돼요."

아, 이렇게도 돈을 벌 수 있겠구나. 아이랑 같이 살 수 있다 생각하니 갑자기 울컥하는 마음이 솟아났다. 앞의 이상한 변호사 때문에 이게 뭐람. 차오른 눈물이 흘러내릴까 고개를 숙인 박병배는 죽을 연신 퍼 입에 쑤셔 넣었다. 죽을 몇 번 떠먹던 최가로가 다시 숟가락을 탁 하고 내려놓았다.

"그나저나 삼비 탐정님! 어제 양꼬치 먹었어요?"

"네? 네."

"내가 양꼬치를 얼마나 좋아하는데 혼자만 먹기예요?"

"그럼 먹으러 가면 되지 않습니까?"

"오늘 가요. 오후에는 법정에 가야 하니 저녁에 가요. 예?"

최가로가 둥그런 안경 속의 눈이 반달로 변했다. 오늘부터 다시 루틴을 만들려고 했는데……. 할 수 없지 루틴은 내일부터 만들자.

"좋습니다."

"삼비 탐정님이 쏘세요. 3천만 원 벌었으니까요."

"그래요. 씁시다. 양꼬치가 아닌 고급 양갈비로 드시고, 칭따오 대신 연태고량도 드세요."

"호호호 그럼 지금부터 굶어야지."

최가로는 기쁜 듯 웃더니 죽 뚜껑을 닫았다.

오종택 사건은 그렇게 마무리되는가 싶었는데 일주일 후 상황이 이상하게 흘러갔다. 루틴대로라면 박병배가 출근해 청소를 시작하고, 그게 마무리 될 때쯤 최가로가 출근한다. 하지만 그날은 최가로가 먼저 와서 박병배를 기다리고 있었다. 평소의 밝은 얼굴이 아니었다.

"삼비 탐정님. 회의실에서 이야기 좀 해요."

회의실로 들어가자 최가로의 표정은 심각했다. 할 말이 있다면서 계속 머뭇거렸다.

"뭐예요? 불러놓고."

"저…… 탐정님 그제 밤에 뭐 하셨어요?"

뭐, 항상 루틴대로 행동했을 뿐이다. 집에서 잤겠지. 근데 심각하게 왜 묻는 거지?

"집에서 잤겠죠. 도대체 무슨 일이에요?"

"삼비 탐정님 아니죠? 아이 설마……."

또 주어를 생략한다. 이번에는 앞뒤를 추측하려 해도 전혀 무슨 말을 하는지 모르겠다.

"뭐가 아니에요?"

"어제 경찰서에서 연락이 왔어요. 오종택이 뺑소니 교통사고로 죽었대요."

헉.

박병배는 숨이 턱 막혔다. 박병배는 왠지 힘이 빠지는 것 같아 소파에 깊이 파묻혔다. 한데 왜 최가로는 이상한 표정으로 이상한 질문을 하지? 설마…….

"최가로 변호사님! 지금 절 의심하는 거예요?"

최가로도 맞은편 소파에 앉았다.

"삼비 탐정님은 그 아이를 불쌍해 하셨잖아요. 그래서 오종택에게 큰돈을 받아서 주기도 했고요."

"아무리 그랬어도 제가 오종택을 죽일 이유는 없죠. 그리고 돈은 이미 받아서 줬고요."

"이제 오종택이 죽음으로써 그 재산이 아이에게 상속돼야 해요. 아이는 미성년자기 때문에 복잡한 법적 문제를 해결해 달라고 제게 연락이 왔단 말이에요."

그런 방법도 있었구나! 굳이 돈을 받기보다 보험금을 수령하면 죽여서 아이에게 돈이 가도록 할 수도 있었어.

"정말 탐정님은 아니죠?"

자신이 아무리 흉악한 범죄를 모의했어도 사람을 죽인다고 생각하다니 조금은 서운했다.

"변호사님 서운합니다."

"뭐, 아니면 됐지. 서운까지 해요? 그럼 청소해야죠?"

최가로는 일어서 회의실을 나갔다. 뺑소니 교통사고를 당했다? 박병배의 눈에 대머리 해결사의 얼굴이 떠올랐다. 하지만 자기에게 이득이 없는데 그럴 리 없지. 박병배는 고개를 흔들어 일어서며 청소를 시작했다.

범인은 이틀 후 잡혔다. 80대 할아버지 김병수였다. 김병수는 일부러 오종택을 죽이려고 교통사고를 일으켰다고 진술했다. 김병수와 오종택은 이미 모종의 약속이 있었다. 김병수가 고령인 것을 이용해 실수로 교통사고를 낸 것처럼 베트남 부인을 죽여 달라고 했단다.

김병수는 보험금을 받으면 2억 원을 받기로 했다. 물론 자신은 교도소를 가졌지만, 자신의 빚까지 자식에게 넘길 수는 없는 일이었다. 하지만 계획을 실행하기도 전에 부인은 죽고 오종택은 보험금을 받았다.

김병수는 오종택을 찾아가 실행하지는 못했지만, 계획에는 선수금이 있듯이 반이라도 돈을 달라고 했다. 당연하지만 돈 귀신 오종택은 거부했다. 김병수는 돈을 안 주면 계획을 경찰에 말하겠다고 했지만 오종택은 당신과 내가 만난 증거는 아무것도 없으니 해보라고 했다. 항상 대포폰을 사용했기에 정말 증거는 없었다. 이에 화가 난 김병수는 오종택의 부인을 죽이려 했던 계획을 오종택에게 실행했다. 술 취해 늦게 귀가하는 오종택이 보이자 자동차의 엑셀을 끝까지 밟은 것이다.

결국 뿌린 대로 걷었다. 악인 오종택은 지옥으로 갔고, 많은 돈은 유산이 되어 아이에게 전해질 것이다. 최가로도 뉴스를 봤는지 박병배에게 왔다. 어쩐지 부끄러워하는 얼굴이었다.

"삼비 탐정님 죄송해요. 오종택을 죽인 진범이 잡혔네요."

근데 왜 죄송하지?

"설마 아직도 절 의심했던 거예요?"

"그, 그게 아니라……."

"어? 정말이네, 의심하고 있었어."

"아, 몰라 몰라."

최가로는 손을 흔들며 밖으로 나가버렸다. 박병배는 최가로를 진심으로 존경했었는데 그 마음을 조금 내리기로 했다. 뭐 마음이란 것은 내린다고 내려지는 것은 아니지만 말이다.

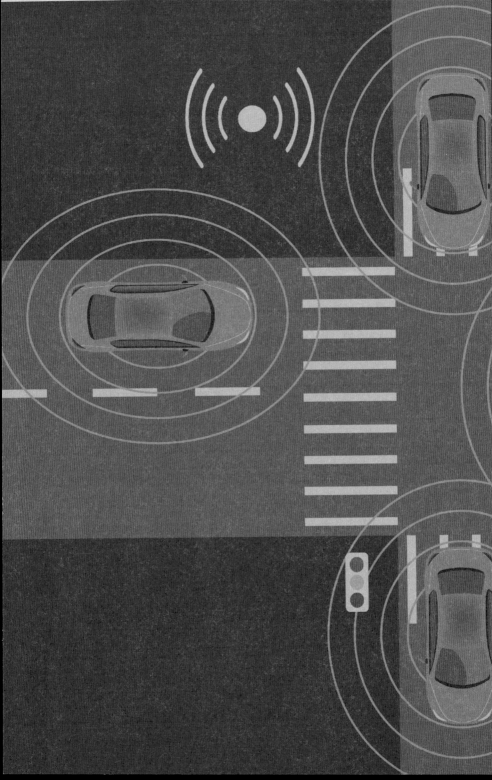

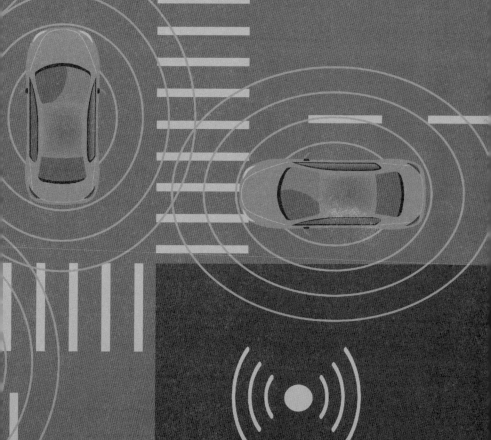

4부

장애인 울리는
중고차 사기

적자생존, 강한 자가 살아남는다. 강함은 무엇일까? 정글의 생물에게는 변화하는 환경에 잘 적응하는 것이요. 태곳적 인간에게는 힘이 된다. 현대의 인간에게 강함은 무엇인가? 돈, 권력? 물론 그것도 될 수 있겠지만 아니다. 살아남는 사람은 보이지 않는 곳에서 약자의 고혈을 빨아먹는 사람들이다. 이들은 법을 이용하여 악행을 합법으로 만들어 약자의 고혈을 빤다.

제법 추워지는 겨울, 국선변호인 최가로에게 이런 사건이 들어왔다.

"어휴 분통 터져, 삼비 탐정님! 나와 보세요."

여기 얼굴 크기의 반을 차지하는 동그란 안경을 쓴 최가로는 국선변호인이다. 그런 약자들을 위해 싸우는 변호사, 변호사계의 심의(心醫)가 되겠다. 박병배는 파티션 문을 열고 나왔다.

"법정 갔다 오시는 길이잖아요."

최가로의 볼이 씰룩거렸다. 뭔가 불편한 사연이 있는 것이다.

"교통사고와 관련 있어요. 잠시 후 상담실에서 봐요."

최가로는 오전에 몇 개의 공판에 참여하고, 오후에는 구치소에서 몇 건의 접견을 하고 온다고 했었다. 상담실에 들어가 기다리고 있자 잠시 후 최가로가 서류 뭉치를 들고 들어왔다. 국선변호인은 형사사건을 담당한다. 최가로는 교통사고라고 했는데 더불어 형사사건이라니 또 특이한 케이스가 벌어진 것이다.

"글쎄, 일부러 교통사고를 냈다지 뭐예요. 그래서 살인미수로 구속된 사건이에요."

박병배도 최가로의 사무실에 온 지 벌써 10개월이 흘렀다. 그동안 변호사 사무실에서 보고 들은 것이 있다. 아무리 교통사고를 일부러 일으켰다고 해도 살인미수라니 이상했다.

"피해자가 많이 다쳤나요? 아무리 많이 다쳤다 해도 특수상해나 중상해면 모를까 살인미수라니요."

"피의자가 그 남자들을 죽여 버리고 자신도 죽으려고 했다고 진술했어요."

너 죽고 나 죽자.

쥐가 고양이에게 달려드는 것처럼 너 죽고 나 죽자를 실행에 옮긴 사람이었던 것이다. 물론 박병배도 억울한 교통사고를 당해 그것을 실행에 옮겼었다. 최가로 변호사의 테스형 이론에 따르면 잘못된 행동이지만, 박병배는 아직 공동체를 위해 독약을 마신 테스형의 깊은 뜻을 이해할 수 없었다.

"흐흐, 그렇군요. 변호사님이 씩씩대는 것을 보면 피의자의 사연이 억울하겠군요."

"전, 장난이 아니라고요. 어서 읽어 보세요."

박병배는 사건 개요를 빠르게 읽어 내려갔다. 피의자 박지만은 70세로 27세 남성 엄성일과 26세 남성 이진우를 자신의 1톤 트럭으로 추돌했다. 최가로의 설명대로 피의자의 살인 의도가 있었는지 충돌 장소는 인도였다. 박지만은 일부러 차량을 타고 인도로 돌진한 것이다. 엄성일은 왼쪽 팔 골절, 이진우는 늑골 세 개가 금이 갔다. 둘 모두 온몸에 타박상과 바닥에 쓸리는 상처로 입원 치료중이다.

박지만은 자신에게 사기로 중고차를 판매한 엄성일, 이진우에 앙심을 품고 일을 저질렀다고 진술했고, 기타 특이한 사항으로는 박지만은 왼쪽 다리를 못 쓰는 장애가 있어 목발을 짚고 다녔다. 피의자 박지만이 본인에게 중고차 사기를 친 남자들에게 직접 응징한 케이스였다. 하지만 사기를 당했다고 사람을 죽이려 하면 안 되는 것이다.

"하지만 겨우 사기라고요. 사기당했다고 사람을 죽이려고 하면 안 되죠."

최가로의 눈빛이 반짝하고 빛났다.

"이건 가해자와 피해자가 바뀐 거예요. 박지만 씨는 장애인이지만 열심히 사는 사람이에요. 트럭을 구입해서 장사를 하려고 했는데 중고차 딜러인 엄성일, 이진우에게 죽음과도 가까운 사기를 당한 거예요. 허위매물? 아무튼 박지만 씨는 인터넷에서 600만 원짜리 상품을 보고 그들을 찾아갔어요. 마침 가진 돈과 딱 맞았고, 차가 정말 좋아 계약서를 작성했어요. 계약을 하고 이전을 하더니 이번에는 이름도 알지 못하는 이상한 보험료 이야기를 했어요. 그들의 말로는 차가 무슨 전시차라서 보험료를 4년 동안 2400만 원이나 내야 한다고 했대요. 이게 말이 돼요?"

"보험료가 자동차 값보다 크다니 배보다 배꼽이 더 크네요."

"맞아요. 그래서 박지만 씨는 당장 취소해 달라고 했대요. 하지만 그들은 벌써 차를 이전했기 때문에 300만 원을 손해 봐야 한다고 했어요. 앉은 자리에서 300만 원을 날리게 된 것이죠. 박지만 씨가 정신없는 틈을 봐서 다른 차를 보여줬대요. 박지만 씨가 돈이 없어 싫다는 것을 도망가지 못하게 화장실까지 따라오고, 덩치가 좋은 그들이 협박해 결국 더 나쁜 차량을 구입하게 만든 거예요. 돈이 없는 박지만 씨는 총 1600만 원에 차를 구입했는데, 나머지 1000만 원은 그들이 소개한 캐피탈로 사게 된 거예요."

"물론 합법이겠죠?"

"불법이죠! 증거가 없을 뿐이지요."

증거가 없는 불법은 합법이라는 말이다. 박병배는 중고차에 대해 잘 모른다. 하지만 세상에는 이런 사기 수법으로 고혈을 짜 먹는 사람들이 많은 것은 사실이다. 하지만 약자 중의 약자인 장애인의 고혈을 빨아 먹다니. 아니, 그놈들은 협박하기 쉬운 상대라고 더욱 달려들었을 것이다. 이런 게 현대의 적자생존인 것이다. 최가로는 박지만의 안타까운 사연을 계속 이야기했다.

"사기를 당했지만, 박지만 씨는 그래도 살려고 장사를 시작했어요. 하지만 처음 시작하는 트럭 장사는 생각한 것처럼 되지 않았고, 매달 갚아야 하는 캐피탈은 연체돼 결국 차가 압류되기 직전에 몰린 거예요. 이제 차까지 뺏기면 살 방도가 없는 박지만 씨는 모든 일의 원흉인 그들을 원망하게 됐고, 너 죽고 나 죽자로 일을 저지른 거라고요."

최가로가 왜 이렇게 분노에 차 있는지 알았다. 최가로는 박지만을 만나 왜 일을 저질렀는지 듣고는 감정 이입된 것이다. 참 피곤하게 사는 변호사다. 싫어하고 싶어도 싫어지지 않는다. 오히려 이런 사건을 대하는 최가로를 보면 존경심이 더욱 커져만 갔다. 박병배는 자신의 마음이 왜 그럴까 생각하다 헛웃음이 나오고 말았다.

"후후후."

"아니, 삼비 탐정님 왜 웃어요? 지금 전 진지하다고요!"

박병배는 주먹으로 자신의 입을 가렸다.

"앗 죄송요. 그만 딴 생각을 하다가. 아무튼 박지만 씨의 진술을 바꾸면 되잖아요. '죽이려고'에서 '혼내주려고'로 바꾸면 특수상해나 중상해로 바꿀 수 있잖아요. 둘 다 징역 1년 이상 10년 이하이니 그들이 사기 치는 것을 증명하면 1년을 받을 수 있겠네요."

"아이고. 이제 교통사고 탐정에서 판사, 검사가 되셨네요."

박병배는 두 손으로 탁자를 탁 하고 쳤다.

"자, 최가로 변호사님, 제가 뭘 하면 될까요?"

최가로는 소파에 파묻혀 동그란 안경을 고쳐 썼다.

"삼비 탐정님께 어울리는 일이 있어요. 으흠흠."

최가로는 말하기 껄끄러운지 헛기침을 했다. 귀가 빨개지는 것이 분명 이상한 일이다.

"저는 교통사고를 조사하는 감정사라고요. 제게 이상한 일을 시키려고 하는 것은 아니죠?"

"이상한 일 아니에요. 피해자 엄성일과 이진우가 교통사고 전문병원에 입원해 있어요. 그 사람들은 둘 다 전치 12주를 받았는데 그게 허위라면, 예를 들어 전치 8~9주로 내려온다면 형을 더욱 감면 받을 수 있어요. 잘하면 불구속도 가능하고요."

"뭔가 알아듣게 설명해 보세요. 그래서 제가 뭘 하면 되나요?"

"탐정일이죠. 병원에 잠복해 있다가 피해자인 엄성일, 이진우가 밤에 나오는지, 나와서 술 마시고 하는지 그런 증거를 찾아주세요."

박병배는 최가로가 무슨 말을 하는지 이해했다. 12주 입원하는데 엄성일, 이진우가 밤에 몰래 나와 술이라도 마시고 다니면 거짓 입원이 되고, 상해 진단이 낮아지는 것이다. 그럼 중상해죄가 상해죄로 낮아질지도 모르는 것이다.

"하하하. 정직한 변호님이 이런 방법을 쓰라고 하다니, 그건 사깁니다."

"그게 왜 사기예요? 정당한 진단을 받았는지 확인하는 거라고요. 그리고 그 병원은 교통사고 전문으로 유명하다고요."

하긴 보험사에서 나이롱환자를 잡으려고 병원에 잠복한다는 소리를 들었던 것 같다. 그러니 그들을 감시하는 자체는 법을 어기는 것은 아니다. 그리고 교통사고 환자를 전문으로 입원시키는 병원이 있다는 것은 박병배도 이미 알고 있는 사실이었다. 그나저나 최가로는 박병배 자신이 해결사를 만나 불법을 저지르는 것을 극도로 싫어하면서 변호사 자격증을 내밀며 은근히 협박하거나 이런 편법을 잘 사용한다. 자신과는 미묘하게 다른 점이다.

이런 것까지 존경스러우면 안 되는데. 박병배는 자리에서 일어섰다. 존경하는 최가로 변호사의 부탁은 뭐든지 들어주고 싶었다.

"알겠습니다. 교통사고는 아니지만 차와 관련이 있으니 교통사고 전문 탐정이 출동해야죠. 오늘밤부터 시작할게요."

"매번 고마워요. 이런 일을 사무장님에게 시킬 수는 없잖아요."

박병배는 어깨를 으쓱 올렸다.

박병배는 엄성일과 이진우가 입원했다는 병원을 찾아갔다. 병원은 5층 건물로 규모가 컸지만, 사람으로 북적이지 않았다. 예의 그 목적을 가지고 있는 병원이기 때문일 것이다. 그들은 몇 층에 입원해 있을까? 간호사에게 면회 왔다고 묻고 싶었지만, 병원 특성상 그들에게 미리 연락을 줄지도 몰랐다. 나이롱 환자의 보험 조사관이 올지도 모르기 때문이다.

물론 박병배가 병원장이거나 피해자였다면 보험사 조사관도 매수하겠지만 말이다. 비상계단을 통해 2층으로 올라갔다. 양쪽 병실 문에 적힌 이름을 보면서 그들을 찾았다. 개인 정보를 보호한다며 이름에서 가운데 글자를 동그라미로 대신했지만, 아는 사람은 알 수 있었다.

그렇게 훑으며 4층 404호에서 '엄○일, 이○우'를 찾을 수 있었다. 닫힌 문에 귀를 가까이 대자 안에서 남자들의 웃음 섞인 목소리가 들렸다. 4층은 모두 2인실이다. 엄성일, 이진우는 2인실에서 편히 쉬고 있었다.

얼굴을 확인해야 하는데 어쩌지? 잠깐이면 되니 들어가 보자고 마음먹었다. 문 앞에서 심호흡하고는 박병배는 문을 열고 안으로 들어갔다. 방에서 담배 냄새가 콧속을 파고들었다. 금발에 귀걸이를 한 남자가 창에서 담배를 피웠는지 손을 허공을 휘저었다.

"아이씨, 놀랐네. 누구세요?"

박병배는 머리를 긁적이며 말했다.

"어? 분명히 504호라고 했는데 아닌가?"

박병배는 너스레를 떨면서도 이들의 얼굴을 빠르게 스캔했다. 금발에 귀걸이 말고, 다른 쪽은 길쭉한 역삼각형 얼굴에 심한 곱슬머리, 그리고 금목걸이를 차고 있었다. 둘 모두 180에 가까운 키에 덩치가 좋았다. 팔에 깁스를 한 금발이 적의를 보이며 말했다. 조사 내용에서 봤을 때, 팔을 다친 것은 엄성일이었다.

"여긴 404호니 어서 나가세요!"

박병배는 빠르게 주위를 훑어봤다. 가운데 테이블에는 먹다만 치킨, 담뱃갑이 올려져 있었다. 병원에서 주는 밥이 맛없었겠지.

"아, 죄송합니다."

"문이나 잘 닫고 가쇼!"

박병배는 건물 밖으로 나와 네모난 건물을 돌면서 404호의 창문 위치를 파악했다. 열린 404호 창문으로 담배 연기가 연신 뿜어져 나왔다. 병원은 분명히 금연일 텐데. 아니, 창밖은 병원이 아닌가? 창밖으로 고개를 내밀고 담배를 피우면 병원에서 피운 것인가 아닌가라는 생각이 들었다. 변호사를 따라다니니 이런 사소한 것을 고민하게 되어 버렸다. 박병배는 고개를 세차게 흔들고는 건물의 출입구를 찾았다.

건물의 출입구는 정문과 후문 그리고 비상계단과 이어진 철문이 있었다. 빤한 이야기지만 몰래 나오려면 철문으로 출입할 가능성이 가장 높았다.

박병배는 404호 창문과 철문이 모두 보이는 이면도로에 주차하고, 잠복을 시작했다. 날씨가 너무 추웠다. 시동을 켜고 있었지만, 한겨울 차 안에서 버티는 것은 쉽지 않았다. 하지만 일류 탐정은 어떠한 역경도 극복해야겠지? 내일부터는 내복에 손난로도 많이 준비하기로 했다.

첫날 404호의 불은 밤 12시에 꺼졌다. 이들이 나올까 미행 준비를 했지만 1시까지 기다려도 나오지 않아 오늘은 나오지 않을 것이라 생각해 철수했다.

　잠복 이튿날 박병배는 오후 3시쯤 병원에 왔다. 이들이 있는지 확인하려고 철문을 통해 비상계단을 올랐다. 그렇게 박병배는 4층 계단창에서 담배 피우는 둘을 발견하고는 놀랐다. 그들도 놀라 담배를 숨겼지만, 박병배를 힐끗 보더니 계속 담배를 피웠다. 박병배는 그들을 지나칠 때, '이제 4층에 도착했네'라고 도둑이 제 발 저리듯 어색하게 말했다. 다행이 둘은 별로 개의치 않는 것 같았다. 오직 담배만이 관심인 듯 힘껏 빨아들인 담배가 빨갛게 달아올랐다. 4층으로 들어온 박병배는 엘리베이터를 타고 내려와 곧장 주차된 차에 들어가 잠복을 시작했다.

　저들의 병원 놀이 탈출은 저녁 이후가 될 가능성이 높다. 아직 시간이 많으니 스마트폰을 뒤적여 개인 SNS를 찾아보기로 했다. 인스타그램에 접속해서 엄성일을 입력하고 계정을 검색했다. 이진우보다는 이름이 특이해 쉽게 찾을 수 있었다. 인스타그램이야 원래 자기 자랑만 늘어놓는 곳이지만 엄성일은 자기 자랑이 심했다. 번호판을 가리지도 않은 외제차 사진이 많았다. 저 외제차에 얼마나 많은 약자의 고혈이 들어 있을까? 웃고 있는 노랑머리를 보고 있자니 인상이 절로 찌푸려졌다. 최가로를 점점 닮아 가는지 이들을 응징하고 싶었다.

　엄성일이 최근에 올린 사진은 병원에 입원한 사진, 팔 깁스,

링거 맞는 사진 등 젊은이들이 자신의 일상을 공개하는 것과 똑같았다. 그리고 드디어 찾았다. 어느 누가 SNS는 필요악이라고 했을까? 싱겁게도 증거를 찾을 수 있었다.

'일탈'이라고 해시태그한 사진, 이진우와 바에서 양주를 마시는 모습이다. 한손에는 양주병, 한 손은 깁스한 사진을 올린 날짜는 3일전이었다. 분명히 입원하고 늦은 밤에 탈출해 저지른 일탈인 것이다. 박병배는 증거 확보를 위해 사진을 캡쳐하고는 엄성일의 친구 목록에서 이진우를 타고 넘어갔다. 이진우의 일탈도 마찬가지였다. 박병배는 그렇게 증거를 수집했다.

저녁이 지나고 밤이 왔다. 9시쯤 되자 404호의 불이 꺼졌다. 9시에 잠자리에 들리는 없으니 분명 그들은 '일탈'을 할 것이다. 박병배의 예감대로 10분 후 철문이 열리며 역삼각형 얼굴이 나왔다. 두런거리며 좌우를 살피기에 몸을 낮춰 숨고는 스마트폰 동영상 녹화 버튼을 누르고 손을 들어 그들을 촬영했다.

스마트폰 화면 속 역삼각형과 노랑머리는 안전을 확인했는지 밖으로 나와 큰길로 걸어 나갔다. 박병배는 일단 녹화를 중지하고는 몸을 세웠다.

"그렇지. 참새가 방앗간을 그냥 지나칠 수 없겠지."

박병배는 차에서 내려 그들의 뒤를 따랐다. 담배에 원수 졌는지 추운 날씨에도 걸으면서 담배를 피워댔다. 둘은 술집이 많은 거리로 가서는 한 와인바로 들어갔다. 물론 들고 있던 담배를 손가락으로 튕겨 버렸다.

"저 새끼들! 너희들이 지키는 법은 하나도 없는 것이냐? 담배꽁초 무단 투기 벌금이 얼마지?"

박병배는 담배꽁초 무단투기에 화가 났지만 지금은 그것이 문제가 아니다. 어떻게 증거를 수집해야 하지? 이런 일을 계속하려면 몰래카메라라도 구입해야겠다고 생각했다.

셔츠 위에 스웨터를 입고 있었는데 셔츠 가슴 포켓주머니에 스마트폰을 넣으니 뒷면 카메라로 정면을 비출 수 있었다. 어색한 모습이었지만 가끔 이러는 아저씨도 본 것 같으니 동영상 촬영 버튼을 누르고 셔츠 포켓에 스마트폰을 넣으면 촬영할 수 있을 것이다. 박병배는 날씨가 춥지만 스웨터를 벗어 차에 갖다 두고, 다시 와인바로 왔다.

엄성일, 이진우는 양주를 마시고 있었다. 그들이 잘 보이는 옆 테이블로 가서 동영상 촬영 각도를 계산해 앉았다. 코트는 벗어 옆 의자에 걸어 두었다. 수제맥주와 마른안주를 시키고는 그들의 모습과 말소리가 잘 들리도록 녹화했다.

잠시 옆에서 지켜본 그들은 도대체 인간이라고 할 수 없었다. 클럽에서 여자 꾀는 방법과 그 후에 어떻게 해야 모텔을 간다는 이야기부터 자신들의 교통사고 이야기도 나왔다. 어차피 박지만이 개인형사합의금을 줄 수 없을 것 같으니 병원에서 최대한 잘 버텨서 보험금을 많이 타내자는 이야기였다. 그들은 중고차 사기에 대해 논하기도 했다. 요즘 스마트폰으로 녹화, 녹음하는 사람들도 있으니 마지막 자동차보험 계약을 할 때 스마트폰이 필요하다고 빌려서 녹화나 녹음된 것을 모두 지워 증거를 없애야 한다고 했다.

역삼각형이 '역시 머리 쓰는 데는 형을 당할 수가 없어'라며 잔을 들었고, 노랑머리는 '넌 나만 잘 따르면 6개월 안에 외제차 산다'라고 말하며 건배했다.

노랑머리와 역삼각형은 수많은 약자들에게 사기로 중고차를 팔아 많은 이익을 취해온 것이다.

개새끼들.

박병배의 입에서 욕설이 저절로 나왔다. 이내 놀라 자신의 입을 손으로 막았다. 머릿속에는 악마의 속삭임이 있었다. 해결사에게 연락해 박지만과 같은 고통을 느끼도록 다리를 절단해 달라고 의뢰하는 상상이었다. 정신을 차리고 보니 테이블에 양주병이 있었다. 저들의 대화에 분노하며 양주를 마셔댔더니 술에 취한 것이다. 술에 취해 악마의 상상을 불러온 것이다. 박병배가 술 마시는 것을 극도로 경계하는 이유다. 자신의 교통사고에 대한 복수를 할 때부터 술을 마시면 잔인한 복수 방법이 잘 떠올랐기 때문이었다. 술에 취하면 법과 양심은 어디로 갔는지 사라져 버렸다. 평소에는 담배꽁초를 버리는 경범죄만

봐도 눈살이 찌푸려졌는데 이상하게 술만 마시면 성격이 반전됐다.

박병배는 자리에서 일어섰다. 더 있다가는 일을 그르칠 것 같기 때문이었다. 계산 후 밖으로 나와 최가로에게 전화했다. 시각은 자정이 넘어가는 늦은 밤이었지만 머릿속 악마를 쫓아내는 방법은 최가로의 커다란 안경을 쓴 얼굴뿐이었다. 잠시 후 잠에 취한 목소리가 들렸다.

- 삼비 탐정님 뭐예요?

목소리가 들리자 붉은 파머머리에 커다란 안경을 쓴 얼굴이 떠올랐다. 분노의 마음이 차츰 가라앉고, 머릿속이 깨끗해졌다.

"노랑머리와 역삼각형 얼굴의 일탈 증거를 찾았습니다."

- 노랑머리와 역삼각형이요?

"아, 엄성일은 노랑머리고, 이진우는 역삼각형 얼굴이라서요."

- 잘하셨어요. 늦게까지 고생하셨네요. 이제 들어가 쉬세요.

최가로는 전화를 끊으려 했지만 박병배는 최가로의 목소리가 더 듣고 싶었다.

"변호사님 노랑머리와 역삼각형은 정말 나쁜 놈들이에요. 반드시 재판에서 이겨 주세요."

- 이건 형사 사건이라고요. 이기고 지는 것이 아니에요. 아

무튼 삼비 탐정님의 뜻은 알겠어요.

술에 취하니 아저씨 농담이 생각났다. 지난번 양꼬치 집에서의 장면이었다.

"저, 변호사님? 이번 사건 끝나면 양꼬치 먹으러 갈까요?"

- 저야 양꼬치를 좋아하니 좋아요.

"전 1인분 추가로 주세요."

최가로도 박병배의 아저씨 농담을 이해했는지 잠시 말이 없었다.

- 취했어요?

마음속에서 웃음이 솟아났다. 비비비라고 놀린 것을 복수해 주마.

"크크큭. 최가로 변호사님 1인분 추가로 사 주세요. 하하하."

작은 웃음이 점차 커져만 갔다.

- 뭐예욧! 기껏 생각한 것이 그거예요?

"하하하 웃긴 걸 어떡해요?"

- 끊어욧!

전화가 끊겼지만 박병배는 웃겼다. 너무 웃겨서 바닥에 무릎을 꿇고는 한참을 더 웃었다. 자신의 교통사고 이후 처음으로 큰 웃음을 찾은 박병배였다.

"하하하. 교통사고 전문 삼비 탐정과 국선변호사 추가로!"

최가로는 주차장에 주차 후 사무실로 올라갔다. 문을 열자 박병배가 힘겹게 바닥을 청소하고 있었다. 청소는 사람을 쓰자고 했지만, 박병배는 루틴이라고 했다. 아침에 일어나서 운동부터 청소까지 해야 머리도 잘 돌아가고 하루 일과가 잘 진행된다고 했다.

"최가로 변호사님 오셨습니까? 바닥 청소 끝내고 증거물 영상을 보여드릴게요."

박병배는 다시 힘주어 바닥을 밀었다.

최가로는 사람을 쉽게 믿었다. 처음 변호사가 돼 한 중형 로펌에 들어갔다. 사건을 맡으면 그 사람 말을 곧이곧대로 믿었다. 최가로는 변호사를 찾는 사람은 억울함이 있는 사람일 것이라 생각했지만, 변호사 생활을 지속할수록 그렇지 않다는 것을 알았다.

돈을 주고 변호를 맡긴 사람들은 법의 허점과 약점을 파고들어 자신의 죄를 작게 하는 것이 목적이었다. 그런 상대편에는 약자들이 더 많았다.

헌법 제11조 1항은 "모든 국민은 법 앞에 평등하다. 누구든지 성별·종교 또는 사회적 신분에 의하여 정치적·경제적·사회적·문화적 생활의 모든 영역에 있어서 차별을 받지 아니한다"라고 했다.

하지만 차별은 존재했다. 헌법은 있으나 마나인가? 최가로는 자신만이라도 헌법 11조를 수호하고 싶었다. 그길로 로펌 사무실에 사직서를 내고, 국선변호사 선발에 응시했다. 국선변호인은 돈을 피고인이 아닌 국가로부터 받기에 자신의 주관대로 재판에 임할 수 있었다.

국선이라고 편한 것은 아니었다. CCTV에도 선명히 찍힌 것을 자신이 아니라고 거짓말로 일관하는 피고인, 무조건 형량을 낮추라고 협박하는 피고인, 자신을 믿지 않는다고 국선변호인을 바꿔달라는 피고인 등이 많았다. 최가로는 모든 것을 던져버리고 싶을 때가 많았다.

물론 재판 변호에 대한 고마움을 표현하는 경우도 있었지만, 박병배는 특이했다. 최가로는 박병배의 억울함에 동조해 적극적으로 변호했다. 징역 1년, 중상해로 기소되었지만 최대로 낮은 형량을 받았다. 이건 최가로의 노력보다 박병배가 중상해 범죄를 저지르지 않았기에 얻을 수 있었던 것이다.

고마움을 표현하는 박병배에게 의례적으로 출소하면 찾아오라고 했었다. 정말 찾아올지는 몰랐지만 말이다. 변호사 사무실을 찾은 박병배는 뭔가 날카로워져 있었다. 교통사고를 전문적으로 조사하는 감정사가 되겠다고 도움을 요청해 사무실을 내줬다. 이 나라에서 출소자들의 자립이 어렵다는 것을 알기 때문이었다. 이왕 도와주는 김에 완전히 자립할 수 있도록 돕고 싶었다.

박병배는 교통사고 사건에서 두각을 나타냈다. 전직 물리 교사여서 그런지 교통사고의 물리공학을 잘 이해했다. 악에 분노하고, 약자 편에 섰다. 그건 최가로 자신과 같은 생각이지만, 자꾸 자신이 판관이 돼 직접 해결하려는 경향이 있어 걱정이었다. 그것도 문제지만 악을 단죄하려고 다른 악을 불러 오거나 불법을 자행한다는 게 더 큰 문제였다.

박병배가 순수하게 도로교통사고 감정사로 일하는 그날까지 돕는 것이 최가로의 사명인 것이다. 박병배의 변화는 보이고 있었다. 처음 사무실에 들어왔을 때는 날카롭고 차가운 사람이었는데 10개월이 지난 지금은 농담도 하고 잘 웃기도 했다. 아침마다 열심히 청소해서 그런지 아저씨 몸매도 호리호리해졌다.

'이런 멋있어졌잖아?'

최가로는 자신의 배를 내려 봤다. 뇌에서 경고를 보낼 수준이 된 것이다. 최가로는 문 옆에 세워둔 대걸레를 들었다.

"삼비 탐정님 회의실은 아직 청소 전이죠?"

최가로는 대걸레를 들고 회의실로 들어가 바닥을 밀었다. 안 하던 행동을 하자 박병배가 허리를 폈다.

"아니, 왜 이러세요? 제가 하면 돼요."

"저도 다이어트를 좀 하려고 하는 거라고요."

"변호사님의 뱃살은 술과 안주로 먹는 고기에서 온 거라고요."

"뭐라고욧!"

"에헷, 농담입니다. 농담."

최가로는 더욱 열심히 바닥을 밀었다. 한겨울이었지만 이마에서 땀이 솟아났다. 청소가 다이어트에 효험이 있는 것이 분명했다.

재판은 잘 흘러갔다. 최가로는 박병배가 찾아온 영상을 자동차 보험회사에 건넸다. 조건으로 조사관이 재판 증인으로 참가해 달라고 했다. 조사관은 받은 영상을 토대로 병원에 공문을 보냈다. 병원은 자신들에게 불똥이 튈까 전치 12주 진단이 6주로 낮췄고, 통원치료가 가능하다고 진단을 수정했다. 공판에 조사관이 증인으로 와서 편집된 영상을 보였다. 피해자들이 술을 마시면서 여성들을 욕보이는 부분이 재생되자 판사들의 얼굴이 찌푸려졌다. 다음 박지만이 산 트럭을 감정했다. 박지만은 1600만 원에 구입했지만, 실제 가치는 900만 원 정도였다. 엄성일, 이진우는 장애를 가진 노인에게 700만 원을 갈취한 나쁜 놈이 되었다. 그것도 허위매물로 유인한 후 거의 강매가 이루어진 것이다.

사건 검사는 허위매물에 대한 강매가 이루어진 증거는 하나도 없다고 말했지만, 앞서 술집에서 피해자의 인성을 예상할 수 있도록 행동한 부분을 보면 증거가 없어도 재판관들의 마음은 그쪽으로 움직일 것이다. 최가로가 최후 변론을 했다.

"존경하는 재판장님 영상에서 보신 것과 같이 피해자들의 피해 정도는 과장된 것이 있습니다. 중상해로 기소하기에는 문제가 있습니다. 그렇다고 자동차를 이용해 사람을 다치게 한 것을 옳다고 변명하는 것은 아닙니다. 하지만 피고인이 왜 그런 일을 저질렀는지, 저지를 수밖에 없었는지를 고려해 주시길 바랍니다.

잠시 자동차 사고를 예로 들어보겠습니다. 갑자기 끼어든 A 차량을 피하다가 B 차량이 사람을 치면 이 죄는 모두 사람을 친 B 차량에게 전가해야 할까요? 분명한 사고 원인을 제공한 A 차량에도 배상 책임을 묻는 것이 사회의 도리라고 생각합니다. 피고인이 범죄를 저지르게 된 원인 제공자들은 바로 엄성일, 이진우입니다. 이들은 사회적 약자인 박지만 씨에게 중고차 사기로 거액을 갈취했고, 거기에 자동차 할부금까지 떠안게 했습니다. 트럭을 이용하여 장사를 해야 하는데 경기마저 좋지 않아 수입이 늘지 않았고, 결국 빚을 갚지 못해 생계수단인 트럭까지 압류되게 생긴 것입니다. 그것이 원인이 돼 쥐가 구석에 몰리면 고양이를 물 듯 이러한 결과를 야기한 것입니다.

재판장님, 자동차를 이용하여 사람을 다치게 한 것은 죄가 맞습니다. 하지만 올바른 법치사회로 가려면 그 원인 또한 충분히 고려돼야 한다는 것을 본 변호인은 주장하는 바입니다."

박병배는 방청석 구석에서 재판을 관람하고 있었다. 최가로는 재판장에서 여전사가 된다. 지금의 최후변론으로 재판장과 담당 검사의 표정이 변하는 것을 보았다. 선고 기일은 한 달 뒤로 잡혔지만 분명히 최소의 판결이 내려질 것이 분명했다.

박병배는 자신의 앞에 앉아 있는 노랑머리와 역삼각형 얼굴을 바라봤다. 재판이 진행되는 종종 분노의 욕설과 한탄을 작게 내뱉고 있었다. 물론 그 분노의 대상은 최가로였다.

이들에게 반성은 없었다. 아마 법정을 나가서는 또다시 약자를 유인해 중고차를 팔며 피고름을 빨아댈 것이다. 왠지 욕하는 이들에게 위험한 느낌이 들었지만 세상에는 이런 사람이 많으니 어쩔 수 없었다. 박병배는 노랑머리와 역삼각형 얼굴을 보고 고개를 절레절레 흔들었다.

최가로는 늦은 밤 택시에서 내렸다. 오늘은 사무실 회식이 있어 늦은 시간에 택시를 탄 것이다. 적당한 알코올이 뇌를 적셔 알딸딸했다. 좋은 기분, 행복한 기분이었다. 박병배가 오기 전에는 고기만 연신 먹어대는 회식이었는데 이제는 웃음이 있고, 즐거운 대화가 있는 회식이 되었다.

박병배는 술을 좋아했지만, 술자리를 의도적으로 하지 않았다. 무슨 루틴 때문이라고 하는데 분명 다이어트를 하느라고 그러는 걸 것이다.

"내 그 뱃살을 1년 전으로 반드시 돌려놓을 테다."

박병배는 오늘 회식자리에서 술에 취해 '1인분 추가로'를 외쳐댔다. 자신이 비비비라고 놀렸던 것을 복수한다고 만든 최가로의 별명이었다.

"칫, 몸만 젊어지면 뭐해? 아저씨 개그는 그대로인데. 하긴 가로세로가 아닌 것만 해도 다행인건가?"

최가로의 얼굴에는 미소가 서려 있었다.

"히히히. 다시 비비비로 불러줄까? 삼비도 좋지만 비비비도 재밌잖아?"

최가로는 머릿속으로 박병배를 놀려줄 생각하느라 누가 뒤에서 따르는 줄 몰랐다. 아파트 안의 작은 공원을 지날 때, 뒤에서 누군가 불렀다.

"저기요."

최가로는 뒤돌아 남자를 보자마자 머리의 경고등이 켜졌다. 마스크를 써서 얼굴을 가렸지만 노랑머리를 보고 엄성일인 것을 본능적으로 알 수 있었다. 간혹 사건 변호에 불만을 품은 사람이 밖에서 위해를 가하는 경우가 있었다. 도망가야 한다는 생각을 하기도 전에 눈앞이 번쩍였다. 노랑머리의 주먹이 날아온 것이다. 눈에서 올라온 충격에 정신이 번쩍 들었다. 뒤로 밀려 비틀거렸지만 다행이 넘어지지는 않았다.

최가로는 즉시 들고 있는 가죽 가방을 휘둘렀다. 가방 모서리가 목표한 곳에 정확히 가서 박혔다. 노랑머리도 최가로의 반격은 계산에 없었는지 억 소리를 내며 고개가 돌아갔다. 최가로는 아파트 입구인 공동현관문을 향해 뛰었다. 입구가 보일 즈음 근처에 어슬렁거리는 남자가 있었다. 마찬가지로 마스크를 꼈지만 뚜렷한 역삼각형 얼굴에 곱슬머리가 보였다. 이진우였다. 이진우는 최가로를 보더니 달려왔다. 어디로 도망가지?

작은 공원 구석에 지하 주차장으로 내려가는 계단이 있다. 지하로 내려가면 늦게 퇴근하는 차량이라도 있을 것이다. 힘을 다해 뛰었다. 입구로 들어가 계단을 성큼성큼 내려갔다. 계단

참에 이르자 노랑머리와 역삼각형도 입구에 도착했다.

"씹할, 어서 잡아!"

최가로는 굽 있는 구두를 벗어 던지고 계단을 두세 칸씩 뛰어내렸다. 지하 주차장에 내려가는 속도가 너무 빨랐을까? 최가로가 지하 주차장으로 튀어 나가는 순간 끽하는 급제동 소리와 함께 몸이 날아가고 말았다.

야식을 배달하는 오토바이였다. 우당탕 소리를 오토바이가 넘어갔다. 최가로의 다리로 생전 처음 느껴지는 통증이 밀려왔다. 눈앞이 하얗게 변했지만, 출입구를 보았다. 엄성일과 이진우도 사고를 목격하고는 도망가듯 사라졌다. 그들의 손아귀에서 벗어난 것 같았다. 넘어진 오토바이 배달원이 일어서 절룩거리며 다가왔다.

"괘, 괜찮아요?"

"어서 경찰과 구급차를 불러주세요."

배달원은 서둘러 스마트폰을 열었다. 잠시 후 경찰차와 구급차가 지하 주차장에 도착했다.

최가로는 길병원에 입원했다. 엄성일의 주먹에 맞으며 안경이 휘어졌고, 그때 눈 밑의 피부가 찢겼다. 오토바이에 치여서는 왼쪽 다리가 부러졌다. 긴장된 몸이 오토바이와 충돌해서 그런지 온몸의 근육을 움직이기 힘들었다. 전치 4주 판정이 나왔다. 최가로의 진술로 엄성일과 이진우는 금방 체포됐다. 재판에 불만을 품은 행동이었다. 이들은 불구속으로 벌금형 약식 재판에 넘겨질 것이다. 그것으로 그들의 원한이 사라진다면 최가로는 그것으로 됐다고 생각했다.

최가로는 사무장에게 전화해 일주일 병가를 냈고, 박병배에게는 절대로 말하지 말라고 당부했다. 최가로는 요즘 박병배의 감정을 느끼고 있었다. 자신을 좋아하는 것 이상의 느낌이다. 그것이 사랑의 감정인지는 확신할 수 없지만 이 사실을 알면 분명히 난리를 칠 것이 분명하기 때문이다.

회식이 있던 다음 날 최가로는 출근하지 않았다. 사무장 말로는 아프다고 했다. 박병배는 걱정돼 전화를 걸어 봤지만 받지 않았다.

"도대체 얼마나 아픈 거야?"

박병배는 아침 청소를 마치고, 컴퓨터를 켜서 교통사고 카페를 살폈다. 특이한 교통사고를 찾고 있었는데 최가로 걱정에 전혀 눈에 들어오지 않았다. 만난 지 1년이 거의 다되어 가는데, 최가로는 아파도 출근을 안 하는 적이 없었다. 물론 몸이 원체 튼튼한 사람이었지만 말이다.

박병배는 혼자 점심식사로 갈냉을 시켰다. 박병배는 눈치채지 못하고 있었지만, 최가로를 점점 따라 하고 있었다. 사랑하는 사람이 먹는 것, 보는 것을 같이 하고 싶은 마음은 당연한 것이다.

"이게 뭐가 맛있다는 거야?"

박병배는 물냉면을 후루룩 먹고, 이어서 갈비탕을 떠먹었다. 도대체 입맛이 돌지 않아 숟가락을 내려놨다. 커다란 안경을 쓰고 갈비를 들고 뜯는 최가로의 모습이 생각났다. 점심은 잘 챙겨먹었는지 궁금했다. 메시지를 보내 볼까 생각했지만, 내일은 오겠지 하고 그만 두었다.

2일째, 박병배는 루틴대로 열심히 사무실 청소를 했다. 문이 열리는 소리에 고개를 번쩍 들자 사무원 미진 씨였다. 더욱 박박 바닥을 문질렀다. 마지막 회의실 청소 중에 문 열리는 소리가 났다. 박병배는 대걸레를 내팽개치고 밖으로 뛰어나갔다. 사무장이었다.

"박병배 씨 안녕? 아직 청소 중이야?"

박병배는 힘없이 인사하고 다시 회의실로 들어와 바닥에 있는 대걸레를 들었다. 천천히 바닥을 문질렀다. 마음속 잡념을 없애듯 바닥에 신경을 썼다. 천천히 하는 청소가 끝나고 출근 시간이 한참이나 지났음에도 최가로는 출근하지 않았다. 박병배는 무의미하게 마우스를 누르다가 파티션을 쳐서 만든 자신만의 공간에서 사무실로 나왔다. 창가에 빈 의자를 놓고 앉았다. 그렇게 사무장을 계속 째려봤다.

박병배의 눈길을 못 견디겠는지 사무장은 통화를 마친 전화기를 탁 하고 놓았다.

"박병배 씨, 자리로 안 갈 거야?"

"사무장님, 최가로 변호사님이 왜 나오지 않죠? 전화해도 연락해도 받지도 않고요."

"아프다니까."

"어디가 아픈데요?"

"가, 감기 몸살이야."

최가로는 감기에 걸려도 이틀 동안 안 나온 적이 없다.

"감기 몸살 정도라면 내일은 나오겠네요?"

"모, 모르지."

"사무장님은 변호사님이랑 연락되죠?"

배 나온 사무장의 이마에서 땀이 솟아났다. 거짓말을 못 하는 사람들의 특징이다.

"나, 난 몰라."

박병배는 의자에서 일어나 사무장 책상 앞으로 천천히 걸어왔다.

"거짓말! 변호사가 사무실에 안 나오는데 사무장이 모른다

고요? 그럼 그동안의 재판은 어떡할 건데요? 법원에도 모른다
고 했나요?"

사무장은 손수건을 꺼내 이마에 솟아 오른 땀을 닦아냈다.
박병배는 두 손으로 사무장의 책상을 쳤다. 박병배는 두 눈으
로 사무장을 압박했다.

"변호사님께서는 조금 아파. 그리고 최 변께서는 박병배 씨
에게는 절대로 말하지 말라고 했다고. 다 생각이 있으셔서 그
랬겠지."

자신에게는 말하지 말라. 이건 서운하거나 속상할 일이 아
니다. 가슴에서 위험을 알리는지 심장이 찌릿하고 울렸다. 박
병배에게 말하면 뭔가 문제가 될 소지가 있는 것이다. 박병배
는 조용하게 사무장에게 말했다.

"어서 모든 사실을 말하세요."

짧은 말이었지만 협박, 걱정, 분노가 모두 담겨 있었다.

"길병원에 입원해 계셔."

박병배는 즉시 사무실을 튀어나왔다. 뒤에서 사무장이 불렀
지만, 의미 없는 메아리가 돼 사라졌다. 택시를 잡아 바로 병원
으로 달려갔다. 달리는 도중 사무장과 통화로 입원한 이유를
들었다. 박병배가 노랑머리와 역삼각형에게 느꼈던 위험이 현
실화된 것이다.

"개새끼들. 감히 최가로 변호사를……. 죽여 버리겠어!"

조수석에 앉은 박병배의 분노가 얼굴에 묻어났는지 택시기사도 말없이 서둘러 운전했다. 택시에 내려 병실까지 단숨에 뛰어 들어가자 최가로는 놀란 눈으로 박병배를 보았다. 한쪽 눈에 거즈가 붙어 있어 한쪽밖에 보이지 않았지만 말이다. 다리도 다쳤는지 붕대를 감은 다리를 허공에 매달고 있었다. 심장이 분노를 폭발하는지 마구 꿈틀댔다.

박병배를 본 최가로가 허공에 대고 말했다.

"아이, 사무장님 말하지 말라니까."

박병배는 분노의 감정을 억지로 누르고 물었다.

"눈은 어떻게 된 거예요?"

"지금 삼비 탐정님은 흥분했어요. 일단 냉장고에서 음료수 하나 꺼내서 여기 가까이 와서 앉으세요."

박병배는 최가로의 말대로 냉장고에서 오렌지주스를 하나 꺼내 침상 옆 의자에 앉았다. 최가로는 자신의 눈에 붙은 거즈를 살살 떼어냈다.

"이건 큰일이 아니에요. 주먹에 맞았는데 찢겨서 꿰맨 것뿐이라고요."

안경이 부서지면서 피부가 깊이 찢어져 속으로 두 바늘, 겉으로 네 바늘을 꿰맸다. 눈 주변으로 퍼런 멍이 보였다. 멍을 본 박병배의 분노 게이지는 점차 올라갔다. 쥔 주먹에서 땀이 방울이 되어 떨어질 정도였다. 최가로는 거즈를 다시 붙이며 애써 밝은 목소리를 냈다.

"호호호 그래도 성형외과 의사가 꿰매줘서 화장하면 티 안 날 거래요."

"그놈들은 어떻게 됐어요?"

"가해자들이요?"

"그래요. 노랑머리 엄성일과 역삼각형 이진우 말이에요."

"사무장님 거기까지 말했어요? 아이참 말하지 말라니까. 경찰에 잡혔으니 벌을 받겠죠."

"알겠습니다. 몸조리 잘하세요."

박병배가 일어서자 최가로가 팔을 잡았다. 박병배의 표정이 심상치 않아 보였기 때문이었다.

"삼비 탐정님이 이럴까봐 내 사무장님께 말씀드리지 말라고 한 거라고요!"

박병배는 그들에게 화가 났지만 분노의 목소리는 최가로를 향했다.

"내가 뭐요? 가만두지 않을 겁니다! 변호사님을 이렇게 만든 놈들을 진짜로 죽여 버릴 거라고요!"

"그럼 삼비 탐정님도 그놈들과 똑같은 사람이 되는 거라고욧! 일단 진정하고 앉으세요."

"필요 없어. 내 그놈들 돌아다니지 못하도록 다리를 절단 내 버릴 거라고!"

"야! 박병배!"

최가로가 소리를 빽 하고 질렀다. 박병배의 분노가 큰 것을 알고는 더 큰 소리로 잠재울 수밖에 없었다.

"어서 앉으세요. 지금 병실을 나간다면 사무실에서 짐을 뺄 줄 알아요. 저와의 인연은 끝나는 거예요."

최가로의 강경한 태도에 박병배도 의자에 앉을 수밖에 없었다.

"저를 생각해주는 것은 고마워요. 하지만 삼비 탐정님 예전 일 잊었어요? 그렇게 복수하는 것은 의미 없는 일인 것 아시잖아요. 지금 삼비 탐정님 얼굴이 어떤 줄 아세요? 저와 처음 만났을 때, 얼굴이에요! 복수심에 가득 찼던 그 시절의 얼굴 말이에요."

박병배는 아랫입술을 깨물었다. 맞다. 분노가 뇌를 지배하던 그때 그 감정이다. 최가로 변호사는 어느새 자신에게 그만큼 소중한 사람이 된 것이다. 최가로는 침착한 말로 박병배를 설득했다.

"저는 법을 수호하는 변호사라고요. 제발 처벌은 법원에 맡기세요. 부탁이에요."

"그놈들은 어떤 벌을 받는데요?"

마음 착한 국선변호인은 미소를 지으며 고개를 가로저었다.

"그건 상관없어요. 난 이미 잊었어요."

"변호사님 바보예요? 왜 항상 천사처럼 그러는데요?"

"전 약자를 위하는 국선변호인이라고요. 제가 국선변호인으로 버틸 수 있는 것은 항상 그들의 입장에 서서 이해하려 하기 때문이에요. 엄성일과 이진우의 입장에서 보면 이상한 변호사 때문에 보험금도 많이 못 타서 화가 난 거라고요. 전 그들이 온다면 합의서도 써 줄 거예요."

아마 큰 벌은 받지 않을 것이다. 노랑머리는 주먹으로 한 대 때렸을 뿐이다. 거기다가 피해자인 최가로가 합의까지 해준다면 단순폭행으로 기껏해야 벌금을 받을 것이다. 이런 최가로의 마음을 알 턱도 없는 그놈들에게 더욱 분노가 치솟았다. 최가로의 바람과는 다르게 자신이라도 그들을 단죄해야 한다는 마음이 더욱 솟아 올라왔다.

"삼비 탐정님! 약속해줘요. 절대로 그를 찾아가지 말아주세요."

"그라니요? 노랑머리요?"

"아니, 삼비 탐정님이 불법으로 전화번호 찾는 거 도와주는 그런 사람 있잖아요."

최가로는 사이클 해결사를 말하는 것이다. 최가로는 이미 박병배의 머릿속에 들어와 있었다. 박병배는 돈이 얼마나 들든 노랑머리와 역삼각형을 파멸로 이끌어 달라고 의뢰할 참이었다. 박병배가 머뭇거리자 최가로는 새끼손가락을 내밀었다.

"절대로 만나면 안 돼요. 박병배 씨가 위법을 저지른다면 이제 우리의 관계는 끝이에요."

박병배는 고민이 됐다. 앞으로 최가로를 못 만나게 된다 해도 자신의 삶을 다시 찾아준 착한 변호사를 위해 그쯤은 할 수도 있을 것 같았다.

"왜 약속을 안 해요? 삼비 탐정님 저 좋아하는 것 아니었어요? 저랑 인연을 끊고 살 수 있냐고요."

갑자기 정신이 번쩍 들었다. 좋아한다? 물론 최가로를 좋아한다. 박병배는 감히 최가로를 사랑한다고 생각해보지 않았다. 저 높은 뜻을 가지고 있는 최가로를 그저 마음속 깊이 존경할 뿐이었다.

"저도 삼비 탐정님이 좋아요. 계속 사무실에서 일했으면 좋겠어요."

박병배도 원하는 바다. 최가로를 옆에서 지켜주고 싶었다. 하지만 존경하는 최가로 변호사를 이렇게 만든 노랑머리와 역삼각형을 용서할 수 없다. 일단 박병배는 새끼손가락을 내밀어 걸었다. 최가로를 실망시킬 수는 없는 일이니 말이다. 최가로는 안심이 되는 듯 낮게 속삭였다.

"좋아요. 절대 그 해결사를 만나도 안되고, 위법을 저질러도 안 돼요. 약속하나요?"

박병배는 고개를 끄덕였다.

"존경하는 최가로 변호사님께 약속합니다."

"장난하지 말고요. 도장, 복사. 정말 약속한 거예요?"

최가로의 마음은 충분히 알고 있다. 최가로는 약자를 위하는 국선 변호인이다. 자신을 대할 때도 그랬고, 다문화가정의 아이 이소망에게도, 지체 장애를 가진 박지만에게도 그랬다. 법을 어기지 말고 살도록 교도소에서 출소한 자신에게도 사무실도 내줬다. 여기 커다란 안경을 쓴 국선 변호인에게는 목숨을 내주어도 부족하다.

좋아, 그쯤은 들어주지. 하지만 복수를 포기한다는 것은 아니다. 오늘밤 악마를 끄집어내 어떻게 짓밟을지 계획해야겠다.

예상했던 대로 노랑머리는 큰 처벌을 받지 않을 것 같았다. 정식 재판도 아닌 약식으로 벌금형을 받을 것이 확실했다. 박병배는 먼저 이들이 자신의 얼굴을 모르는 것을 이용하기로 했다.

"먼저 밥줄을 끊어주겠어!"

박병배는 최가로와 약속하고 돌아온 밤에 술을 마셨다. 그들에게 복수를 하기 위해 악마를 끄집어내기로 했다. 그렇다고 최가로와의 약속을 어기는 것도 아니다. 약속은 해결사를 만나지 말 것, 위법을 저지르지 말라는 것이다. 즉, 합법적으로 그들을 파멸로 이끌면 된다. 술을 마시니 머릿속에 그들을 파멸로 이끌 방법이 자동화돼 떠올랐다.

'흐흐흐 그렇게 해도 약속은 지켜지는 것이다.'

그들의 생업인 중고차 사기를 먼저 공략하기로 했다. 유튜브를 검색해 보니 중고차 사기를 안 당하는 법, 딜러들의 수법 등이 다양하게 나왔다. 사기 치는 놈들이니 그 사기를 역이용하면 된다.

증거를 만드는 데 필요한 녹화 용품을 찾았다. 몰래카메라를 검색하니 많은 제품이 나왔다. 안경, 볼펜, 단추, 차키 등 다양한 모양의 초소형 카메라가 많았다. 어수룩한 사람을 표현하기에는 검정색 뿔테 안경이 어울릴 것 같았다. 처절한 복수는 과도한 준비가 필요한 한 것, 박병배는 안경형과 단추형 몰래카메라 두 개를 구입했다.

드디어 작전 실행이다. 이름하여 '추가로 프로젝트!'다. 먼저 박지만 씨가 당한대로 그들이 미끼상품을 올린 사이트에서 적당한 승용차를 보고 전화했다. 역삼각형 이진우였다. 핸드폰 녹음 버튼을 누르고, 통화를 시작했다.

"중고차 사이트에 올라온 매물을 보고 전화드렸습니다."

- 아, 어떤 물건이요?

차량 가격보다 과도하게 싼 물건이 허위매물이다.

"검정색 그랜저 승용차 2017년 식이요. 900만 원짜리요."

- 그랜저? 있습니다. 오시면 돼요.

"그런데 900만 원 맞습니까? 연식에 비해 정말 싼 것 같은데."

- 하하 맞아요. 경매차라 그렇습니다. 유찰이 몇 번 됐거든요. 그래서 싼 거예요.

"정말 자동차 값은 900만 원만 있으면 되는 거죠?"

- 그렇다니까요. 오셔서 물건부터 보시고 말씀하세요. 절대 거짓말하지 않습니다. 900만 원만 내시면 바로 몰고 나가실 수 있다니까요.

저들의 수법을 알고 있으니 빤히 보였다. 분명히 자동차 값은 900만 원이 맞다. 하지만 계약서를 쓰고 나면 배보다 배꼽이 더 큰 보험료가 붙을 것이다. 박병배는 그렇게 오후에 만나기로 약속하고는 주안동에 위치한 중고차 매매 단지로 갔다. 단지 앞에 가서 전화하니 저 멀리 정장을 깔끔하게 차려입은 역삼각형이 나왔다. 박병배는 안경의 녹화버튼을 누르고 다가갔다.

"박병배 씨? 그랜저 보러 오신 분?"

박병배는 어수룩하게 보이기 위해 어깨를 움츠리고 다가

갔다.

"아, 네네. 제가 박병배입니다."

"그렇군요. 박병배 씨, 잘 오셨어요. 저녁에 한 분이 더 오기로 약속했는데 박병배 씨에게 우선권이 있어요. 먼저 결정하면 그분은 나가리 되는 겁니다."

많은 사람이 해당 물건을 노리고 있다는 말이다. 물론 저들의 작전이다. 역삼각형의 안내로 중고차를 보러 갔다. 이상하게도 차는 매매 단지에 있지 않고, 옆 건물의 지하 주차장에 있었다. 허위매물의 전형적인 방법임을 이미 공부해서 알고 있었다. 박병배는 자동차를 열심히 살피는 척했다. 시동도 걸어보고, 보닛도 열어 확인했다. 역삼각형도 보닛 보는 법과 옵션을 열심히 설명했다.

"이 좋은 차가 900만 원이라는 것이죠?"

"맞아요. 법인명의 차량이었는데 회사가 부도나서 경매로 나온 거예요. 자동차 값은 900만 원이 맞습니다. 오늘 900만 원 이체하시면 한동안 돈 들 일은 없을 거예요."

한동안 돈 들일이 없다니. 에둘러 말했지만 큰 보험료를 말하는 것이다.

"어떠세요. 마음에 드시면 올라가서 계약서 쓰실까요?"

"차가 새것이고 좋네요. 좋습니다."

사무실에 올라오자 커피와 함께 계약서를 가지고 왔다. 역삼각형은 사원증을 가지고 있었다. 이 매매 단지의 정식 딜러는 맞는 것 같은데, 이익이 큰 허위매물도 하는 것 같았다. 인터넷에서는 사원증도 없는 사람들이 처음부터 끝까지 완전 사기를 치지만 이들은 정식 사원이다. 하지만 정식 사원이 그것을 잃었을 때, 충격이 더 큰 법이다.

이번에는 허위매물이니 계약서에 사무실 명판과 직인도 찍혀 있지 않았다. 사기를 치는 거니까 당연하다.

"주의 사항 말씀드릴게요. 이 차의 양도권이 모두 넘어갔을 때, 마음이 바뀌어 취소하겠다. 이러시면 안 됩니다. 이건 경매 차량이라 그러시면 엄청 손해를 보셔야 해요. 이해하셨죠?"

"차가 좋으니 이대로 좋습니다. 절대로 그럴 리 없습니다. 근데 900만 원 맞지요?"

"맞아요. 경매 인수비와 보험료가 들지만요."

"그건 얼마인데요?"

"인수비는 80만 원이고, 보험은 견적을 받아야 해요."

당연히 일반 자동차보험이 아니겠지. 하지만 사기당하는 사람이 특수 보험을 어떻게 아나?

"뭐, 자동차보험은 당연히 들어야 하고, 인수비는 어쩔 수 없죠."

"좋아요. 여기에 성함, 주소, 주민번호 적으시고요."

박병배는 역삼각형이 시키는 대로 잘 적었다.

"그리고 여기 기타 사항에 '특약 사항 잘 고지받았음'이라고 적고 사인해 주세요."

박병배가 그대로 적자 역삼각형은 계약서를 모았다.

"자, 이제 돈만 이체한다면 이 서류에 의해 이제 이 차량은 사장님께 양도권이 넘어갑니다."

박병배는 스마트폰을 꺼내 900만 원을 불러주는 계좌로 이체했다. 역삼각형은 웃으며 말했다.

"이제 사장님은 저 차를 타고 가셔도 됩니다. 양도권이 넘어갔습니다. 마지막 서류 처리를 하고 보험료 산정 신청하고 올게요. 잠시 기다리세요."

이제 차량에 저당이 있다. 결함이 있다. 아니면 보험료가 크다 하면서 다른 차량을 보라고 할 것이다. 아니나 다를까? 역삼각형은 노랑머리와 같이 나타났다. 최가로에게 직접 폭력을 행사한 놈이다. 넌 더욱 깊은 파멸로 가야 한다.

"사장님. 양도권은 넘어갔어요. 이제 경매 인수비 80만 원을 내시고 가져가시고, 보험표도 왔어요. 3년간 보험료를 내시면 됩니다. 6개월마다 분납하시면 돼요."

"네? 보험표요? 분납?"

"자동차 보험료를 당연히 내셔야죠. 이 차는 법인 경매 차라서 특수 보험료를 내야 해요."

"그게 얼만데요?"

"6개월에 400만 원입니다. 3년을 반드시 유지해야 해요."

박병배는 속으로 기가 찼다. 그럼 보험료는 2400만 원이 된다. 차를 900만 원에 인수할 수 있다고 해놓고, 보험료를 2400만 원이나 내라니 그러면 차량 가격은 총 3180만 원이 되는 것이다. 새 차를 사도 될 정도다. 박병배의 연기가 들어가야 할 타이밍이다.

"말도 안 됩니다. 아까 900만 원만 있으면 차량을 가져간다고 했잖아요."

역삼각형이 얼굴 색 하나 바뀌지 않고 말했다.

"맞아요. 차를 가져가세요. 이 차량은 법인차량이라서 보험료가 그렇게 산정됩니다. 이 차량을 양도받을 당시 모든 것이 사장님 책임이 되는 거예요. 이제 경매팀에서 사장님께 보험료를 받으러 갈 겁니다."

이때는 우는 연기를 하는 게 맞겠지?

"안 돼요. 전 돈이 없어요. 취소해 주세요. 말도 안 돼요."

"취소는 안 돼요. 여기 특약 사항 모두 들었다고 했고, 사인을 하셨잖아요."

"아니요. 못 들었어요. 무조건 취소해 주세요."

그때 구원자처럼 노랑머리가 나섰다.

"어이 이 대리. 너무 야박하게 그러지 말아. 다른 방법이 있을 것 아니야."

"하지만 엄 과장님, 그러면 우리의 손해가 커지잖아요."

"할 수 없지. 설명이 충분하지 못했으니까."

전형적인 작전이다. 노랑머리 엄성일이 구원자처럼 나타나는 것이다.

"사장님. 제가 이러면 안 되는데, 그 물건은 다른 사람에게 돌리겠습니다. 그 대신에 사장님은 다른 차를 받으셔야 해요."

희망을 주고는 똥차를 넘길 것이다.

"뭔데요? 취소해 주세요. 그렇게 할게요. 다른 차를 주세요."

"그랜저인데 2011년 식이에요. 13만 킬로미터 탔는데 이건 1400만 원이에요. 지금 900만 원 내셨으니 500만 더 내시면 해결이 될 것 같습니다."

눈감고 코 베이는 격이다. 오래된 차에 킬로수도 된다. 아마 자동차 수리 내역을 살펴보면 전파된 차량이나 마찬가지일 것이다.

"죄송하지만, 전 돈이 없어요."

"걱정하지 마세요. 도움을 드릴게요. 제가 보증하면 캐피탈을 받으실 수 있어요. 500만 원 캐피탈 진행해 드릴까요?"

캐피탈에 뭘 보증이 필요한가? 지금 사는 똥차가 담보 보증이지. 정말 악독한 놈들이다. 최가로 변호사를 폭행한 것이 가장 큰 죄가 되겠지만, 이들을 그냥 두면 또 다른 피해자를 양산한 뿐이다. 철저히 무너뜨려야 한다. 박병배는 모든 걸 자포자기하는 심정으로 몸을 축 늘어뜨렸다.

"할 수 없죠."

"캐피탈 진행하려면 사장님 핸드폰이 필요하거든요? 잠시 주세요."

그렇게 스마트폰을 넘기면 증거 자료가 될 만한 것을 모두 삭제할 것이다. 이 안경에 모두 녹화되고 있으니 너희들도 곧 끝일 테지만 말이다. 지금까지 불법은 없으니 최가로와의 약속도 유효한 것이다.

*

다음날 박병배는 노랑머리와 역삼각형이 사기 치는 증거 영상과 녹음 파일을 잘 정리하여 경찰서를 찾았다. 사기로 민원 접수를 하고 경찰관을 대동해 해당 매매 단지를 찾았다. 먼저 역삼각형과 노랑머리를 찾아가도 되지만 정식 사원인 이들에게 더 큰 선물을 줘야 했다. 매매 단지 중앙 운영 위원회 사무실로 갔다.

경찰관과 함께 사무실로 들어갔다. 이런 일이 많았는지 직원들도 놀라지 않고, 인상을 찌푸릴 뿐이었다. 대표자인 것 같은 사람이 다가 왔다.

"누구예요? 또 어떤 놈이 물을 흐렸습니까?"

경찰관도 이 매매 단지로 많이 출동해봤는지 어깨를 으쓱했다.

278

"이번에는 증거가 확실해요. 또와자동차 엄성일, 이진우 사원도 불러주세요."

"아이 새끼들……. 야, 전화해서 걔네들 좀 불러라."

한쪽에 마련된 상담실에 앉아 있자 역삼각형과 노랑머리가 들어왔다. 노랑머리 엄성일이 박병배를 발견하고 안타깝게 말했다.

"아니 아저씨, 제가 어제 도움을 줬는데 이러시면 어떡해요? 제가 보험금 뒤집어쓰려는 것을 살려줬잖아요. 은혜를 원수로 갚는 겁니까?"

경찰관이 나서려는 것을 박병배는 손으로 막았다. 이제 편안하게 저놈들을 약 올리면서 증거를 하나씩 하나씩 꺼내면 된다.

"그건 당신들이 판 함정이잖아. 분명 사이트에는 900만 원이라고 쓰여 있었어. 당신들이 경매차라고 하고 사기를 친 거잖아!"

엄성일은 옆자리의 이진우를 보며 말했다.

"이 대리, 무슨 소리예요?"

이진우가 의자에 기댔던 몸을 앞으로 내밀었다.

"아니 왜 그러세요? 저희가 언제 허위 매물을 했다고 그러세요? 증거도 없이 그렇게 모함하시는 것도 범죄예요. 범죄."

"증거가 왜 없어?"

박병배는 스마트폰을 조작해 처음 만날 당시 통화 내역과 안경으로 녹화한 허위 매물을 보는 것부터 이상한 계약까지 영상을 보였다.

뒤에서 지켜보던 운영위원회 대표가 혀를 찼다.

"아이고야. 사기를 쳐도 이런 고전 방법으로 치냐?"

대표는 두 놈의 어깨를 지그시 누르며 말했다.

"매매 단지 욕 먹이지 말고, 두 분은 잘 해결하고 나오세요? 알았지요?"

대표의 협박과 같은 말이다. 대표가 나가자 엄성일과 이진우의 입모양이 '씹할'이라고 말했다. 박병배는 어제 산 똥차의 매매 계약서를 꺼냈다.

"이 계약서에는 명판도 없고, 직인도 없습니다. 그러니 계약도 무효죠. 아니, 애초에 사기에 걸렸으니 당연히 무효가 되겠지만요."

엄성일이 애써 미소를 지었지만 시뻘겋게 달아오른 눈동자의 분노는 가려지지 않았다.

"그래서, 사장님 어떻게 해드리면 되죠?"

"당연이 모든 걸 환불해 줘야 합니다. 캐피탈도 취소하고, 취소하는 이자도 당신들이 다 물어줘야 합니다."

자동차를 이미 이전했기 때문에 이전에 필요한 기타 금액과 캐피탈 취소 수수료 등 손실이 발생한다. 엄성일이 분노를 식히는지 심호흡했다.

"사장님, 이미 이전을 했기 때문에 다시 이전해 오려면 손실이 발생합니다. 우리가 그것까지 해결해 줄 수 없어요!"

"왜 없어? 너희들이 먼저 사기를 쳤으니 당연히 해결해 줘야지. 난 이번 사건으로 정신적 피해도 봤으니 위로금 100만 원 추가해서 어서 1000만 원 입금해!"

옆에서 역삼각형이 화나는지 주먹으로 책상을 내리쳤다.

"아 씹할, 듣고 있을 수 없네. 위로금? 장난하냐? 형, 그냥 사기로 들어가자. 뭐 벌금형밖에 더 받겠어?"

그래, 이렇게 나와야 위험한 놈이지. 뭐든지 잃을 준비가 된 사람 말이야. 하지만 박병배야 말로 잃을 게 없는 사람이다.

"경찰관님 지금 들으셨죠? 이것도 협박이 되는 거죠? 책상 때리고 강압에 의해 합의 보려고 하는 거잖아요."

경찰관은 귀찮다는 듯 노랑머리와 박병배를 돌아보며 말했다.

"아니, 이 사람들아 원만하게 합의 보러 왔는데 그렇게 나오면 어떻게 해? 아저씨도 위로금은 여기서 합의 사항이 아니에요. 정 억울하면 그건 민사를 거세요."

그래도 노랑머리가 형이라고 생각이 조금은 있는 것 같았다. 엄성일은 이진우를 의자에 끌어 앉히고는 말했다.

"알겠습니다. 일단 우리가 손해를 감수할게요. 캐피탈 취소

하고, 원금 그대로 900만 원 지금 이체하겠습니다."

박병배도 못 이기는 척 응했다.

"알겠습니다. 정신적 충격은 크지만, 경찰관님도 그렇게 말씀하시니……."

노랑머리는 이를 악무는지 턱 근육이 씰룩씰룩 움직였다. 날카로운 눈빛이 박병배를 죽을 듯 쳐다보았다. 엄성일이 스마트폰을 조작하고는 이체를 마무리했는지 말했다.

"자, 모든 게 끝났습니다. 고소 취하해 주시는 거죠?"

박병배는 고개를 끄덕이고는 약 올리는 듯 말했다.

"알겠소."

박병배는 약속대로 고소를 취하했다. 박병배는 그날부터 자신의 차로 노랑머리 엄성일을 미행했다. 인스타그램에서 본 엄성일의 외제차 근처에 숨어 있다가 따랐다.

"이대로 끝낼 생각 하지 않았겠지? 이제 시작이라고. 엄성일, 너는 최가로 변호사의 귀여운 눈을 망가뜨렸으니 죄가 더 크다고."

이튿날 저녁 6시가 지나자 노랑머리와 역삼각형이 같이 나왔다. 엄성일의 외제차를 같이 타고 출발했다. 엄성일의 외제차는 비싼 편은 아니지만 저 나이에 살 수는 없는 가격이다. 분명히 서민들의 고혈을 빨아서 샀을 것이다. 박병배는 그들의 뒤를 놓치지 않게 미행했다. 오늘 둘은 술이라도 마시려는지 먹자골목의 공용주차장에 주차하고는 술집으로 들어갔다.

"술을 마신다. 좋지. 술 마시면 약점이 들어나게 돼 있다고."

박병배도 그들이 들어간 술집을 확인하고, 맞은편 카페에서 기다렸다. 이들의 술자리는 오래갔다. 6시부터 시작한 술자리는 삼겹살집, 맥줏집, 바(Bar)까지 3차로 이어졌다. 박병배는 기다릴 줄 아는 사람이다. 12시에 나온 이들은 이제야 술자리를 끝낼 것인지 비틀거리며 공영주차장의 외제차로 갔다. 담배를 피우기에 대리운전을 기다리는 줄 알았는데 꽁초를 던진 노랑머리는 운전석으로, 역삼각형은 조수석으로 들어갔다.

"음주운전? 겨우 이틀째인데 대박이다."

엄성일이 운전하는 차량은 깜박이도 없이 도로를 왔다 갔다 했다. 박병배는 휘파람으로 제목을 알 수 없는 클래식을 부르며 따라갔다.

"음주운전 처벌이 어떻게 되지? 좋아, 일단 음주운전이다. 저들을 도망가게 하면 안 되겠지?"

박병배는 운전하면서 스마트폰을 꺼내 112를 눌렀다.

"저, 음주운전을 신고하려고 합니다. 지금 운전하다가 자동차 사고가 났는데요. 상대방들 입에서 술 냄새가 나요. 네, 작은 구월 사거리에서 만수동 쪽으로 조금 가면 됩니다. 곧 출동한다고요? 알겠습니다. 서둘러 주세요."

박병배는 웃으며 엑셀을 밟았다. 벌써 이렇게 좋은 기회가

왔지 않는가? 박병배는 외제차 앞으로 들어오면서 급브레이크를 밟았다. 뒤에서도 급브레이크를 밟았지만, 쿵 소리와 함께 두 차량이 부딪쳤다.

차에서 내린 노랑머리와 역삼각형이 박병배의 자동차를 주먹으로 치면서 다가왔다.

"아 씹할, 똥차 끌고 다니면서 급브레이크를 밟고 지랄이야!"

"야, 빨리 나와!"

맞은편 차선 저 멀리 경찰차가 오는 것이 보인다. 박병배는 문을 열고 밖으로 나갔다.

"아이고 죄송합니다."

역삼각형과 노랑머리는 박병배의 얼굴을 보고 반응을 멈췄다. 어제의 원흉이 왜 앞차에 타고 있었는지 생각하는 것이다.

"다, 당신은 어제의 박병배?"

"아이고, 이런 우연이 있나. 이렇게 또 만나네요."

그때 경찰차가 유턴하더니 사고 난 차량들 뒤에 멈췄다. 엄성일이 내리는 경찰들을 보고 난감한 표정을 지었지만 이미 때는 늦었다.

엄성일의 혈중 알코올 농도는 면허 취소 수치인 0.08이 훌쩍 넘어서 0.13이 나왔다. 사람들은 음주운전 시 면허만 취소되는 줄 아는데 그렇지 않다. 벌금이 또 나온다. 취소 수준이라면 500만 원 이상 2000만 원 이하의 벌금이 나올 것이다. 최소가 500만 원의 거금인 것이다. 엄성일은 멍한 표정으로 박병배의 얼굴을 보기만 했다. '왜 자꾸 어리숙한 아저씨와 엮이지'라고 생각하는 듯한 멍한 표정이었다. 박병배는 사악한 미소를 지어주었다. 그렇게 그들은 현행범으로 경찰차를 타고 이동했다.

오전에 사고 처리를 하러 남동경찰서 교통조사계로 나오라는 연락을 받았다. 교통사고 처리를 위한 거였다. 박병배는 엄성일을 실컷 놀려주자는 기쁜 마음에 경찰서로 향했다. 사무실에서 기다리고 있자 한 경찰관과 엄성일과 같이 들어왔다. 들어온 교통조사계 경찰은 박병배의 얼굴을 보고 놀라서 들고 있던 서류를 바닥에 놓치고 말았다.

담당자는 추원석이었다. 박병배의 지난 교통사고 담당자였다. 추원석에게 박병배란 인간은 철저하게 복수하는 괴물이었다. 이미 끝난 일이고 사과도 했지만 추원석은 호랑이 앞에 선 하룻강아지처럼 어깨가 움츠러들었다. 추원석의 계급은 경사였다.

"아이고, 추원석 경사님, 아직도 경찰로 계셨네요? 그때는 경위였는데 그 사건으로 강등됐나요?"

추원석은 소름이 돋는지 몸을 부르르 떨었다.

"마, 맞습니다. 우리 사이 일은 끝난 것으로 알고 있는데요."

"끝났죠. 전 감사하고 있어요. 덕분에 변호사 사무실에 들어가 교통사고 조사관으로 일하고 있거든요."

"네, 그 소식은 들었습니다."

추원석은 떨어진 서류를 모아 올리고는 자리에 앉았다. 엄성일도 둘 사이 분위기가 이상함을 감지했는지 자리에 앉았다.

"박병배 씨, 이 사람 그러니까 엄성일 씨의 말에 의하면 박병배 씨가 갑자기 들어와서 급브레이크를 잡았다고 하던데요."

박병배는 엄설일의 눈을 바라보며 대답했다.

"교통사고 조사계에 있으시니 추원석 경사님도 잘 알고 계시겠죠? 공주거리라고 있어요. 위험을 인지하고 브레이크를 밟는 데까지 걸리는 시간을 말하죠. 한데 술에 취하면 대뇌의 반응 속도가 느려져요. 브레이크를 밟는 시간이 느려진다는 뜻이죠. 시속 60킬로미터로 달리는 자동차는 0.2초 늦는 것만으로 무려 4미터를 이동한다고요."

"그, 그렇죠. 엄성일 씨가 취소 정도의 음주 상태였으니 반응이 그만큼 느려졌겠죠."

"맞아요. 저의 주장은 엄성일 씨가 음주만 안 했어도 충분히 멈출 수 있었다고 말하는 겁니다."

엄성일이 더는 안 되겠는지 입을 열었다.

"경찰관님. 저 사람이랑 아는 사람이었어요? 저 사람은 일부러 사고를 낸 거라고요. 지금 저 사람 편을 드는 것은 아니죠?"

추원석이 박병배의 눈치를 보며 재빨리 말했다.

"곧 담당자를 바꿀 테니 걱정 마십시오. 전 이 사건에서 빠지겠습니다."

박병배는 고개를 끄덕였다.

"추원석 경사님 바꿀 땐 바꾸더라도 이 사람의 혈중 알코올 농도가 얼마나 나왔죠?"

"경찰서로 와서 혈액을 채취해서 정밀 검사한 결과 0.122가 나왔습니다."

박병배는 밤에 도로교통법을 찾아봤다. 엄성일을 약 올릴 심산으로 낮은 웃음을 내며 말했다.

"음, 그렇다면 도로교통법에 의해 징역 1년 이상 2년 이하 또는 500만 원 이상 2000만 원 이하의 벌금형이겠네요. 후후후, 단순 비례식으로 계산하면 벌금이 900만 원 정도 나오려나요? 어휴 그때 그 그랜저 값이네요."

엄성일의 분노가 터졌는지 의자를 박차고 자리에서 일어섰다.

"씹할 놈아, 그래서 일부러 사고를 냈지!"

"후후후, 뭔 소리예요? 그럴 리가 있겠습니까?"

"개새끼야! 사기당한 것이 그렇게 억울했나!"

추원석 경사가 엄성일을 붙잡았지만, 박병배는 아기처럼 박수를 쳤다.

"오! 그것이 사기인 것을 인정하는군요."

엄성일은 악다구니를 썼다.

"야이 멍청한 놈아. 네 아이큐를 탓해야지. 지가 멍청해서 당해놓고 어디서 해코지야!"

박병배는 미소를 잃지 않고 두 손바닥을 엄성일에게 보였다.

"내가 아는 변호사는 이렇게 말할 것이네. '반사!'"

엄성일은 추원석을 뿌리치고는 달려와 박병배의 멱살을 잡았다.

"그렇지! 그렇게 더 분노하라고. 어서 때려 봐."

추원석이 얼른 달려와서 둘 사이에 껴들어 말렸다.

"아니, 경찰서에서 왜들 그러세요. 박병배 씨는 이제 돌아가세요. 담당자가 바뀌면 다시 연락드리겠습니다."

박병배가 옷매무새를 바로하고 말했다.

"뭐, 블랙박스 증거영상이 있으니 사고는 공정하게 처리되겠죠. 그리고 동승자 역삼각형도 음주운전 방조죄로 잘 처리해 주십시오. 단순 방조도 징역 1년 6개월 이하 또는 500만 원 이하 벌금이니까요. 그럼 믿고 돌아갑니다."

돌아서 나가는 박병배의 뒤통수에 엄성일이 일갈했다.

"개새끼야, 앞으로 길거리에서 조심히 다녀! 내 눈에 띄면 죽여 버릴 거야."

박병배는 엄성일을 돌아봤다.

"후후, 기대하겠습니다."

문을 열고 나가려던 박병배는 분노에 찬 엄성일을 보고 입 모양으로만 말했다.

'아직 끝이 아니야.'

엄성일은 음주운전 교통사고로 경찰서에 있었다. 잘나가는 인생이 어디서부터 꼬였는지 모르겠다. 자동차 딜러로서 열심히 일했다. 중고차를 한 대 팔면 100만~200만 원 정도 수익을 볼 수 있었다. 자신에게 50만 원 이상은 떨어졌다.

그렇게 열심히 자동차를 팔던 어느 날 옆의 딜러가 허위매물을 하는 것을 보았다. 사이트에 그럴싸한 자동차를 올려놓고 고객이 일단 오면 어르고 달래고 해서 차를 팔 수 있었다. 사기 방법도 배웠다. 법을 모르는 노인이나 아저씨에게는 경매나 공매를 빌미로 더 큰 문제가 발생했다고 말하고는 그것을 해결해 주는 척 다른 차를 팔았다. 이 사기로는 한 번에 500만 원도 벌수 있었다.

자신과 나이도 비슷하고 성향이 잘 맞는 이진우와는 쿵짝이 잘 맞았다. 저렴하게 차를 광고하고 사람이 오면 경매차와 공매로 나온 차라고 속이고 보험료나 저당을 갚아야 한다고 겁을 준다. 그러면 큰돈을 갚아야 하는 멍청한 놈들은 똥차라도 값이 싼 차를 사게 돼 있다.

그렇게 돈을 번 엄성일은 중고지만 외제차도 살 수 있었다. 노인과 장애인을 가리지 않았다. 그들이 더욱 잘 속았다. 잃을 것이 많은 그들은 피해를 줄이고자 울며 겨자 먹기로 똥차를 가져갔다. 그렇게 번 돈으로 마음껏 허세를 부리며 살았다.

하루는 검정색 뿔테 안경을 쓴 어수룩한 아저씨가 왔다. 이진우와 작전대로 움직였고, 마지막 캐피탈을 받으면서 핸드폰을 받아 녹취된 음성과 사진 등을 모두 삭제해 사기 증거를 소멸했다. 또, 한 건 올려 600만 원의 이익을 올렸다.

하지만 이게 웬일? 다음날 박병배라는 그 남자는 사기의 모든 것을 담은 영상을 가지고 매매 단지에 나타났다. 증거가 확실했다. 몰래카메라를 숨기고 있었던 것이다. 할 수 없이 이전 비 200만 원가량을 손해 보며 모두 환불해 주었다. 기분도 꿀꿀해 다음날 이진우와 술을 마셨다. 평소에 술을 마시면 대리운전을 했지만, 그럴 때마다 음주운전을 단속한 적이 한 번도 없었다. 전날 사기로 손해 본 돈 때문에 대리비가 아까웠다.

"대리운전 하면서 단속 당한 적 한 번도 없어. 그냥 가자."

"맞아. 형."

음주운전으로 집으로 향하던 중 앞쪽으로 갑자기 차가 들어와 급정거했다. 엄성일도 급히 브레이크를 밟았지만 앞차를 추돌하고 말았다. 이게 무슨 일인지 앞차에서는 중고차 사기를 치려던 박병배가 내렸다. 경찰차가 오고 음주운전 현행범으로 걸리게 됐다.

밤샘 조사로 피곤함이 극에 달했을 때, 박병배가 왔다. 담당 경찰인 추원석 경사는 박병배를 보자마자 호랑이 앞의 하룻강아지처럼 움츠려 들었다. 박병배는 의도를 가지고 있었다. 중고차 사기에 대해 앙심을 품고 일부러 사고를 낸 것이다. 나가면 그 여자 변호사에게 한 것처럼 혼내 주리라 다짐했다.

박병배가 돌아가자 추원석이 물었다.

"엄성일 씨. 저 사람에게 무슨 나쁜 짓을 저질렀나?"

"중고차 사기를 쳤어요. 그거에 앙심을 품고 일부러 사고를 낸 거라고요."

"음……. 저 사람은 분명히 갚아주는 사람이긴 하지."

"뭔 소리예요?"

추원석 경사는 자신이 박병배에게 당한 지난 이야기를 들려주었다. 박병배는 교통사고로 가정이 파탄 났다. 당시 가해자는 검사였는데, 추원석은 검사의 편의를 봐주어 사고를 처리했 단다. 억울한 교통사고로 가정을 잃은 박병배는 엽기적인 복수 방법을 가지고 왔다.

교통사고 가해자인 검사와 사고조사 경찰인 자신을 서서히 죽이려고 에이즈 환자의 혈액을 주입했다고 한다. 추원석은 그 날을 기억하는지 몸을 부르르 떨며 말했다.

"박병배의 부인은 하반신 마비를 비관하다가 자살하고, 아들은 장애를 가지게 됐어. 가해자면 모를까 교통사고 조사 를 한 나까지 그런 참혹한 복수를 당해야 하는 것은 아니지 않나?"

"경사님의 교통사고 조사 때, 뭔가 불법이 있었나요?"

"뭐, 검사에게 돈을 받긴 했지만, 교통사고는 정당한 조사였 다고."

돈을 받았는데 정당한 조사라고? 엄성일은 그건 아닐 것이 라고 생각했다. 그나저나 에이즈 혈액을 주입해서 복수한다고 생각하니 등줄기가 서늘해졌다. 중고차 사기에 앙심을 품고, 사고를 일으키다니⋯⋯.

아니야! 냉정하게 생각해보자. 술이 깨자 냉정이 찾아왔다.

박병배는 중고차 사기를 당하지 않았다. 그자가 가져온 영 상에 의해 사기는 걸렸다. 박병배가 가지고 온 증거 영상은 어 디서 나왔을까? 증거 영상을 머릿속으로 상상하여 돌려봤다.

영상은 박병배의 시선에 따라 옮겨 다녔다. 바로 안경이다. 그 아저씨처럼 보이게 만든 안경이 몰래카메라였던 것이다. 박병배는 안경 몰래카메라를 끼고 온 것이다. 아마 사기를 밝히려고 작정한 사람 같았다.

그리고 또 오늘 사고도 이상하다. 교통사고가 나자마자 경찰은 바로 왔다. 마침 사고 현장을 지나가던 경찰차인줄 알았는데 혹시…….

"경사님. 이번 사고 있잖아요. 자동차 사고 신고가 있었나요?"

"있었지. 박병배 씨, 본인이 신고했어. 자동차 사고가 났는데 상대방에게서 술 냄새가 난다고 신고했다고."

당했다. 박병배가 신고한 것을 본 적이 없다. 경찰차가 빨리 도착한 것으로 보아 미리 신고하고 사고를 낸 것이다. 그렇다는 것은 박병배는 자신을 미행한 것이다. 술 마시는 것을 본 것이고, 음주운전을 하자 사고를 낸 것이다. 다시 한번 등줄기에 찌릿한 전기가 흘렀다.

"당했어요. 중고차 사기도, 오늘의 자동차 사기도 모두 박병배의 의도대로 일어난 것입니다."

"박병배 씨가 의도적으로 사고를 냈다고 해도 바뀌는 것은 없어. 당신이 음주운전을 한 것은 명확한 사실이거든 고액의 벌금형은 바뀌지 않을 거야."

틀린 말은 아니다. 면허도 취소되고 생돈을 또 뜯기게 생겼다. 엄성일은 두 주먹으로 테이블을 내리쳤다. 도대체 박병배그 사람은 무슨 억하심정이 있어서 이런 짓을 벌인단 말인가?

"경사님 그 자는 도대체 내게 왜 이러는 걸까요?"

"그걸 내게 물으면 어떡하나? 스스로 잘 생각해봐야지. 하지만, 자네가 느낀 대로 앞선 두 건의 사건이 모두 박병배의 의도라면 그에 앞선 뭔가 원인이 있겠지."

엄성일은 다시 생각을 앞으로 돌렸다. 자신은 중고차 사기를 많이 저질렀다. 하지만 사기당한 사람들과 큰 문제는 없었다. 그 트럭을 돌진한 박지만을 빼고 말이다. 잠깐! 뭔가 안개가 걷히며 상황이 보이기 시작했다.

"경사님, 아까 그놈이 어디서 일한다고 했죠? 변호사 사무실이라고 하지 않았나요?"

"나도 들은 이야기인데 예전 범죄 때 박병배를 국선변호인이 맡았어. 출소 후 그 여자 변호사 사무실에서 일한다고 들었어."

국선변호인 그리고 여자 변호사. 바로 며칠 전 자신들의 교통사고 가해자인 박지만을 맡은 국선변호인 최가로다.

"경사님 혹시 그 변호사 이름이 최가로예요?"

"오! 지금 이름을 들으니 기억나네. 이름이 특이했지. 박병배 씨는 그 변호사 사무실에서 일하고 있을 거야."

이제야 엄성일의 머리에 가득 차 있던 안개가 걷혔다.

"저와 이진우는 트럭에 받히는 교통사고를 당했었어요. 그 때 가해자에게 국선변호인이 붙었는데 이름이 최가로였지요. 박병배가 거기서 일하고 있었다니."

"근데 그게 이번 사건과 무슨 관계가 있단 말인가?"

"그 변호사 보통이 아니에요. 우리는 자동차 사고로 입원했었는데, 밤에 몰래 나가 술 한잔 했습니다. 그런데 그 영상이 사건 증거물로 나온 거예요. 병원에서는 꼬리 자르듯 우리에게 책임을 넘겨서 보상금을 조금만 받았죠. 나중에 안면이 있는 보험조사관에게 들었는데 그 변호사 쪽에서 영상을 보내줬다고 했어요. 그래서 변호사를 조금 혼내줬죠."

"조금? 어떻게 했지?"

"단순 폭행이에요. 딱 한 대 때렸거든요. 그 변호사도 크게 문제 삼지 않아서 벌금형을 받았죠. 그냥 넘어간 줄 알았는데, 그 변호사가 뒤에서 모두 조작한 거였어요."

추원석 경사는 고개를 좌우로 흔들었다.

"하지만 증거는 없겠지?"

"도와주세요! 추원석 경사님도 사실을 알았으니 이를 처벌해 달라 이겁니다."

추원석 경사는 엄성일의 손을 뿌리치며 자리에서 일어섰다.

"농담하지 말게. 박병배 씨랑은 다시는 엮이기 싫어. 그리고 이번 교통사고 담당자도 바꿀 테니 그렇게 알라고."

"경찰이 나쁜 놈을 알면서 그렇게 나가시면 저는 어떡해요?"

"입은 삐뚤어졌어도 말은 똑바로 하자고. 내가 보기에는 너희가 더 나쁜 놈이야. 중고차 사기를 치고, 변호사를 폭행하고, 음주운전을 하고 말이야."

추원석은 잠시 멈춰서 말했다.

"나 같으면 그 최가로 변호사에게 가서 무릎 꿇고 사죄하겠어. 빨리 너희들의 죄를 인정하고 사죄하는 것이 최선이라고."

엄성일이 조사를 마치고 경찰서를 나오는데 스마트폰이 울렸다. 모르는 전화번호였다.

"여보세요?"

- 엄성일 씨 전화죠?

"네, 그런데요?"

- 전 인천일보 김민수 기자입니다. 인터뷰를 하고 싶은데요.

"무슨 인터뷰요?"

- 엄성일 씨에게 중고차 사기를 당했다는 제보가 들어왔어요. 사실 확인을 하고 싶어요.

엄성일은 전화를 끊어버렸다. 그 후로 매매 단지 운영위원회 사무실, 관리처, 시청 민원실 심지어 지역 국회의원 사무실에서도 전화가 왔다. 박병배 그 놈이 사기 관련 자료를 신문사와 시청, 국회의원 사무실에까지 뿌린 것이다. 박병배의 검정색 뿔테 안경 속 눈이 떠올랐다. 어수룩함을 가장한 악마가 맞았다.

당연한 수순이지만 중고차 사무실에서는 잘렸다. 매매 단지에서는 이미지 손상에 대한 손해배상 청구를 하지 않은 것을 다행으로 여기라고 했다. 앞으로 인천의 어디서도 중고차를 팔 수 없을 거라고도 말했다. 갑자기 추원석 경사의 말이 떠올랐다.

"박병배는 잃을 것이 없는 사람이야. 아까 당신이 박병배에게 밖에서 조심하라고 했지? 그건 내가 당신에게 해주고 싶은 말이라고."

엄성일은 주변을 돌아봤다. 어디선가 박병배가 보고 있을 것 같았다. 경찰서 길 건너편에 뒷범퍼가 떨어진 차가 보였다. 오늘 아침에 사고가 났던 박병배의 똥차다. 엄성일이 차를 보고 있자 들킨 것을 알았는지 운전석 창문이 내려갔다. 박병배는 두 손가락을 들어 흔들더니 차를 출발해 나아갔다.

저 사람은 엉성한 아저씨가 아니다. 어서 결단해야 한다. 그 최가로 변호사에게 사과하든지 박병배 이놈을 죽이든지 해야 한다.

"밖에서 만나면 반 죽여 놓든가, 아니면 정말 죽여 버리면 되죠."

"박병배 씨는 잃을 것이 없는 사람이야. 하긴 그걸 노리는지도 모르지. 널 살인자로 만드는 것 말이야."

등줄기에서 다시 전기가 생성돼 뇌로 올라갔다. 오늘만 세 번째다.

*

엄성일은 며칠 후 이진우에게 연락해 카페에서 만났다. 엄성일은 혼자 밖을 돌아다닐 수 없었다. 박병배가 계속 따라다니는 느낌을 받았기 때문에 계속 주변을 두리번거렸다. 이러다 강박증에 걸려 버릴 것 같았다. 박병배의 일을 어떻게 처리할지 서둘러 상의하기 위해서였다. 엄성일은 모든 것이 박병배의 계략이고, 그것은 최가로 변호사 폭행에서 시작됐다고 말했다. 이진우도 박병배의 행동에 분노해 두 주먹으로 테이블을 내리쳤다.

"개새끼!"

얼마나 세게 쳤는지 아이스커피가 쓰러졌다. 놀란 종업원이 걸레를 들고 달려와 닦았다.

"야, 흥분하면 어떡해?"

"형, 우리가 먼저 그 새끼 죽여 버리자."

자신도 추원석 경사에게 과거의 박병배 이야기를 듣지 못했다면 당장 이진우와 야구배트라도 들고 찾아갔을 것이다. 하지만 시간이 지날수록 그것은 박병배가 노리고 있을 것만 같았다. 안경 몰래카메라 말고 신체에 어떤 것을 설치하고 다닐지 몰랐다.

"형! 뭘 생각해! 그냥 반 죽여 놓고 인천 뜨자."

"이놈아! 그 자는 철저하게 준비해서 우리에게 다가왔어. 지금 네 말처럼 흥분해서 간다면 특수폭행, 상해, 살인자까지 될 수 있다고. 인천을 뜨면 죄가 없어지나?"

"그럼 어떡할 건데? 이대로 당하고 있어? 형이 박병배 그 놈은 계속 올 거라며?"

아무에게도 안 걸리고 그놈을 처리할 방법이 없을까? 멍하니 생각하는 그때 이진우가 자신의 스마트폰을 보였다. 스마트폰에는 세련되고 화려한 여성의 사진이 있었다.

"형, 이 여자 어때?"

"누군데?"

"크크, 애인이 될지도 모르지."

"클럽에서 만난 여자야. 엄청 예쁘지? 그리고 얼마나 복덩이인줄 알아?"

이진우 말이 맞다. 객관적으로 봐도 이진우에게 어울리지 않을 정도의 미모였다. 이진우는 누가 볼까 주변을 둘러보더니 몸을 앞으로 가까이 하고는 속삭였다.

"형, 이제 중고차도 못 파는데 앞으로 돈벌이 할 곳을 찾았어."

"그래? 뭔데?"

"이 여자랑 클럽에서 놀다가 여자가 아는 어떤 형님을 만났는데 클럽에서 엑스터시를 유통하는 사람이야. 그 형님이 운반 심부름을 해주면 심부름 값은 준데. 우리가 중고차 사기 열심히 해야 겨우 한 건 올리는데 그건 실패할 수가 없는 거라고."

엑스터시는 마약이다. 엄성일은 마약 이야기에 놀라 주변을 둘러보고 조용히 속삭였다.

"너, 설마 마약 먹었냐?"

"아니, 다음에 그 형님 일 해주면 얻을 수 있을 거야."

뭔가 모를 위화감이 들었다. 우리나라 클럽에서 마약을 많이 한다는 말은 들었지만 이렇게 실제로 가까이 다가오긴 처음이었다. 마약 복용은 중범죄로 알고 있다. 자신이 투약하는 것보다 유통이 더 큰 죄라고 뉴스에서 본 것 같았다. 이진우의 말은 마약 유통 일자리를 얻었다는 것이다. 중범죄지만 큰돈을 벌 수 있다. 하지만…….

지금 박병배의 얼굴이 떠오르는 것은 무슨 까닭일까? 박병배가 우리를 마약 유통 범죄로 이끄는 것일까? 엄성일은 머리를 쥐어뜯으며 흔들었다. 설마 그럴 리가……. 드디어 망상의 단계로 진입하는 것이다.

"형, 왜 그래?"

고개를 들어 놀란 이진우의 얼굴을 가만히 보았다. 못생겼다. 역삼각형에 곱슬머리, 만화 캐릭터라면 어울리는 얼굴이었다. 아무리 잘 봐주려고 해도 설치류의 얼굴을 벗어날 수 없는 얼굴이었다.

"클럽에서 네가 그 여자에게 먼저 접근했어?"

"아니. 그 여자가 먼저 왔어. 하하하 나 잘나가는 사람이라고."

설치류 같은 얼굴에 저런 미인이 먼저 접근했다고? 그런 일이 일어나기보다 설치류가 영장류로 진화하는 것이 더 빠르겠다. 그렇다면 답은 하나! 이건 박병배의 올가미다. 그 놈은 복수를 위해 에이즈 혈액까지 이용하는 놈이라고 했다. 우리에게 마약 유통 범죄를 뒤집어씌우려는 수작이다.

결론은 하나. 아무래도 최가로 변호사에게 사과하러 가야겠다.

저녁에 박병배의 스마트폰이 울렸다. 최가로였다. 전화를 받자마자 화가 난 목소리가 전해왔다.

- 야! 박병배! 너 나랑 진짜 인연 끊을 거야?

"다짜고짜 뭔 소립니까?"

- 당장 병원으로 달려와!

택시를 타고 서둘러 길병원으로 갔다. 병실로 들어가니 노랑머리와 역삼각형이 최가로 앞에 무릎 꿇고 있었다. 최가로는 화난 얼굴로 박병배에게 소리쳤다.

"나는 이런 걸 원한 게 아니라고욧!"

최가로의 말에 엄성일이 고개를 숙였다.

"저 분과는 상관없습니다. 제 스스로 온 거예요. 용서해 주세요."

역삼각형 이진우도 고개를 숙였다.

"정말 죄송합니다. 우리가 잘못했어요. 변호사님, 제발 저분 좀 말려주세요."

역삼각형과 노랑머리가 이렇게 빨리 사과할 줄은 몰랐다. 아직 레퍼토리가 많이 남았는데 말이다. 박병배는 최가로에게 걸어가 말했다.

"일단 이 둘은 보내고 말씀하시죠."

"흥, 어서 두 분은 일어서 돌아가세요."

역삼각형과 노랑머리는 더욱 고개를 숙였다.

"용서해 주셔야죠."

"약속해 주셔야죠."

최가로는 손으로 이마를 짚었다.

"알겠어요. 용서하고, 약속하죠. 다시는 이 사람이 당신들

주변에 얼쩡거리지 못하게 할게요."

둘은 그제야 일어나 다시 한번 약속받고 사라졌다. 최가로가 입을 열기 전에 박병배는 먼저 선수 쳤다.

"전 변호사님과의 약속을 어긴 적 없습니다."

"철저하게 복수했더구먼, 뭐가 약속을 지켜요?"

"법을 수호하는 변호사가 이러깁니까? 아, 문서로 작성했어야 했네. 변호사님 우리 약속을 기억해 보세요. 우리의 약속은 해결사를 만나지 말 것과 법을 어기지 말 것이었어요."

최가로의 얼굴이 서서히 붉게 타올랐다.

"그게 말이야! 방귀야! 내 말뜻이 그거였어요?"

최가로가 박병배에게 달려들려고 했지만 깁스한 발 때문에 움직이지 못했다. 박병배는 한발 뒤로 물러서 피했고, 최가로는 손만 허공에 휘두를 뿐이었다.

"우리의 약속은 잘 지켜졌습니다. 전 건전한 시민으로 법을 잘 지켰다고요. 한 치의 불법도 없었다고요."

최가로는 두 주먹을 부르르 떨었다.

"으으, 좋아요. 변호사인 제가 실수했네요. 그럼 다시 약속해요. 이제 다시는 그들에게 접근하지 마세요."

"오케이. 다시는 그들에게 접근하지 않겠습니다."

이제 해결사가 접근할 것이기 때문이다. 최가로가 손가락을 내밀었다. 박병배도 손가락을 걸고 도장과 복사를 했다. 최가로는 복사하는 손을 잡아 끌더니 박병배의 등짝을 때렸다. 하나도 아프지 않았지만, 괜히 엄살을 떨었다.

"아이고, 아파 환자가 왜 이렇게 손이 매워요?"

"엄살 떨지 마세요. 내일부터 삼비 탐정이 아니라 삼비 비서니까 그렇게 아세요."

"잉? 비서?"

"벌써 2주째인데 국선변호인이 이렇게 계속 입원해 있을 수 없잖아요. 몸이 많이 좋아져서 움직일 수는 있으니 휠체어를 타고 법원에 다닐 거예요. 앞으로 법원에 왔다 갔다 할 때마다 삼비 탐정님이 비서를 해주세요."

"잉? 탐정에 추가로 비서를 하라고요?"

"썰렁하거든요? 아무튼 약속했어요!"

그렇게 또 하나의 사건이 마무리되었다. 최가로의 지시대로 짐정리를 마치고, 퇴원 수속을 했다. 박병배가 병원 휠체어를 가지고 와서 앉히고 퇴원했다. 박병배가 운전해 최가로가 사는 아파트에 왔다. 주차를 했지만 최가로는 차에서 내리지 않고 말했다.

"삼비 탐정님 업어주세요."

"잉? 목발은요."

"못 하겠어요. 휠체어를 집에 사 뒀으니 오늘만 업고 올라가면 돼요."

"참……."

박병배는 등을 내밀었다. 최가로가 덥석 업혔다. 두꺼운 코트와 파카를 입고 있었지만 서로의 체온이 따스한 마음이 돼 전해졌다.

"저 무겁죠?"

"운동을 열심히 해서 괜찮습니다."

"그럴 땐 가볍다고 하는 게 정답이라고요."

"가볍습니다."

"거짓말, 나도 늘어나는 내 뱃살을 알거든요?"

박병배는 때마침 도착한 엘리베이터를 탔다.

"몇 층이에요?"

"28층."

박병배는 28층 버튼을 눌렀다. 엘리베이터가 윙 소리를 내며 올라갔다. 엘리베이터의 침묵이 어색할 찰나 박병배가 조용히 말했다.

"최가로 변호사님의 매력은 뱃살에서 나오는 게 아니에요. 약자를 사랑하는 마음에서 나오는 거라고요. 또 동그란 안경도 매력적이고요."

박병배의 말에 최가로의 심장이 뛰기 시작했다. 최가로는 자신의 심장 박동이 박병배의 등에 전해질까 몸을 들었다.

"바짝 붙어요. 그러면 더 힘들어진다고요."

"그만, 내려주세요."

"못 걷는다면서요."

"다 왔어요. 엄마가 나올 거예요."

박병배는 최가로 변호사를 조심스럽게 내려놓았다. 최가로는 들고 온 목발을 받아 겨드랑이에 꼈다. 최가로가 조용히 말했다.

"라면 먹고 갈래요?"

"농담하세요? 부모님이랑 산다면서요."

"드라마에서 나오는 말을 실제로 한번 해보고 싶었어요."

최가로를 보자 동그란 안경 속 눈에 장난기가 가득했다. 역시 최가로 변호사는 장난기 서린 눈이 어울린다.

"들어가 계세요. 나머지 짐 가지고 다시 오겠습니다."

문이 열리고, 최가로는 목발을 짚고 뒤뚱거리며 나아갔다. 박병배는 그 모습이 안쓰러웠지만 현관문이 열리는 소리가 나서 닫힘 버튼을 누르고 말았다. 다시 자동차로 가서 최가로의 짐을 가져와서는 현관 앞에 두고 도망치듯 내려왔다. 부모님을 만나기 껄끄러워 그랬다.

집으로 돌아오는 차에서 메시지 수신음이 들렸다. 최가로였다.

[그냥 가면 어떡해요?]

306

[부모님들은 오해를 잘하시거든요.]

[칫, 아무튼 고마워요. 삼비 탐정님 등이 따뜻하더군요.]

메시지를 보자 눈물이 나려는지 눈물 샘이 찡하고 울렸다.
"얼마나 나를 착한 사람으로 만들려고 하는 거야?"
박병배는 차를 갓길에 멈추고 답장을 썼다.

[존경하는 최가로 변호사님이라면 언제까지 등을 빌려드
릴게요.]

그리고 메시지 함을 뒤져 사이클 선수를 찾았다. 그리고 메
시지를 보냈다.

[긴급 일정 변경. 추가로 프로젝트 취소 부탁드립니다.]

"난 용서할 마음이 없는데 저리 착한 사람을 만들려고 하니
어쩔 수 없지."
다시 자동차를 출발시켰다. 박병배의 구식 차량도 행복한
마음이 전해졌는지 뻥 뚫린 도로를 시원하게 뻗어 나갔다.